Christa Wiesenberg

DR. FELSEN

Aus dem Leben eines Arztes

Roman

Bibliografische Information der Deutschen Nationalbibliothek:
Die Deutsche Nationalbibliothek verzeichnet die Publikation in
der Deutschen Nationalbibliografie, detaillierte bibliografische
Daten sind im Internet über http://dnb.dnb.de abrufbar.

© 2014 Christa Wiesenberg
Herstellung und Verlag
BoD – Books on Demand, Norderstedt
Dezember 2014

ISBN: 978-3-7347-4505-8

Inhalt

Vorbemerkung 7

Dienst in einer Nacht 9

Ein Tag wie jeder andere 49

Ein abgeschlossenes Kapitel 97

Die Unterredung 121

Ferien vom Alltag 183

Gefährliches Spiel 205

Brief an einen Freund 235

Vorbemerkung

Der Arzt Dr. Felsen ist ein Mensch, der in seinem Beruf die ganze Erfüllung seines Lebens sucht und findet. Die Schicksale seiner Patienten sind es immer wieder, die ihn selbst dann noch beschäftigen, wenn er nach seinem Dienst die Klinik verlässt. Ihm ist alles verhasst, was unaufrichtig, unterwürfig oder gar heuchlerisch ist. Von dieser Wesenseigenschaft geprägt, macht er es nicht nur sich selbst schwer, sondern wird auch für manchen seiner Zeitgenossen unbequem und von ihnen in die Enge getrieben. Eine nicht sehr glücklich gewählte Partnerbeziehung zu einer Frau, die von vornherein zum Scheitern verurteilt war und später wieder gelöst wurde, taucht für ihn unerwartet zu einem nahezu schicksalhaften und scheinbar unlösbaren Problem auf. Er weiß sich als das Opfer einer Intrige und ist gerade dadurch machtlos geworden. Sich längst in Nöten ahnend, nützt er nicht die Gelegenheit eines Gespräches mit seinem Freund, der ihn gut kennt. Es sind seine Kollegen und Mitarbeiter, besonders aber seine Patienten, denen er Partner und Weggefährte sein will, wodurch er sich glücklich und ausgesöhnt fühlt mit sich und der Welt. Gesunde und Kranke, Gute und Böse, sie alle sind, wie Felsen glaubt und sich selbst auf seine Weise dazugehörend fühlt, nur Gast auf Erden.

Die Personen und Begebenheiten sind frei erfunden, etwaige Ähnlichkeiten sind rein zufällig.

Christa Wiesenberg, November 2014

Dienst in einer Nacht

Dr. Felsen stand im Mittelraum der Intensivstation. Er blickte auf seine Uhr, auf deren Zifferblatt die Zeiger nichts weiter taten, als die Zeit anzuzeigen, die augenblicklich war, die sich jedoch niemals aufhalten ließ, mit der er unzählige Male im Wettlauf stand, der oft unerbittlich schien. Manche Stunde danach kostete es, um über das, was in solch einer Zeit geschah, selbst an den Grundfesten seiner Weltanschauung zu suchen, bemüht darum, ein Mosaiksteinchen wenigstens nur zu finden, an dem Hoffnung und Glaube noch hängen konnten, vergleichbar dem Festhalten eines Ertrinkenden an einem Strohhalm. Er neigte nicht so schnell dazu, Kompromisse zu schließen. Am wenigsten mit sich selbst. Und das machte es ihm mit sich selbst oft nicht leicht. Verhasst war ihm jede Form von Unaufrichtigkeit, Feigheit und Bequemlichkeit. Längst hatte er den Begriff „Gerechtigkeit" aus seiner Überzeugung gestrichen, kannte ihn lediglich als einen Teil des Vokabulars, zwischen dem sich viele unbedeutende Wörter befanden. Auch das machte es ihm nicht immer leicht, ... mit den anderen, unter denen er bisher nicht unbedingt viele Freunde fand. Er mochte somit selbst ein Teil dazu beigetragen haben, dass er nicht immer auf der Sonnenseite des Lebens stand.

Vor einer knappen halben Stunde fühlte er noch die Müdigkeit, die ihm zustehen musste, nach 29 Stunden Dienst, die hinter ihm lagen. Jetzt war er wach. Unruhig. Unruhig, weil eben diese Zeit für ihn unausgenützt verging und jede Sekunde von der Möglichkeit eines Handelns fraß.

Endlich. In dem Dunkel der Nacht sah man bereits den bekannten blauen Schein eines Lichtes, hörte bald darauf das vertraute Signal, das jedes Mal ein erlösendes Gefühl deutlich werden ließ, denn nun wurde sie real überschaubar, die Zeit, in der zu handeln war.

„Schwester Elsa, ist hier soweit alles in Ordnung?", fragte er mit ruhiger Stimme in einen Nebenraum hinein, in dem nur schwaches Licht die sechs Intensivbetten erkennen ließ, in denen Patienten lagen, entweder im Schlaf oder im Koma... Man kannte das ja. „Der Neuzugang wird gleich hier sein."

„Ja, Herr Doktor. Aber irgendetwas stimmt wieder einmal nicht mit dem Infusomaten. Das Nitro läuft nicht!" und Schwester Elsa schnippte dabei mit dem Finger Male um Male an den dünnen Infusionsschlauch, der zum Einlegen in die Apparatur bestimmt war. Ein kleiner Knick, hinter dem sich dann ein winziges Luftbläschen bildete, der reichte bereits aus, die Elektronik des Apparates zu stören.

„Kann ich helfen?", fragte Dr. Felsen.

„Nein nein, dankeschön, Herr Doktor, jetzt geht's glaube ich schon wieder."

Und sie bastelte gekonnt den dünnen Schlauch in den dafür vorgesehenen Teil des Gerätes, bediente ein paar Digitaltasten, bis das kleine rote Lämpchen wieder aufleuchtete und ein summender Alarm ausblieb. Die Tropfen aus der Infusionsflasche bildeten sich bald wieder bis zu jener Schwere aus, mit der sie herabfallen konnten. Das System funktionierte wieder ordnungsgemäß.

„Stellen Sie doch bitte das Nitro auf ein Milligramm pro Stunde zurück, Schwester. Das ist vollkommen ausreichend... Der Patient klagte doch über keine Beschwerden?"

„Nein, Herr Doktor, schon seit gestern nicht mehr."

„Das ist erfreulich... Ich habe die Änderung der Dosierung schon in der Kurve vermerkt. Wenn der Blutdruck weiterhin stabil bleibt, dann lassen wir es dabei. Vielleicht können wir den Patienten dann morgen bereits auf Station verlegen. Dem Stress bei uns hier müsste er dann nicht länger ausgesetzt sein. Aber das sage ich Ihnen dann morgen noch genau."

Dr. Felsen verweilte eine Zeitlang mit prüfendem Blick auf dem Monitor über dem Krankenbett, auf dem unermüdlich ein gleichmäßiges Bild registrierter Herzstromkurven vorbeizog, das dem Arzt über ein regelrechtes Funktionieren des Herzens stille Auskunft gab. Ruhig und tief schlief der Patient, schien nichts von alledem bemerkt zu haben.

Ein bekanntes Geräusch, das vom Aufzug kam, war ein Signal dafür, dass nun ein erster Kontakt bevorstehen würde, ein erstes Gegenüberstehen mit einem Jemand, den man nie zuvor gesehen hatte, für den einzig und allein die erste entscheidende Verantwortung zu tragen war, von der jedes weitere Geschehen abhing. Es war ein Signal, das die Sinne in einen Zustand höchster Konzentration und Wachheit versetzte.

Zwei Sanitäter schoben auf einer Transportliege einen Patienten rasch und gewandt durch die bereits offenstehende Tür in den Mittelraum. Über die Rettungsleitstelle wurde er als: „Bewusstlose männliche Person, Name unbekannt, etwa 55 Jahre alt" gemeldet. Jetzt musste alles wie gewohnt sehr schnell gehen.

Dr. Felsen registrierte auf die ihm eigene Weise und scheinbar beiläufig, dass der Mann ein gepflegtes Aussehen verriet, nichts erbrochen hatte, dass der linke Ärmel seines karierten Jacketts und die linke Seite seiner schwarzen Hose mit lehmiger Erde verschmutzt waren, dass er eingenässt hatte, dass seine Atmung eher flach aber spontan war, dass Gesicht, Ohren, Nacken und Hände eine bedrohlich bekannte bläuliche Verfärbung zeigten. Es musste nun wirklich alles sehr schnell geschehen!

„Der Mann muss plötzlich auf der Straße zusammengebrochen sein. Eine Straßenpassantin, die das bemerkte, hat, wie sie uns sagte, gemeint, dass er noch irgendetwas sagen wollte, aber davon hätte sie nichts verstehen können. Aus einem Gasthaus in der Nähe hat sie schnell Hilfe geholt. Von dort aus wurde dann gleich angerufen... Papiere hat er leider keine dabei, aber einer aus dem Wirtshaus meinte, dass er ihn kenne. Wir haben ihn neben einem Gebüsch liegend aufgefunden, so, wie er zusammengebrochen ist. Ansprechbar war er nicht und geatmet hat er die ganze Zeit lang unverändert so, wie jetzt auch... Wir haben ihn dann halt schnell hergebracht. Der Puls war nur schwach zu tasten, auch nicht immer so ganz regelmäßig... Mit dem Blutdruck war er anfangs um die 180 herum, also schon recht hoch, ... aber dann ist er damit ziemlich schnell abgefallen, so um 100 herum..."

Während der eine der Sanitäter diese Auskünfte erteilte, wurde der Mann entkleidet und in das bereitstehende Bett gehoben, seine Brust an wenigen Stellen rasiert, von denen mittels aufgeklebter Elektroden die Herzstromkurven abgeleitet wurden, die sich sogleich auf dem Monitor zeigten.

Dr. Felsen hatte, nachdem er mit einer kleinen Lampe rasch die Reaktionen der Pupillen geprüft hatte, in großer Schnelligkeit je einen größerlumigen Venenkatheter rechts und links an den Unterarmen gelegt, nach Prüfung ihrer richtigen Lage daraus Blut in mehrere Röhrchen für die Notlaboruntersuchungen entnommen, dann beidseits daran Infusionen angeschlossen, die von einer Schwester nach bekanntem Schema und auf seine Anordnung schnell hergerichtet waren. Eine „Elektrische Schwester", wie im Team ein elektronisch gesteuertes Blutdruckmessgerät genannt wird, war als Manschette um seinen linken Oberarm gelegt und zeigte in Abständen von wenigen Minuten die aktuellen Blutdruckwerte an. In der rechten Leiste tastete Dr. Felsen den Pulsschlag der Arterie, entnahm aus ihr mit einer sehr dünnen, feinen Kanüle ein wenig Blut, beorderte den Pfleger damit, sogleich daraus die Werte der Blutgase ermitteln zu lassen, die ihm näheren Aufschluss über den akuten Zustand des Patienten geben konnten. Als der Pfleger ihm kurze Zeit darauf das Messergebnis auf einem Zettel ausgedruckt vorzeigte, ordnete er an, eine weitere Infusion herzurichten und zusätzlich anzuhängen. Das dauerte nicht lang, und Schwester Alice stellte die Frage:

„Soll die Infusion schon laufen?"

„Das Natriumbikarbonat? Bitte sofort! Die ersten fünfzig Milliliter davon ganz rasch, ... im Schuss, Schwester!"

Schwester Alice drehte das Dosierungsrädchen an dem Infusionsschlauch ganz auf, markierte mit einem dicken blauen Filzstift die „50", die in das Glas der Flasche geprägt stand, damit man aus der Ferne die Kontrolle darüber behielt. Denn vieles andere war gleichzeitig noch zu tun.

Dr. Felsen verfolgte die Herzstromkurven auf dem Monitor mit einem sehr angespannten Ausdruck im Gesicht. Dann las er das Kurvenbild auf dem langen EKG-Streifen, der ausgeschrieben bereit lag. In allen Ableitungen, als sei er für kurze Zeit nur allein darauf konzentriert. Und wieder tastete er nach dem Puls des Mannes. Unter der Sauerstoffmaske atmete dieser noch immer recht flach, doch schien die Gesichtsfarbe rosiger zu werden. Alle Infusionen liefen ordnungsgemäß. Die „Elektrische Schwester" zeigte schwankende systolische arterielle Blutdruckwerte zwischen 120 und 90 mmHg an. Die Harnausscheidung, die über den gelegten Blasenkatheter kontrolliert werden konnte, schien ihn nicht bedenklich zu stimmen, sie schien ausreichend zu sein.

Erneut entnahm er aus der Leiste des Mannes arterielles Blut, um über die Messergebnisse daraus eine Verlaufskontrolle zu erstellen, die als ein wichtiger Untersuchungsbefund immer wieder Hinweis über den unmittelbaren Zustand des Mannes geben konnte. Das Ergebnis dieser wiederholten Untersuchung löste zwar noch nicht die Spannung in seinem Gesichtsausdruck, schien ihn aber auch nicht allzu sehr mehr zu beunruhigen. Und dann hefteten sich seine Augen wieder auf den Monitor des EKGs, abwechselnd auf die Werte, die über die Blutdrucksituation informierten.

Die ersten Laborergebnisse wurden von einer Schwester gebracht. Dr. Felsen fand unter ihnen nichts, was auffallend abweichend von Normalwerten gewesen wäre und einer zusätzlichen weiteren Behandlung dringend bedurft hätte. Erneut leuchtete er mit einer kleinen Lampe in die Augen des Mannes, prüfte somit abermals die Reaktionen der Pupillen, registrierte, dass die Haut an Stirn, Brust, Armen und Beinen jetzt warm und trocken war, prüfte, da ihm etwas ausreichender die Zeit dafür belassen schien, umfangreicher die Funktionen des Nervensystems über das Reflexverhalten an dem noch immer bewusstlosen Patienten, um Weiteres über dessen Zustand erfahren zu können. Zumindest stand es um den Mann jetzt nicht schlechter als zu Anfang. Um vieles besser aber auch nicht.

„War aus dem Röntgen schon jemand da?", fragte Dr. Felsen Schwester Elsa, die soeben an ihm vorbeihuschte, um einen weiteren Eintrag in der Kurve vorzunehmen.

„Ich hab schon zweimal nach unten angerufen. Aber dort kann im Augenblick niemand weg. Die haben einen Notfall bekommen."

„Wir haben auch einen Notfall bekommen, liebe Schwester!", und zum ersten Mal wurde Dr. Felsen im Tonfall laut. „Das gilt nicht gegen Sie, Schwester! Aber es ist doch bald nicht mehr zum Aushalten, wenn man dringende Untersuchungsbefunde braucht, weil man auch einen Notfall hereinbekommen hat und einen ‚Herrn Unbekannt' an einem Leben erhalten möchte, an dem er wahrscheinlich ebenso hängt wie Sie und ich und – ... wohl jeder...", lenkte er wieder ein, in dem ihm so eigenen ruhigen Tonfall.

Dr. Felsen ergänzte nun das bereits angelegte Krankenblatt, auf dem alles verzeichnet stand, was den Zustand des Patienten, die vorliegenden Messergebnisse (Blutdruck, Puls, Temperatur, Ausscheidung, Laborwerte) und die bisher erfolgten behandelnden Maßnahmen betraf. Unter „Name" ... „Geburtsdatum" ... „Wohnort" standen jeweils mit Bleistift geschriebene Fragezeichen. In die Spalte „Diagnosen" schrieb er: ‚Kammertachykardie bei V.a. akuten Myokardinfarkt; DD: V.a. akute Lungenembolie'. Auf der Rückseite des Krankenblattes wurden die Befunde in deutlich lesbarer Handschrift dokumentiert, die sich aus der klinischen Untersuchung des Patienten bisher ergaben.

„Mir gefällt das Ganze nicht so recht.", sagte Dr. Felsen eher leise zu sich selbst, als er sich erneut zu einer Kontrolle der Blutgasanalyse anschickte. Auch schien er mit dem Messergebnis daraus weniger zufrieden.

„Nach den jetzigen Werten ist die Übersäuerung ausgeglichen. Das Natriumbikarbonat brauchen wir vorerst nicht. Aber lassen Sie die Flasche noch hängen, Schwester. – Der $pO2$-Wert gefällt mir nicht, die Sauerstoffanreicherung im Blut ist einfach zu gering.

– Wieviel Liter Sauerstoff bekommt er gerade über die Maske?", fragte Dr. Felsen in den Raum, während er die ausgedruckten Messwerte auf dem Zettelchen in seiner Hand etwas nachdenklich prüfte.

„Jetzt haben wir eine Sauerstoffzufuhr von 12 Litern in der Minute.", kam eine Antwort zurück.

„Nein... Das gefällt mir nicht... Ich möchte ihn doch lieber intu..."

In diesem Moment forderte ein lautes, anhaltendes Signal erneut alle Konzentration und Schnelligkeit. Auf dem Monitor des EGK-Überwachungsgerätes zeigte sich das Bild breiter, verzerrter Kammerkomplexe, die sich kontinuierlich fortsetzten, zackige Linien, eine Serie hochfrequenter Wellen, bizarr und multiform. Ein Bild, das jeder kennt und zu interpretieren weiß, der hier seinen Dienst tut. Kammerflimmern! Eine tödliche Bedrohung!

Ohne, dass Anweisungen gegeben oder Worte hätten gesprochen werden müssen, wusste jeder, was zu tun war. Schnell. Diszipliniert. Jeder auf seinem Platz. Das beim Aufladen des Defibrillators immer viel zu ungeduldig ersehnte Surren, das schließlich in einem feinen Pfeifen endet und damit den zum „Schuss!" endlich geladenen Kondensator avisiert, ließ mit wohlweislichem Respekt jeden die Hände von Patienten und deren Betten nehmen, ehe die rettende Energie über großflächige Elektroden an den Patienten abgegeben wurde. Denn wenn mit 400 Wattsekunden eine externe Defibrillation vorgenommen wird, bei der man den Herzschlag mittels elektrischen Stromstoßes wieder zu normalisieren versucht, ist es wenig ratsam, sich selbst in den Stromkreis einzuschalten.

Gebanntes Starren für einen Moment auf den Monitor... Nichts. Nichts tut sich. Nichts verändert sich. Und sofort das Gleiche nochmal: das kurze Surren bis zu dem feinen Pfeifen, der „Schuss!", das kurze Zucken durch einen menschlichen Körper, dem man das Leben zu erhalten trachtet. Der Wettlauf mit der Zeit, die man festhalten möchte, die sich aber nicht festhalten lässt, hat wiederum begonnen. Und auch weiterhin zeigt sich nichts anderes auf dem Monitor, als diese Serie hochfrequenter, bizarrer Wellen, die einem oftmals verhasst werden...

„Intubationsbesteck!", forderte Felsen, als läge nun etwas Eisenhartes in seiner Stimme.

Während er damit beschäftigt war, schnell und gewandt den Tubus in der Luftröhre zu platzieren, damit über diese künstliche Röhre gezielte Atemspende geleistet werden konnte, ihm eine der Schwestern dabei wortlos und sicher assistierte, hatte der Pfleger längst seine Aufgabe wahrgenommen und führte eine äußere Herzdruckmassage durch, indem er den Brustkorb des Patienten sachkundig in rhythmischen Abständen nach unten drückte. Als Felsen selbst ihn dann von dieser Tätigkeit ablöste, entnahm der Pfleger erneut Blut aus der Leiste, denn erst recht kam es nun darauf an, zu wissen, welche Funktionen in einem Organismus ablaufen, dem man sein Leben erhalten will. Dabei war der Pfleger darauf bedacht, niemandem im Wege zu stehen, der seinerseits wusste, was zu geschehen hatte. Zur unbewusst gewordenen Gewohnheit wurde es in solch einer Situation, den Monitor unaufhörlich im Blick zu behalten, dabei ununterbrochen hoffend, dass das vorbeiziehende Kurvenbild wieder über eine Normalisierung und Eigenständigkeit des Herzschlages verkünden würde.

„Läuft das Bikarbonat?"

Felsens Stimme war klar zu hören, schneidend in alle Emsigkeit hinein, doch trotzdem Ruhe ausstrahlend, denn er wusste, dass jede Art von Hektik jetzt nur schaden konnte.

„Bikarbonat läuft.", drang es an sein Ohr.
„Weitere fünfzig Milliliter im Schuss!", forderte er...

Keine Veränderung des Bildes auf dem Monitor. Die Zeit schien wieder einmal zur unerbittlichen Gegnerin geworden zu sein.

„Den Defi nochmal scharfmachen!"

Sogleich war das Surren bis zum feinen Pfeifen zu hören.

„Achtung! Schuss!"

Und wieder dieses hilflose Zucken durch den Körper des Mannes. Blicke von verschiedenen Seiten, die sich auf einem einzigen Punkt des Monitors zu vereinen schienen. Hoffend, ja, bangend. Und die Zeit zeigte sich weiterhin grausam in ihrer Eigenart, wenn sie mit ihren Bruchteilen von Sekunden alle Ungeduld herausforderte, alle Hoffnung von einem mehr und mehr wegzuzerren suchte.

„Schuss nochmal mit 400!"

Nichts geschieht daraufhin, keine ersehnte Veränderung.

„Adrenalin i.v. ... ein Milligramm, schnell!", befiehlt Felsens Stimme, während er erneut mit einer externen Herzdruckmassage fortfährt.

Doch so gar nichts verändert sich an dem Zustandsbild des unbekannten Mannes, eines Menschen, dessen Lebensjahre noch nicht so viele waren. „Vermutlich 55" – so stand es inzwischen auf dem Krankenblatt...

Während Felsen den Brustkorb des Patienten in regelmäßig rhythmischem Verlauf tief und gezielt nach unten gegen die Unterlage presste, gegen ein unter dem Rücken liegendes Brett, ließ er den Monitorbildschirm nicht aus den Augen. Ein hohes, steiles, aneinandergereihtes Kurvenbild zeichnete sich ab, mit jedem kräftigen Druck auf den Brustkorb. Kurzes Verharren, das erneute Erwarten des Momentes, wo Eigenaktionen des Herzens alle Anspannung der Sinne hätten nehmen können – ... Nulllinie auf dem Monitor. Und weiter, weiter, weiter... Aber es geschah nichts, gar nichts. Lediglich wurde auf künstliche Art und Weise eine Funktion erhalten, von der man sich Selbständigkeit gewünscht hätte.

„Adrenalin i.v. nochmal!"

Nulllinie auf dem Monitor. Und: weiter, weiter, weiter...!

„Femoralis zu tasten?", fragte Felsen trocken und erhielt von dem Pfleger, der den Puls in der Leiste zu tasten suchte, die Antwort:
„Kaum, Herr Doktor. Es kommt nichts durch. Nur wenn Sie drücken."

Felsen wusste, was das hieß. Aber er konnte und wollte noch nicht aufgeben. Eine gute Stunde war währenddessen vergangen. Die Atemspende, die von einer Schwester mittels eines Gummiballons über den liegenden Tubus gegeben wurde, verursachte ein eintöniges Geräusch: monoton, gleichmäßig. Die wiederholt gemessenen Blutgasanalysen zeigten inzwischen Werte, wie sie jeder gesunde Mensch zu bieten hat. Auf künstliche Art und Weise hielt man somit einen menschlichen Körper lebendig, in den kein Leben zurückkehren wollte. An Medikamenten gab es nichts mehr, das zusätzlich gegeben in dieser Situation zu einer positiven Wende geführt hätte. Warum. Warum. Immer wieder die gleiche Frage, die sich mittlerweile ohne Fragezeichen, aber immer und immer wieder stellt...

„Soll ich Sie ablösen, Herr Doktor?", fragte leise der Pfleger. „Sie sind schon ganz durchgeschwitzt."

Felsen antwortete nicht gleich. Dann aber entgegnete er:

„Machen Sie weiter. Aber wir können wohl auf keinen Erfolg mehr hoffen... Wir sind nun mal *nicht allmächtig* –".

Er stieg entmutigt von dem Trittbänkchen, das ihm vor das Patientenbett gestellt worden war. Noch einmal prüfte er die vitalen Funktionen – leuchtete in die Augen, die jetzt unbewegliche, maximal weite Pupillen unter einer zu trüben beginnenden Hornhaut zeigten.

Felsen stand noch einen langen Moment sehr ruhig an dem Bett des ‚Unbekannten', an dessen sterblicher Hülle nur noch ein allerletzter Versuch ablief, und er sehnte jenem Stückchen Hoffnung nach, das keinem belassen werden sollte. Ihm nicht, seinem Team nicht, dem ‚Unbekannten' selbst nicht, denen, die zu ihm gehören mochten, auch nicht.

„Reanimation kann eingestellt werden."

Diese Worte waren bekannt... Allen hier... Aber jedes Mal war es die gleiche Leere, in die hinein sie stumm verhallten.

„Es hat sich noch niemand gemeldet? Jemand von den Angehörigen? Jemand der ihn kannte?"

Kannte. Ja, ... kannte. Denn dieses Menschenleben war von nun an gewesen. So fremd und ‚unbekannt' für einen, und doch auf eine so undefinierbare Weise mit einem bekannt geworden.

Dr. Felsen entfernte selbst noch die venösen Zugänge an den Unterarmen, durch die die notwendigen Infusionen liefen. Er komprimierte mit einem Tupfer und unter festem Druck die Einstichstellen solange, bis die Blutung daraus endete und brachte einen Pflasterstreifen jeweils darüber an. Er schloss die zu einem Spalt geöffneten Lider der Augen ganz, zeichnete dem ‚Unbekannten' still ein kleines Kreuz auf Stirn, Mund und Brust, und es störte ihn dabei nicht, wenn jemand in der Nähe stand. Man kannte dies von ihm, schien aber nie danach fragen zu wollen oder zu können, warum er so tat.

„Schwester, bitte, ordnen Sie sein Bett und legen Sie ihn würdig zurecht. Sie wissen, wie ich dies meine. Doch gehört es ebenso zu unseren Pflichten, der Toten Würde gerecht zu werden... Und, bitte, piepsen

Sie mich an, falls sich Angehörige melden sollten. Ich möchte selbst mit ihnen sprechen... Den Zeitpunkt seines Todes vermerke ich selbst im Krankenblatt."

„Wird alles so gemacht, wie Sie gesagt haben, Herr Doktor.", antwortete die Schwester, wobei etwas in ihrer Stimme klang, was an eine Art ängstlich-ehrfurchtsvolle Zaghaftigkeit erinnerte.

Felsen visitierte noch einmal seine Patienten in den beiden Nebenräumen der Intensiv. Er sah zu den Monitoren, hörte auf das Atmen der Kranken in ihrem Schlaf, warf einen letzten, kurzen Blick auf die jeweiligen Kurven, die auf dem Tisch in der Mitte auflagen und von einem schwachen Licht beleuchtet wurden. Hier nahm alles seinen geordneten Verlauf... Viel losgewesen war heute eigentlich nicht. Viel nicht. Wenn man an andere, zurückliegende Tage dachte... Und doch schien unendlich viel geschehen zu sein... –

Dr. Felsen schritt über den Flur in das kleine Dienstzimmerchen, in dem er heute seinen Platz hatte. Nur für die, die Dienst hatten, stand ein Bett in dieser Kammer bereit. Jedes Mal mit frischer Bettwäsche bezogen, die unbenützt blieb, wenn es genügend Arbeit gegeben hatte, Zeit zu kurzer Ruhe nicht gegeben war. Er schlug die Bettdecke zurück, rückte das Telefon auf dem Schreibtisch dichter an das Bett heran, legte den Piepser in greifbare Nähe daneben, ordnete seine Sachen, von denen er sich entledigte, auf einen Stuhl, zog sein Pyjama über, legte sich zur Ruhe, nachdem er das Licht gelöscht hatte. Er ruhte noch eine ganze Weile mit geöffneten Augen, die ins Dunkle starrten. Er bemerkte den Zeitpunkt nicht, als ihn ein tiefer, kurzer Schlaf ereilte...

* * *

Ein schriller Ton riss Felsen aus einem traumlosen Schlaf, in dem er weniger als eine Stunde lang geruht hatte. Wie mechanisch suchte seine Hand nach dem Rufgerät, das neben dem Telefon auf dem Schreibtisch lag, und gleichfalls wie mechanisch suchte die andere Hand, den Schalter der kleinen Stehlampe am Kopfende des Bettes zu bedienen.

„Bitte sprechen", klangen seine Worte noch etwas verschlafen in das kleine orangefarbene Gerät, von dem man sich während des Dienstes nicht trennen durfte.

„Die Angehörigen von dem Mann sind gerade gekommen. Sie wollten doch darüber benachrichtigt werden?", erklang eine Stimme aus dem Piepser.

„Ja danke, ich komme sofort."

Dr. Felsen schlüpfte aus dem Pyjama in seine Dienstkleidung, wobei er ein langgezogenes tiefes Gähnen nicht unterdrücken konnte. Er platzierte das kleine Rufgerät wieder an seiner gewohnten Stelle in die linke Brusttasche seines Kittels. Zuvor noch hatte er sein Gesicht mit kaltem Wasser erfrischt, ein paar kräftige Schlucke davon genommen und sein Haar geordnet. Er wusste nur zu gut, was ihn für eine Aufgabe jetzt erwartete. Obgleich ihm solches schon mehrere Male auferlegt war, verspürte er ein Gefühl, das irgendwie bange machte. Ein immer wieder schweres Los, das einen trifft, vor dem es sich nicht weglaufen lässt, das nie zu einer Art Routine werden darf.

Vor der Intensivstation stand Schwester Alice mit zwei Frauen beisammen, einer noch sehr jungen und einer älteren, und deutete jetzt in die Richtung, aus der Dr. Felsen kam.

„Guten Abend. Mein Name ist Felsen. Ich bin der diensthabende Arzt...".

Noch ehe er ausgesprochen hatte, fiel die ältere der beiden Frauen ein:

„Günther ist mein Name, Erika Günther, und das hier ist meine Tochter. Herr Doktor, entschuldigen Sie bitte, ich hab mir nur schnell den Mantel übergezogen, als ich hörte, mit meinem Mann sei etwas geschehen und bin so schnell ich konnte hergekommen. Bitte, wie geht es meinem Mann. Sieht's recht schlimm mit ihm aus? Meine Tochter und ich..., wissen Sie, das war ein solch entsetzlicher Schreck, als wir hörten, er musste mit Blaulicht ins Krankenhaus gebracht werden..."

Das rötlichblonde Haar der Frau schien vom Wind ganz zerzaust, und dieses unterstrich nur noch alles

Aufgeregte in den Fragen, welche gemischt mit Entschuldigungen und zaghaft dahinter verborgenem Bitten die Erregung und Sorge der Frau zum Ausdruck kommen ließen. Die Tochter, die kaum älter als siebzehn zu sein schien, stellte sich etwas abseits, als habe sie Furcht davor, eine schlimme Nachricht zu erfahren.

„Kommen Sie, Frau Günther, es ist vielleicht besser, wenn wir uns dort an den kleinen Tisch setzten. Ich habe da einige Fragen an Sie", sprach Felsen ruhig zu der Frau, ging ihr um eine halbe Schrittlänge voraus bis zu dem Tischchen und bot erst ihr, dann der Tochter, einen Stuhl an.

Die Tochter wollte sich nicht setzen. Sie blieb hinter dem Stuhl stehen, der ihr angeboten wurde, fragte zaghaft:

„Wie es dem Papa jetzt geht, da können Sie uns wohl noch nichts sagen? ... Können wir dann wenigstens kurz mal nach ihm schaun?"

Dr. Felsen blieb weiterhin sehr ruhig in seiner Stimme, deutete durch ein bejahendes Nicken eine erste Antwort darauf an, die als ein „Ja" wohl verstanden werden musste, die aber ebenso eine Antwort auf etwas bedeutete, was noch nicht ausgesprochen war.

„Sagen Sie, Frau Günther, hatte sich Ihr Mann in letzter Zeit krank gefühlt? Hat er Ihnen irgendwann einmal darüber etwas gesagt, dass es ihm manchmal nicht so gut ginge, ... hat er über Schmerzen geklagt, ... vielleicht über ein Druckgefühl, das er in der Brust verspürt, ... oder über Atemnot, die er beim Treppensteigen vielleicht gehabt hat?"

Dr. Felsen stellte diese Fragen, beließ genügend Zeit dazwischen, während der er der Frau ins Gesicht sah, um jede Regung von Ausdruck darin wahrzunehmen.

„Nein. Davon ist mir gar nichts bekannt."
Und zur Tochter gewandt setzte sie fort:
„Bettina, der Papa hat doch nie von sowas mal gesprochen?"
Und wieder zu Dr. Felsen:
„Also, ganz bestimmt, Herr Doktor, mein Mann hätte etwas gesagt, wenn es ihm nicht gut gegangen wäre oder wenn er, wie Sie sagten, so etwas verspürt hätte. Ganz im Gegenteil! Er ist jeden Tag mit dem Fahrrad zur Arbeit gefahren, gerade, weil er immer darauf geachtet hat, genügend körperliche Bewegung zu haben. Wissen Sie, so als Ausgleich zu seinem Beruf."
„Was macht Ihr Mann beruflich?"
„Er ist schon seit Jahren in der Buchhaltung bei einer Firma, und er ist dort sehr beliebt, weil er alles immer ganz exakt macht. Da hat er sich auch nie geschont, wenn mal mehr Arbeit angefallen war. Nicht so, wie es bei den jüngeren Leuten heutzutage ist, dass

sie schon bald den Stift aus der Hand fallen lassen, bloß, weil Feierabend ist. Mein Mann hat es mit seiner Arbeit sehr genau genommen. Das weiß auch jeder in der Firma..."

„Ich glaube Ihnen das gern, Frau Günther... Was ich aber noch wissen wollte: hat Ihr Mann in letzter Zeit irgendwelche Medikamente regelmäßig einnehmen müssen? Hat er vielleicht gelegentlich Medikamente gebraucht?"

„Mein Mann? Medikamente? Nein, wirklich nicht Herr Doktor. Mein Mann hat von Medikamenten noch nie etwas gehalten. Es gab ja auch keinen Grund, dass er hätte welche nehmen müssen. Erst vor einer Woche hat ihm der Hausarzt gesagt: Herr Günther, hat er gesagt, wenn jeder so gut beieinander ist, wie Sie, dann wäre ich bald arbeitslos..."

„Ihr Mann war vor einer Woche bei seinem Hausarzt?"

„Ja. Aber nur, weil er sich mal wieder durchuntersuchen lassen wollte. Damit hat er es recht genau genommen. So jedes halbe Jahr ist er zu seinem Hausarzt gegangen..."

„Welchen Hausarzt haben Sie denn, Frau Günther?"

„Das ist der Doktor Kempinsky. Bei dem war ich selber schon als Kind! Er hatte auch meine Mutter immer behandelt, wenn mal was war. Der kennt unsre ganze Familie schon seit langem, stimmt's Bettina? Dich behandelt er ja auch, wenn mal was ist..."

Frau Günther sprudelte alle Antworten heraus, als suche sie dadurch ihre Erregung etwas zu unterdrücken. Ihrem Tonfall war abzulauschen, dass fast wie zur Entschuldigung alle diese Erklärungen gegeben wurden. Die anfangs bestandene Hilflosigkeit auf den ganzen Schrecken hin stand nicht mehr so deutlich im Vordergrund. Doch die unruhig fragenden Blicke, die eine versteckte Angst bekundeten, die bohrten im Innern an einer Stelle, an der sich Felsen jedes Mal erneut in solchen Situationen getroffen fühlte. Das Wissen darum, was mit einem Menschen bereits unabwendbar geschehen war, um den sich die Seinen in quälender Angst so plötzlich sorgten, weil ja so überraschend etwas Unerwartetes geschehen war, etwas, auf das man nie vorbereitet schien. Und man muss – ob man will oder nicht – von ihm, von ihm allein es nun zu hören und zu wissen fordern, wie schlimm es wirklich um den *Mann*, den *Papa*, die *Tochter*, den *Sohn*, die *Mutter*, den *Vater*, den *Freund* steht. Und jedes Mal schwingt dabei in den Fragen eine Hoffnung deutlich mit: ‚Nicht wahr, Herr Doktor, das wird doch nicht so schlimm sein... Jetzt sind ja Sie da... Nun wird doch alles bald wieder gut sein?'

Dr. Felsen hat die vielen Male nicht gezählt, wenn er darüber Auskunft geben musste, dass ein Menschenleben nicht mehr ist. Und er hat dabei jedes Mal erneut erfahren müssen, mit welcher Abruptheit seine Nachricht allen Schmerz in einer menschlichen Seele auslöste. Wie geheimnisvoll verborgen sind doch gerade die Wege in die Seelen der Menschen, die einem unbekannt begegnen, aus denen alles Hoffen fleht. Nie wird sich *daran* etwas ändern, und immer wieder erfährt und fühlt man daran erneut. Das sind die Momente, in denen es an den Grundfesten nagt, an jenen kleinen Mosaiksteinchen, aus denen sich das ganze Gefüge zusammensetzt...

„Frau Günther... ich habe keine gute Nachricht..., die ich Ihnen über Ihren Mann geben kann..."

Und wie in eine plötzlich eingetretene Totenstille hinein dröhnten jetzt scheinbar die ruhig gesprochenen Worte Dr. Felsens:

„Ihr Mann wurde uns in einem sehr kritischen Zustand gebracht... in einem lebensbedrohlichen Zustand... in einem sehr unerwartet und plötzlich eingetretenen solchen Zustand... und... bitte, versuchen Sie es mir zu glauben... es wurde alles versucht, sein Leben zu retten..."

„Ja, ich danke Ihnen Herr Doktor, ich danke Ihnen wirklich von ganzem Herzen, aber steht es denn jetzt im Moment immer noch so schlimm um ihn...? Bitte, Herr Doktor, sagen Sie mir die Wahrheit. Steht es immer noch so schlimm um ihn!"

Die Frau musste in ihrer Erwartung wie darin festgewurzelt die Kunde von einer unabänderlichen, bösen Nachricht nicht wahrgenommen haben. Bettina, die Tochter, schien die Aussage Dr. Felsens eher erfasst zu haben. Aus ihr brach zunächst ein stilles, dann den Mädchenkörper regelrecht erschütterndes, lautes Weinen heraus. Dr. Felsen ging zu ihr hin, hielt sie beidseits an den Armen:

„Bettina... Ich darf Sie doch so nennen? ..."
Bettina nickte schluchzend.
„Es gibt Dinge, Bettina, gegen die niemand von uns mächtig ist... Es sind schlimme Dinge... sehr, sehr bittere Dinge... Ich weiß, wie unerwartet hart Sie das Ganze treffen muss... Es kann Ihnen nur wenig Trost bedeuten, wenn ich Ihnen sage, Sie müssen jetzt sehr tapfer sein... Aber trotz alledem sage ich zu Ihnen, Bettina, dass Sie jetzt tapfer bleiben müssen... Ihre Mutter wird Sie gerade jetzt sehr brauchen..."

Bettina nickte immer wieder zu den Worten, die Felsen zu ihr sagte, von denen er selbst doch wusste, wie wenig unmittelbaren Trost sie geben konnten. Doch sagte er die Wahrheit, über die man wissen wollte, über die jeder Mensch das Recht hat, zu erfahren. Und er musste sie aussprechen, diese bitter harte Wahrheit. Erspart bleiben konnte dies niemandem...

Auf dem Gesicht von Frau Günther zeichnete sich aller Unglaube ab. Es schien wie in eine Starre verwandelt. Ungläubig sah sie zu ihrer Tochter Bettina. Was spielt sich da, um Gottes Willen, bloß ab! Bettina weint? Ja, Bettina weint auf eine Art, wie sie es von ihr noch nie gesehen hatt Und was hatte der Herr Doktor gerade zu ihr gesagt? Etwas von schlimmen Dingen, etwas von bösen Dingen, etwas über *unmächtig sein*... oder so ähnlich.

„Herr Doktor, bitte, es steht doch noch nicht so schlimm um meinen Mann... so schlimm, wie Sie... meinen?", dabei zog die Frau Dr. Felsen auf eher zaghafte Weise am Ärmel seines Kittels.
„Frau Günther... Sie baten darum, die ganze Wahrheit zu erfahren... Es ist leider die ganze Wahrheit. Ihren Mann haben wir nicht retten können, so sehr wir dieses auch versucht haben... Ihr Mann ist tot..."
„Aber warum... Warum ist mein Mann tot..."
Und als könne sie den Sinn der Worte nicht begreifen, hauchte sie mit dieser Frage um eine Antwort.
„Ihr Mann verstarb an einem plötzlichen Herzinfarkt, der große Teile des Herzens betroffen haben muss... an einem dadurch ausgelösten plötzlichen Herztod."

Die ganze Fassungslosigkeit stand der Frau jetzt im Gesicht, als er fortfuhr:

„Das wäre eine von den Möglichkeiten, durch die der plötzliche Tod Ihres Mannes zu erklären wäre..."
„Warum wäre, Herr Doktor...", fragte die Frau mit fast erstickter Stimme.
„Es kann auch ein plötzliches Ereignis eingetreten sein, das zu dem plötzlichen Herztod führte, weil sich dabei an der Lunge etwas abgespielt hat, wir nennen

so etwas akute Lungenembolie... eine plötzliche Verstopfung an den Hauptgefäßen der Lunge. Eine Verstopfung durch ein größeres Blutgerinnsel, das sich zum Beispiel aus Blutgefäßen an den Beinen plötzlich abgelöst hat, das mit dem Blutkreislauf in die Lunge gespült wurde, dort ähnlich wie ein Pfropf die Blutbahnen verstopft hat... Das hätte es auch sein können, Frau Günther... Aber das lässt sich mit letzter Sicherheit leider nicht sagen..."

„Und das kann man wirklich nicht genau wissen?", fragte die Frau, jetzt wieder mit scheinbar gefassterer innerer Haltung.

„Man müsste dazu nachschauen, dann erst wüsste man darüber Genaueres... dann könnten wir Ihnen sagen, was zu dem plötzlichen Tod Ihres Mannes geführt hat..."

Dr. Felsen störte nun nicht die Stille, die hierauf eintrat. Als warte er auf eine weitere Frage von der Frau, die stumm neben ihm stand und vor sich hin auf den Fußboden starrte. Die jetzt den Kopf Male um Male schüttelte, in die Manteltasche nach einem Taschentuch griff, sich die Augen wischte, aus denen Tränen drängten.

„Warum haben Sie denn noch nicht nachgeschaut...", kam zögerlich und monoton die Frage.

„Weil dieses nur mit Ihrem Einverständnis geschehen kann... Frau Günther... Um nachschauen zu können, müsste der Brustkorb des verstorbenen Körpers

Ihres Mannes eröffnet ... aufgemacht werden... Frau Günther... Und solches dürfen wir nicht eigenmächtig vornehmen. Dazu benötigen wir Ihr Einverständnis... Wenn Sie uns dieses geben könnten, dann wäre dies auch in unserem Interesse... Dann wüssten wir erst darüber Bescheid, was zu dem plötzlichen Herztod wirklich geführt hat... –"

Es trat Stille ein, und nach einer längeren Pause fuhr Felsen fort:

„Ich habe oft erfahren, dass Menschen, die einen Angehörigen verloren haben, einen solchen Schicksalsschlag eher verwinden konnten, wenn man ihnen durch eine solche ärztliche Untersuchung das tatsächliche Ereignis mit Gewissheit sagen konnte, das zum Tode führte... Ich weiß, es ist hart, in solch einem Moment auch darüber zu sprechen... Aber das wäre der Weg, die ganze Wahrheit zu erfahren... –"

Und wiederum nach einer Pause fügte er hinzu:

„Manchen Menschen beruhigte es, wenn ihm gesagt werden konnte, dass das Leben eines Angehörigen wirklich nicht zu retten war... –, dass der da oben" – wobei Dr. Felsen eine entsprechende Geste mit der Hand machte – „auch etwas mitzureden hat... Wir Ärzte sind nicht allmächtig, das sind wir ganz bestimmt nicht..."

Und Dr. Felsen richtete seine Blicke nun gleichfalls nach unten, fixierte mit den Augen einen Punkt. Seine Gedanken tauchten dabei für einen ganz kurzen Moment wie sinnend wohl zu einem jener „Mosaiksteinchen", aus denen er seine Weltbetrachtung zusammengefügt wusste. Nicht lang. Denn sogleich schnitt es messerscharf und grell in die Stille der Situation, in die Ruhe der Nacht:

„Zerschneiden lassen soll ich meinen Mann!? ... Nachschaun, das wäre doch, meinen Mann aufschneiden!?"

Und aller Erregung schien nun ungezügelter Lauf belassen:

„Glaubt ihr denn, dass mein Mann davon wieder lebendig wird? Mein Mann ist tot! Tot ist mein Mann! Und jetzt wollt ihr ihn nicht einmal in Frieden lassen! Ihr seid doch nichts weiter, als Menschenschinder! Bettina, komm, wir gehen schnell hier weg!"

Sie fasste energisch nach ihrer Tochter, auf deren Gesicht Trauer, Fassungslosigkeit, Hilflosigkeit standen. Wie willenlos geworden, ließ sie sich von ihrer Mutter davonziehen, und beide liefen in großer Eile zu der breiten Glastür, hinter deren Flügelschlag sie dann verschwunden blieben...

Felsen atmete tief und lange durch. Nun war es vollbracht. Dieses Unausweichliche, dem es sich auch durch nichts davonstehlen ließ. Dieses, mit dem man immer wieder erneut konfrontiert wird, aus dem es immer wieder Neues hinzuzuerfahren gibt. Dieses, das für einen selbst oft empfunden wird, als bliese einem etwas Unfassbares unnachgiebig seinen kalten Hauch ins Gesicht. Nein. Felsen musste diesen Ausbruch aus der Seele der Frau verstehen. Sie hatte es nicht böse gemeint. Niemals. Viel Schlimmeres war doch geschehen: diese Frau und ihre Tochter hatten soeben begreifen müssen, dass sie Unersetzbares für alle Zeiten ihres irdischen Daseins verloren hatten.

* * *

Für J.-Christian Felsen war der Dienst um neun Uhr morgens beendet, nachdem die ordnungsgemäße Übergabe an den ihn ablösenden Kollegen erfolgt war. Insgesamt lagen neununddreißig Stunden hinter ihm, in denen er wieder einmal zum Zeugen werden musste, darüber, was ein Menschenleben, so ganz schlicht und einfach nur besehen, wirklich bedeutet. Er musste an Heinrich Heine denken, dessen Memoiren in einem dicken Manuskript aufgezeichnet standen, die jedoch nie erschienen waren; an wenige bekanntgewordene Fragmente aus einem Brief an Campe, an die sich Felsen spontan erinnerte:

„...Unter uns gesagt,... das Sterben ist etwas Schauderhaftes, nicht der Tod, wenn es überhaupt einen Tod gibt. Der Tod ist vielleicht der letzte Aberglaube."

Hatte jener Unbekannte der letzten Nacht das Sterben eigentlich erfahren? So erfahren, wie Felsen es miterleben musste, dass andere es erfahren hatten? Vielleicht. Vielleicht nicht ganz solange... Vielleicht nicht ganz so schmerzlich trostlos, wie Heinrich Heine es von sich hat wissen lassen:

„Meine Meinung geht dahin, dass ich nicht mehr zu retten bin, dass ich aber vielleicht noch eine Weile... in trübseliger Agonie mich hinfristen kann..."

Felsen schüttelte den Kopf, als er diese Gedanken nachzuvollziehen suchte: diese „Weile... in trübseliger Agonie", sie dauerte wenigstens nicht all zu lange. Das Gefühl eines schwachen Trostes regte sich, und wie zu eigener Beruhigung murmelte er fast lautlos zu sich selbst: ‚Gottseidank hat dieser Mann nicht so lange gelitten, wie andere oft leiden müssen. Es ging schnell, sehr schnell...' Aber konnte dieses wirkliche Beruhigung bedeuten? Hatte das Ticken einer Lebensuhr nicht wieder einmal viel zu früh aufgehört?

J.-Christian Felsen atmete langgezogen und tief durch. Hier lassen sich Gedanken über geschehene Dinge nicht zu Ende denken. An einer Überzeugung hielt er fest, dass es wohl so war, wie Heinrich Heine es auch einmal formulierte, dem Sinne nach so, dass ‚unter jedem Grabstein eine ganze Weltgeschichte ruht'... Eine wirkliche, nie zu ergründende, nie rückholbare. Das ist der Mensch, in seiner ganzen geheimnisvollen Vielfalt. „Gut" und „Böse" setzen hieran keine Maßstäbe mehr. Das ist der Mensch, in dessen Dienst gestellt sich J.-Christian Felsen wusste. Mit all seiner Bereitschaft und mit all seiner Kraft, die er dafür zu geben nur imstande sein konnte.

* * *

Inzwischen war Felsen bei seiner Wohnung angelangt, steuerte seinen Wagen in die Garage, leerte den Briefkasten, schloss die Wohnungstür hinter sich. Ihn fröstelte ein wenig. Unter einer heißen Dusche genoss er es, dieses wieder Erwärmt-werden, wenn sich die Übermüdung so ganz seiner habhaft gemacht hatte. Wenig später schlürfte er genüsslich einen heißen, schwarzen, sehr süßen Kaffee. Dabei überflog er eher beiläufig die Post, sortierte die Zeitschriften den anderen hinzu, verwarf etwas ärgerlich die meist unsinnigen Reklamesendungen, betrachtete etwas länger den Absender auf einem Brief, den er zunächst öffnen wollte, ihn dann aber vor sich auf den Tisch legte, von dem er sich nun müde erhob.

„Das eilt nicht. Das kann wenigstens noch so lange warten, bis ich gründlich ausgeschlafen habe.", sprach er mit sich selbst, denn er lebte allein.

Die zugezogenen, schweren Übergardinen ließen kaum das Licht der Sonne herein. Draußen war ein strahlend schöner Tag angebrochen. Felsen suchte etwas mühselig in eine Lage zu finden, in der ihn dann der Schlaf endlich überkam.

* * *

„Angeklagter! Muss Ihnen erst jetzt und hier vor Gericht klargemacht werden, dass Sie die Wahrheit... die W a h r h e i t... Angeklagter, ...nicht so einfach – mir nichts - dir nichts – verbreiten dürfen?!! Wer sind Sie denn überhaupt, dass Sie sich da Dinge herausnehmen, die Sie besser zu verschweigen gewusst hätten sollen! ... Angeklagter! Das Gericht wartet auf Ihre Erklärung!"

„Herr Staatsanwalt, Herr Vorsitzender Richter...", stammelte Felsen und erschrak fast selbst, wie trocken seine Stimme klang, wie hölzern sie zu sein schien, wie das noch nachhallende Echo ganz zerhackt erklang, die soeben gehörten selbstausgesprochenen Worte so fremdartig, „...es erfüllt den Tatbestand, dass ich die Wahrheit aussprach..."

„A u s s p r a c h?!!...", hallte es noch einmal an sein Ohr. „Welches Recht nehmen Sie sich denn da heraus! Doch wohl eines, das Sie gar nicht haben!..."

„Da bin ich nicht Ihrer Meinung... ich bitte um Vergebung... ich habe die Pflicht, die Wahrheit zu sagen, Herr Staatsanwalt, verstehen Sie? Die Pflicht..."

„Haben Sie dafür eine Unterschrift auf einem Papier hinterlassen, Angeklagter?!!"

„Nein. – Das heißt: doch! Ja! Da muss es auch eine Unterschrift von mir irgendwo geben..."

„I r g e n d w o o o o o ...???", hallte es in den Saal, in dem sich Menschenmassen drängten.

Gesichter zeichneten sich aus der Masse heraus, immer deutlicher wurden sie. Leere Gesichter – so viele... Neugierige Gesichter – nicht weniger viele... Herausfordernd fragende Gesichter – einige, als wollten sie Felsen eher verschlingen. Wenige ängstlich erscheinende Gesichter, die bald wie in bläulichgrauen Nebel zu verschwinden drohten, die Felsen mit seinen Blicken festzuhalten suchte, die noch etwas wie Leben in sich erkennen ließen...

Felsen brach der Schweiß aus. In der Kehle verspürte er eine die Stimme lähmende Trockenheit. Er wollte einen Schritt zu der Masse hin tun, aber die Beine versagten jeden Gehorsam. Als klebe er auf einem Boden fest, von dem er sich am liebsten wie ein Flüchtender entfernt hätte. ‚Warum kann ich hier nicht weg! Natürlich! Weil ich etwas zu sagen habe! Aber warum ist es falsch, was ich sage! Ich sage doch die..., ja, natürlich...' – rasten Gedanken durch seine Sinne:

„...Wahrheit! Ich sage die Wahrheit! Ich werde immer die Wahrheit sagen, von der ich annehmen muss, dass sie es ist! Und nicht ir-gend-wo unterzeichnete ich dafür, niemals ir-gend-wo, hohes Gericht! Ich habe es ge-schwo-ren, ich, ich,... ich ganz

allein! Ich habe dafür einen Eid abgelegt, vor m e i -
n e m Richter, Herr Vorsitzender! Und daraus ersteht
mir die Pflicht, meine Verantwortung..."

„P f l i c h t...?!! ... V e r a n t w o r t u n g...?!! Angeklagter... jetzt und hier stehen Sie vor Ihrem Gericht..., verantworten Sie sich hier...?!!"

Unerträglich wurde das Echo, das von den Wänden
zurückhallte, von den Säulen, die grau und mächtig
standen, als hätten sie einen Dom zu stützen. Ein
Echo, das bald verzerrt an Felsens Ohren hämmerte,
zu einem Gemisch geworden aus den Wörtern: Verantwortung..., irgendwo..., Angeklagter..., Wahrheit...,
Unterschrift..., Pflicht…

Felsen fühlte sich einer Machtlosigkeit wie hilflos
ausgeliefert, die er zu erkennen suchte, die er fassen
wollte, zu der er noch einmal sprechen wollte. Aber
die Gesichter verschwammen ineinander. Das des
Staatsanwaltes und das des Richters. Auch die aus der
Masse der drängenden Menschen. Er kannte sie irgendwie, aber er erkannte sie nicht. Er rang nach Luft,
um so viel wenigstens, um damit noch ein paar Worte
aussprechen zu können. Doch seine Lippen öffneten
sich tonlos. Was er sagen wollte, ...musste! ... nichts
mehr brachte er heraus...

Felsen erwachte. Schweißdurchnäßt war sein Pyjama. Im Erwachen noch rang er nach Luft. Dann
fühlte er sich dankbar, wie von einer Last befreit. Es

war ein Traum..., ein böser Traum, der sich ihm so deutlich gestaltete, dass er ihn von der Wirklichkeit nicht hatte unterscheiden können. Er atmete mehrere Male tief und ruhig durch. Es war ein Traum nur...

Auf solche Weise dem Schlaf entrissen, wagte Felsen keinen weiteren Versuch, sich ihm erneut hinzugeben. Als vibriere des Alptraum-Richters Stimme in ihm nach, suchte er nach etwas Zerstreuung. Beim Öffnen der schweren Übergardinen verriet ein wolkenloser Himmel, an dem die Sonne nur noch für den Ausklang des Tages stand, dass eine Gutwetterfront auch noch die kommenden Tage bestimmen würde. ‚Es wäre wohltuend, sich ein wenig die Füße zu vertreten', dachte Felsen, erfrischte sich etwas, schlüpfte in einen bequemen Jogging-Anzug und schickte sich zu einem Spaziergang an.

Die frische Abendluft tat gut. Nur wenige Schritte waren es bis zu einem kleinen Wäldchen, dann führte der Weg zwischen Wiesen und Feldern hindurch, es gab kein bestimmtes Ziel. Nun war es gestattet, die Zeit ganz unbeachtet zu lassen, denn nichts Zwingendes schrieb sie augenblicklich vor. Eine ganze Nacht stand noch bereit, in der man Ruhe finden konnte. Erst morgen würde einen der Alltag wieder in die Pflicht nehmen.

Die Sonne berührte bald wie zaghaft den Horizont, an dem sich die Silhouette einer kleinen Hügelgruppe abzeichnete. Dabei färbte sie sich zunehmend in tiefes Rot, das immer noch die Augen blendete und die Sinne täuschte, wenn diese beim Blick über die Wiesen wie in einem Negativbild bunt umflimmerte, dunkle Flecken wahrnahmen. Von den Feldern war längst geerntet worden. Von einigen stieg der allzu bekannte Duft frisch umgebrochener Erdschollen auf. J.-Christian Felsen sog ihn tief ein. Erinnerte er ihn doch an die Jahre seiner frühen Jugend. Eine wohltuende Erinnerung, die nicht erst in sein Bewusstsein zurückgeholt werden musste. Ihr gab er sich hin, gewann dabei Abstand zu alledem, was ihn zuvor noch bewegt hatte.

* * *

Als Felsen nach fast zweistündigem Spaziergang ausgeruht zu Abend gegessen hatte, erinnerte der jetzt erst wieder beachtete Brief daran, gelesen zu werden. ‚Hm. Nun bin ich ja gespannt', murmelte er frohgesinnt.

Mit einem schmalen Brieföffner schlitzte er das Kuvert auf, entnahm ihm den darin befindlichen Inhalt, faltete ein Schreiben auseinander und las:

‚Sehr geehrter Herr Dr. Felsen! In Beantwortung Ihres Schreibens vom Dienstag letzter Woche teile ich Ihnen mit, dass ich Ihrem Wunsch zu einer persönlichen Unterredung selbstverständlich gern entspreche. Hierzu möchte ich Ihnen für den Freitag dieser Woche die Zeit zwischen zehn und zwölf Uhr anbieten. Kurzfristig ist mir ein anderes Terminangebot leider nicht möglich. Sollten Sie Ihrerseits diesen Zeitpunkt für die von Ihnen gewünschte Unterredung wahrnehmen wollen, so sehe ich dem höflichst entgegen. Mit freundlichem Gruß, Krämer (Verwaltungsleiter).'

Felsen lehnte sich behaglich in seinem breiten Ledersessel zurück. ‚Na. Dann wird sich ja *höflichst* ein längst fällig gewordenes Gespräch hoffentlich auch erfolgversprechend anbahnen...Vielleicht noch nicht das letzte..., das wage ich fast jetzt bereits schon zu befürchten...'

Felsen überlas nochmals flüchtig diese Zeilen, legte das Schreiben auf den runden, kleinen Tisch zurück, langte nach einem Glas in die danebenstehende Hausbar und mixte sich einen Campari-Orange. Er hatte zu jener Ruhe zurückgefunden, die ihm ermöglichte, sich genüsslich eine Zigarillo anzuzünden. Um sich noch weiter von allem abzulenken, schaltete er das Fernsehgerät ein.

„Probieren Sie es selbst doch mal...", hauchte eine nichtssagende Stimme aus einem ebenso nichtssagenden Frauengesicht von der bunten Mattscheibe.

Felsen drückte die nächste Taste auf dem Piloten. Eine der Nachrichtensendungen lief bereits. Interessiert verfolgte er noch die restlichen Mitteilungen, unterdrückte seinen aufkommenden Ärger, als ihm

Szenen einer Demonstration und Protestkundgebung live zugespielt wurden.

‚Manch einer scheint verlernt zu haben, seine Vernunft sinnvoll zu gebrauchen. Von der Sprache ganz zu schweigen', waren seine Gedanken, während er einen Schluck Campari-Orange nahm.

Die Wettervorhersage, die hörte sich erfreulich an. Wenn sich die Meteorologen nicht allzu sehr verrechneten, dann dürfte es über das Wochenende hinaus vielleicht noch schön bleiben. Das kommende Wochenende wäre für Felsen frei, so jedenfalls stand es auf dem Dienstplan. Es wäre das erste Frei für zweieinhalb Tage nach reichlich drei Wochen Arbeit.

Das Programm der verschiedenen Sender schien für den heutigen Abend nichts zu bieten, was unbedingt sehenswert hätte sein können. Die Zigarillo war bis auf ein kurzes Stück in Asche verwandelt, ein letzter Zug noch davon, der eher ausgepafft wurde. In Felsen regte sich eine wohltuende Müdigkeit. Er räumte das leere Glas vom Tisch, säuberte den schweren, steinernen Aschenbecher, stellte ihn zurück, steckte das Schreiben des Verwaltungsleiters zu anderen Briefen auf seinem Schreibtisch und schickte sich an, zu Bett zu gehen.

„Zufall und Notwendigkeit" stand in deutlichen Lettern der Titel von Jaques Monods Buch zu lesen, das Felsen wenig später fast aus der Hand glitt, da ihm die Augen zufielen. Er legte es auf den Nachttisch zurück, auf einen Stapel anderer Bücher, die dort ungeordnet lagen, löschte das Licht und ließ sich in Morpheus Reich entführen.

* * *

Ein Tag wie jeder andere

„Adrian Kolbe?"

Noch etwas verschlafen klang die Stimme, die aus dem Dunkel des Röntgen-Demonstrationsraumes auf die Frage zu hören war:

„Sechzigjähriger Patient, wurde bewusstlos aufgefunden, war dann hier bei der Aufnahme wach und ansprechbar, eigentlich klinisch unauffällig. Wie er sagte, habe er gar nichts von alledem bemerkt, wunderte sich recht, was er hier im Krankenhaus solle. Seine Frau hat aber gemeint, ganz kurzfristig sei er schon einmal wie abwesend gewesen. Das war aber schon vor Wochen. Sonst ist nichts bekannt. Die körperliche Untersuchung ließ nichts wesentlich Auffallendes erkennen... Etwas übergewichtig ist der Patient. Trinkt nicht, raucht nicht... Der Blutzucker war etwas hoch, 160... Da bekommen wir aber heute ein komplettes Tagesprofil... Das EKG war unauffällig... Ein 24-Stunden-EKG ist angemeldet... Synkopenabklärung zunächst erst einmal und Ausschluss eines Diabetes mellitus... Der Patient fühlt sich subjektiv, seit er hier ist, recht wohl."

„Im Wesentlichen unauffälliger Herz- und Lungenbefund. Die etwas hochstehenden Zwerchfellkuppen, ja..., vielleicht hat der Patient bei der

Thoraxaufnahme nicht tief genug eingeatmet und die Luft dabei nicht ausreichend lang angehalten. Hat er denn sehr viel Übergewicht?"

„Mäßig... Er wiegt sechsundachtzig Kilogramm bei einer Körpergröße von einem Meter achtundsechzig."

„Ja..., das könnte schon hinkommen, dass hierbei auch das Körpergewicht zu berücksichtigen ist. Ein Hinweis für einen Erguss zeigt sich nicht. Beide Rippenwinkel sind frei und sauber abgrenzbar, ...jedenfalls keine kardialen Stauungszeichen."

Dr. Thorn, der Chef der Röntgenabteilung, erstellte, wie jeden Morgen, gründlich, schnell und präzise seine Diagnosen aus den Röntgenbildern, wobei es ihm eigen war, auch nach klinischen Anzeichen nachzufragen, die sich aus der körperlichen Untersuchung bereits ergaben. Man erlebte ihn dabei eigentlich nie ungehalten. Sein Wissen, sein gründliches Bemühen um das Finden der richtigen Diagnosen, seine Kooperationsbereitschaft, wenn es um weiterführende röntgenologische Untersuchungen ging, dies alles schätzte man sehr an ihm. Hier wurde keine Zeit verschwatzt. Alles war wichtig genug, um angesprochen zu werden. Oft war ein Problem schnell gelöst, ein anderes Mal dauerte dies länger. Man musste die Röntgenbesprechung nie unbefriedigt über sich ergehen lassen.

„Josepha Palme?"

Eine andere Stimme war aus dem Kollegenkreis zu hören:

„Verlaufskontrolle bei bekanntem Nierenkarzinom. Zustand nach operativer Entfernung der linken Niere, ebenso Zustand nach postoperativer Bestrahlung... Die Patientin ist vierundsiebzig Jahre alt, ziemlich kachektisch, wiegt nur achtundvierzig Kilogramm... Sie fühlt sich aber erstaunlich gut... läuft herum, weiß über ihre Erkrankung Bescheid, ...ist also aufgeklärt...".

Während Dr. Thorn unterdessen das Röntgenbild vom Lichtkasten genommen hatte und eine Stelle der Lunge über einer stärkeren kleinen Lampe genauer betrachtete, hörte man die Stimme des Kollegen fortfahren:

„Die Patientin leidet nun seit einigen Tagen an einem trockenen Reizhusten, vor allem nachts... Sie hustet leider nur sehr wenig ab, und aus dem Sputum, das sie bisher abhusten konnte, hat sich labortechnisch nichts finden lassen... Die Frage ist halt, ob sich bei ihr jetzt Lungenmetastasen zeigen..."

Dr. Thorn hatte das Röntgenbild wieder an den Lichtkasten gehängt. Er umkreiste mit einem Zeigestab eine ihm verdächtig erscheinende Stelle:

„Diese Frage ist sicher berechtigt. Zumindest sieht dieser Bezirk hier sehr verdächtig aus... Ich würde vorschlagen, dass wir diesen gezielt in einer Schichtaufnahme darstellen. Denn auf den Voraufnahmen...", dabei hielt er eine andere Röntgenaufnahme der Patientin an gleicher Stelle unter die Lupe, „...sieht es nicht auffällig aus."

„Wann könnte die Patientin denn zum Schichten kommen? Sie sollte zum Wochenende entlassen werden, und sie freut sich schon sehr darauf..."

„Schicken Sie sie heute noch, Herr Kollege. Sie soll halt etwas Geduld mitbringen. Irgendwie schieben wir sie dazwischen..., das wird sich machen lassen. Oder sagen Sie der Schwester, sie soll die Patientin dann gleich bei uns anmelden und sie uns dann auf Abruf bringen. Das ist, glaube ich, das Beste."

Dr. Thorn sprach leise zu einem seiner Assistenten, der daraufhin bejahend nickte.

„Ja. Das war's dann wieder für heute. Oder hat noch jemand Bilder mitgebracht?"

„Ich hätte Ihnen gern noch eine Thoraxaufnahme eines Patienten gezeigt, der vorletzte Nacht als akuter Notfall aufgenommen wurde. Ein etwa fünfundfünfzigjähriger Mann. Bedauerlicherweise ist er an einem akuten Herzversagen ad Exitum gekommen, trotz sofort eingeleiteter Intensivtherapie mit Reanimation. Ich habe weder das Herz noch die Lunge betreffend gravierende Veränderungen sehen können."

Dr. Felsen reichte dem Chef der Röntgenabteilung die Thoraxaufnahme. Dr. Thorn betrachtete sie recht lange und äußerte dazu:

„Herr Kollege... ich kann hier auch nichts sehen, was Rückschlüsse auf einen akuten Herztod zulassen würde... Haben Sie klinisch keine näheren Anhaltspunkte dafür?"
„Leider nein.", antwortete Felsen: „Es kann sich wohl nur um einen akuten Myokardinfarkt oder eine massive, akute Lungenembolie gehandelt haben. Das steht weiterhin offen im Raum..."
„Ich bedauere... Vom Röntgenbild her lässt sich weder das Eine noch das Andere bestätigen. Jedenfalls muss es ein sehr akuter Prozess gewesen sein, der noch keine sichtbaren Organveränderungen machte... Liegt ein Obduktionsbefund inzwischen vor?"
„Nein. Die Angehörigen standen einer Obduktion ablehnend gegenüber. Es war ja auch ein unerwartet harter Schlag für sie..."

Dr. Thorn gab Felsen das Röntgenbild zurück. Dieser würde nun dem Hausarzt des Mannes in seinem schriftlichen Befundbericht auch nur über „plötzlichen Herzstillstand" bei ‚Verdacht auf' akuten Herzinfarkt' oder ‚Verdacht auf akute Lungenembolie' berichten können...

Die morgendliche Röntgenbesprechung war beendet. Die siebzehn Kollegen der Medizinischen Abteilung strömten ihrem nächsten Ziel zu: der allgemeinen Frühbesprechung. Der jeweils diensthabende Kollege hatte über Patientenaufnahmen während der Nacht zu berichten, die anderen Stationsärzte über Patientenaufnahmen während des vergangenen Tages. Man arbeitete hier schon lange in einem guten Team zusammen. Wenn Ärgernisse angesprochen wurden, dann bezogen sie sich ausschließlich darauf, dass Bettenmangel bestand, der schon nahezu chronisch war, oder dass unzureichende oder untaugliche Geräte zur Versorgung der Patienten zur Verfügung standen. Ein Problem, welches nicht nur die Ärzte belastete.

„Christian? Weißt du schon von deinem Glück?", richtete Dr. Klapper hämisch grinsend seine Frage an Felsen, während sie gemeinsam die Treppen bis in die zweite Etage hinaufgingen.

„Von was für einem Glück? Sind wir hier nicht bereits alle glücklich genug?", entgegnete Felsen, musterte dabei das Gesicht seines Kollegen, auf dem sich stets etwas Verschmitztes abzeichnete, wenn er ‚Hiobsbotschaften' auf Lager hatte.

„Man gibt zur Abwechslung mal dir wieder die Ehre, die Station 32 ab heute zu übernehmen. Ich schätze, so für geraume Zeit."

„Und wie soll die Intensiv laufen?" Felsen schien wenig erbaut von dieser Nachricht.

„Vielleicht lässt dir in den nächsten Tagen die Stationsarbeit etwas Zeit dafür, diesbezüglich in der Verwaltung einmal nachzufragen. Auf der 32 darfst du ab sofort 44 Betten allein betreuen. Das durfte Bodo auch, bis es ihn gestern erwischte. Die Intensiv? Mein Gott! Das wird doch auch noch einer allein schaffen können!"

Dr. Klapper gab somit eher einer bitteren Ironie Ausdruck. Sein Grinsen war längst allem zurückgehaltenen Zorn gewichen, der eine merkliche Röte in seine Wangen aufsteigen ließ.

„Markus, ist dir bewusst, was du da sagst?! Die Intensiv ist vollständig ausgelastet! Alle neun Betten sind belegt! Und keiner der Patienten ist soweit außer Gefahr, dass er schon auf die Allgemeinstation verlegt werden kann! Es laufen zurzeit vier Beatmungsmaschinen rund um die Uhr. Wenn eine fünfte benötigt würde, dann ständen wir da, müssten wieder die anderen Abteilungen abgrasen, darum betteln, dass man uns eine leiht. Max und ich, wir sind zu zweit schon am Rotieren! Das ist einfach ein Ding der Unmöglichkeit... Was ist mit Bodo geschehen?"
„Bodo liegt in einem Krankenhaus.", affte der Kollege unvermittelt herum, schaukelte sich dann mächtig hoch: „Und frag mich bitte nicht danach: was ist ein Krankenhaus? Ein Krankenhaus ist ein Haus, das mit Kranken überfüllt ist, die gar nicht krank werden wollten, ...verdammt noch mal, aber krank geworden sind!"

Und nach einer Pause, die Dr. Klapper zum Abreagieren eines Ausbruchs von Zorn brauchte, teilte er Felsen mit, dass der betreffende Kollege in eine Autokarambolage verwickelt worden war, glücklicherweise mit einer nicht allzu schweren Gehirnerschütterung davonkam. Er sei in ein Krankenhaus eingeliefert worden, gute 200 Kilometer entfernt von hier. Bis er wieder fit sei, dürften drei bis vier Wochen vergehen. Die sechs internistischen Stationen im Hause seien bereits voll ausgelastet. Man habe schon untereinander an Betten aufgeteilt, was möglich war. Auch die Privatstation könne derzeit nur von einem Kollegen allein versorgt werden. Aus den Funktionsabteilungen könne niemand mehr abgezogen werden.

„Christian. Du kennst den Laden hier doch selbst schon lange genug. Monika ist noch eine Woche in Urlaub. Sie hat von ursprünglich vier Wochen auf zwei schon zusammengestrichen. Aus der Dialyse geht Thomas morgen für zwei Wochen in Urlaub. Den hat er bitter nötig, nachdem er von Anfang des Jahres an durchgerackert hat. Und die verantwortlichen Damen und Herren aus den Verwaltungsbereichen, die uns von dem Gnadenbrot ‚Arbeit' so großzügig naschen lassen, können es bedauerlicherweise nicht verstehen, dass es zum Beispiel auch an Planstellen für das Krankenhauspersonal fehlt. Weißt du..."

„Jaja, ich weiß..." warf Felsen ungehalten ein: „Sie scheinen an gewissen Methoden der Kybernetik herumzuforschen: ‚Wie funktionieren selbsttätige

Regelungs- und Steuerungsmechanismen, wenn man sie sich selbst überlässt'. So ähnlich jedenfalls stelle ich mir das Ganze langsam vor, ohne dabei jemandem zu nahe treten zu wollen. Nur: wenn wir unsere Zeit damit verbringen, über die Unsterblichkeit der Maikäfer nachzudenken, würde das für unsere Patienten wenig von Nutzen sein. Katastrophale Zustände sind das einfach. Mehr habe ich dazu vorläufig nicht zu sagen... Also dann rechnet man heute auf der 32 mit mir? Geht in Ordnung... Wenn nur Max nicht durchdreht."

Der Besprechungsraum war erreicht. Dr. Felsen hatte über keinen Patienten zu berichten. Seit dem letzten Neununddreißigstundendienst, der annähernd pausenlos seinen Einsatz forderte, blieben ihm zwanzig Stunden zur Regeneration. Er würde wohl erst am darauffolgenden Tag in diesem Kreise vorzutragen haben. Er machte sich auf den Weg zu seiner Station.

„Einen recht schönen Guten Morgen, die Damen...", stellte sich Felsen im Schwesternstützpunkt der Station 32 vor, wobei es durchaus nicht seine Absicht war, sich über irgendetwas lustig zu machen. Es verblüffte ihn selbst, dass ein Anklang von Zynismus in seinem Tonfall lag.

„Herr Dr. Felsen? Guten Morgen. Sie müssen hier nicht in einer Art und Weise auftreten, als befänden wir uns in einem Sanatorium! Seit fünf Uhr morgens wissen wir schon nicht mehr, wo uns der Kopf steht. Hier! Sehen Sie! Das Blut ist noch nicht abgenommen, das Labor nimmt es uns nur bis Viertel vor Zehn ab. Die Doktors ordnen nur an, kümmern tut sich dann keiner weiter darum. Aber das ist ja auch schon wurscht. Sie kommen sicherlich nur bei uns vorbei, weil Sie uns einen Patienten zuschieben wollen, ...einen aus der Intensivstation, pflegeintensive Versorgung... Wir haben zurzeit so viele Pflegefälle auf Station, dass wir unseren Dienst schon um eine Stunde früher antreten, damit wir wenigstens mit dem Waschen der Patienten durchkommen. Nenee, Herr Doktor, wir sind dicht!"

Schwester Maria, die Stationsschwester, wendete sich sehr aufgebracht ab und ihrer Arbeit im Spritzenraum zu. Felsen folgte ihr nachdenklich und wieder in der ihm eigenen, ruhigen Art.

„Schwester Maria, ich bitte um Entschuldigung. Es war nicht meine Absicht, Sie in irgendeiner Form zu verletzen. Und ich komme auch nicht, um Ihnen einen Intensivpatienten ‚zuzuschieben', wie Sie sich ausdrückten... Ich bin ab sofort für Ihre Station zuständig..., was mir bedauerlicherweise auch soeben erst bekanntgegeben wurde."

Die Stationsschwester kappte flink und gekonnt die Köpfe einiger Ampullen, zog ihren Inhalt in Injektionsspritzen auf, hielt diese umgekehrt gegen das Licht und schob deren Stempel gewissenhaft bis zu einem bestimmten Markierungsstrich vor.

„Das habe ich nicht gewusst, Doktor... Kommt Dr. Till denn nicht?"

Schwester Maria konnte jetzt nur schwerlich eine Betretenheit verbergen.

„Nein... Dr. Till hatte einen Autounfall, er liegt selbst in einem Krankenhaus."
„Um Gottes Willen, Herr Dr. Felsen! Ist es ernst?"
„Ich kann Sie hoffentlich beruhigen, Schwester. Er soll angeblich mit einer leichten Gehirnerschütterung davongekommen sein. Wollen wir hoffen, dass es auch wirklich dieses nur ist... Aber sobald wird er seinen Dienst hier nicht wieder antreten können... Sie müssen nun leider mit mir vorlieb nehmen."

Felsen sah sich den Injektionsplan an, der über dem Arbeitstisch an der Wand hing.

„Viele insulinpflichtige Diabetiker liegen zurzeit auf Station... Ein Infusionsprogramm läuft auch noch auf vollen Touren... Ganz schön viel los bei Ihnen, Schwester..."
„Herr Dr. Felsen, wir sind bald total am Boden mit unseren Kräften. Schwester Gabi ist bis vor drei Wochen noch da gewesen, dann ist sie in Mutterschutz gegangen. Bis sie ihr Baby bekommen und wieder bei uns tätig werden kann, dazu brauche ich Ihnen ja

nichts weiter zu sagen... Ich habe schon wiederholt eine Ersatzkraft angefordert. Glauben Sie, da würde sich etwas rühren? Was denken die sich eigentlich in der Verwaltung! Die sollen nur mal einen einzigen vollen Tag hier unsere Arbeit mitmachen, die würden wohl ganz schnell die Flucht ergreifen. Aber wir sind ja die Dummen, mit uns kann man es ja machen. Nach uns kräht doch kein Hahn... Es ist manchmal wirklich zum Verzweifeln, Herr Doktor."

Schwester Marias Verzweiflung klang nicht nur aus ihren Worten, sie ließ sich auch von ihrem Gesicht ablesen. Felsen musste unwillkürlich an seinen Alptraum denken, der ihm den Schweiß aus allen Poren getrieben hatte. ‚...Muss Ihnen erst jetzt und hier klargemacht werden, dass Sie die Wahrheit nicht so einfach...' – Ihn schauderte noch einmal kurz bei dem Gedanken an diesen bösen Traum, der ja Gott sei Dank nur ein Traum war. Hier begegnete er soeben der Realität, an der etwas zu beschönigen bedeutet hätte, ihr nicht wirklich zu begegnen. Sie zu verdrängen wäre nicht weniger aufrichtig. Aber: ‚Ich sage die Wahrheit! Ich werde immer die Wahrheit sagen, von der ich annehmen muss, dass sie es ist...', das rief er dem „Alptraum-Richter" zu. Mit ihr wurde er soeben in aller Wachheit und Wirklichkeit konfrontiert. Das Wesen seines Charakters regte sich empfindlich deutlich in ihm: es würde ihm kaum möglich sein, Kompromisse einzugehen. Er kannte sich in diesem Punkte selbst nur zu gut.

„Schwester Maria, ich glaube, ich kann Sie sehr gut verstehen... Glauben Sie, ...Schwester, dass es uns sehr viel anders geht?"

Felsen verharrte mit fragendem Blick.

„Ach..., es geht uns hier doch allen miteinander so. Und wer muss das Ganze letztendlich ausbaden?"
„Unsere Patienten, Schwester Maria, unsere Patienten.", setzte Dr. Felsen fort. „Das ist es auch, was uns alle daran so sehr belastet..."

Dr. Felsen besah sich die in Plastikbechern bereitgestellten Röhrchen für die Blutabnahmen. Ein kurzer Blick auf die Uhr ermahnte zur Eile. In einer halben Stunde musste von dreizehn Patienten Blut abgenommen sein, sonst würde man im Labor auf Ungnade stoßen. Denn auch dort musste rund um die Uhr hart gearbeitet werden. Das ließ sich nur bewältigen, wenn nach festem Organisationsprinzip vorgegangen wurde. Zu jedem Zeitpunkt konnte irgendein Notfall dazwischenkommen, und die Labortechnische Abteilung war nicht nur für die Medizinischen Stationen zuständig. Die Chirurgen, Neurochirurgen, Anästhesisten, Gynäkologen, Orthopäden und die Kinderabteilung – für viele Patienten musste gesorgt werden.

Auf einem kleinen Tablett stellte sich Dr. Felsen jene Becher zusammen, auf denen gleiche Nummern der Krankenzimmer vermerkt standen. Die Glasröhrchen waren mit den Namen der Patienten versehen, mit denen Felsen sich erst noch vertraut machen musste. Er kontrollierte den Inhalt seiner linken Kitteltasche, schien darin nach etwas zu suchen, fand es jedoch nicht.

„Schwester Maria? Kann mir die Station bitte mit einer Staubinde aushelfen? Die meine ist wieder einmal spurlos verschwunden. Man sollte seinen Kittel besser nie aus den Augen lassen. Wenn etwas dringend gebraucht wird, dann wird es einfach genommen... Es stand an der meinen ja auch nicht dran, dass sie mir gehört. Bedauere, Schwester. Wo finde ich hier eine Staubinde?"
„In dem rechten oberen Schubfach unter dem Medikamentenschrank, Herr Doktor. Aber bitte wieder zurücklegen! Das ist unser letztes Schmuckstück!"

Und aus der verklingenden Stimme der Schwester war zu schließen, dass sie sich entfernte.

„Hm. Wirklich: ein Schmuckstück! Aus welchem Jahrhundert?", murmelte Felsen fast amüsiert vor sich hin, als er überrascht eine Antwort darauf vernahm:
„Aus dem Jahrhundert der Jäger und Sammler."

Hinter ihm stand eine sehr junge Schwester, die sich auch sogleich vorstellte und Felsen dazu die Hand reichte:

„Ich bin die Elisabeth. Ich bin noch Schwesternschülerin und seit dieser Woche erst hier auf der Station."

„Felsen ist mein Name. Ich bin ab jetzt erst auf der Station. Ich darf Ihnen gleich ein Lob aussprechen, Schwester..." – er suchte nach dem Namen – „Elisabeth?"

„Ganz richtig, Herr Doktor." und sie kicherte in frischer Jungmädchenart.

„Aus dem Jahrhundert der Jäger und Sammler.", musste Felsen schmunzelnd wiederholen. „Bewahren Sie sich Ihren Scharfblick. Den werden Sie in unserem Beruf noch oft brauchen. Aber Scherz beiseite. Gibt es hier kein brauchbareres Instrumentarium? Dieses ausgenörgelte Gummiband! Da kann ich gleich einen Strick stattdessen hernehmen!"

„Warten Sie, ich schau noch mal hier nach."

Die Schwesternschülerin kramte emsig in einer anderen Schublade, aus der sie ein paar kurze Gummischläuche zog.

„Danke, Schwester. Das ist schon eher etwas. Warum nicht nach der Methode von vorgestern... Gibt es hier irgendwo wenigstens noch eine Klemme dazu?"

Felsen prüfte zwei, drei von den Gummischläuchen auf ihre Elastizität.

„Wie sieht denn eine Klemme aus?"

„Ach, lassen Sie, Schwester. Dann muss es eben nach der Methode von Übergestern gehen. Wie eine Klemme aussieht, das zeige ich Ihnen gelegentlich noch. Jetzt drängt die Zeit. Und mit der Visite kann ich auch nicht noch länger warten."

Dr. Felsen nahm das Tablett und eilte zielstrebig dem ersten Krankenzimmer zu.

„Guten Morgen die Damen! Bitte nicht erschrecken, Sie sehen an Ihrem Doktor heute ein neues Gesicht. Felsen ist mein Name, schlicht und einfach: Felsen. Wer von Ihnen ist bitte Frau... Gröber..." buchstabierte er aus der Handschrift auf dem Etikett von einem der Glasröhrchen.
„Gröbner, Herr Doktor, Gröbner, ...das bin ich."

Eine Dame mittleren Alters korrigierte den von Felsen falsch ausgesprochenen Namen, wobei sie eine besondere Betonung dem „n" verpasste, währenddessen den linken Ärmel ihres Nachthemdes in forscher Erwartung hochstreifte.

„So mutig, Frau Gröbner? Respekt!"

Während Dr. Felsen den Stauschlauch am Oberarm der Patientin anlegen wollte, dabei ein Stückchen von dem Stoff des Nachtgewands umwickelte, bemühte sich die Patientin:

„Warten Sie, Herr Doktor, ich kann den Ärmel noch weiter hinauf streifen."

„Liebe Frau Gröbner, das wäre mir allerdings gar nicht so recht. Lassen Sie mal. Ich wollte es absichtlich so machen. Auf der Haut ist so ein Schlauch nicht recht angenehm. Da kann es beim Abbinden ein wenig zwicken, und das muss ja nicht sein."

„Ach, Herr Doktor, wenn es nur ein wenig zwickt... Aber ich will Ihnen da nicht hineinreden..."

Felsen hatte ohne Schwierigkeiten eine Vene angestochen, entnahm daraus in drei verschiedene Röhrchen Blut, drückte noch eine kurze Zeit auf die Einstichstelle, nachdem er den Stauschlauch mit einem Handgriff wieder gelöst und die Nadel rasch entfernt hatte.

„Schon fertig, Herr Doktor?"
„Ging es zu schnell?"

Die Patientin lachte und schien dabei recht erleichtert.

„Wissen Sie, ich bin ja schon so zerstochen worden, und dann hab ich auch noch so schlechte Venen."
„Wovon ich nicht recht überzeugt bin. Sie haben ganz prächtige Venen, Frau Gröbner! ... Sind Sie schon länger bei uns?"

Felsen hatte längst bemerkt, dass an ihrem anderen Arm eine Schiene angelegt war, umwickelt mit einem leichten Watteverband, und neben dem Bett befand sich ein Ständer mit einem ganzen Arsenal von Infusionsflaschen, teils mit Stanniolpapier umwickelt, damit die Wirksamkeit der darin befindlichen Medikamente durch das Tageslicht nicht gemindert wurde. Er würde die Infusionen später selbst anzuschließen haben... Felsen bemerkte auch, dass der Frau die linke Brust abgenommen war und dass ihre schönen, blonden Haare nicht ihre eigenen waren. Ein sehr gepflegtes äußeres Erscheinen verriet ihm, dass hier aller Lebensmut aufrechterhalten wurde.

„Ich bin diesmal eigentlich noch nicht so sehr lange hier. Also, der zehnte Tag ist es heute schon, aber als das Ganze mit mir anfing…, da waren es schon vier Wochen fast. Ich hatte Brustkrebs, Herr Doktor, wissen Sie? Nie im Leben hätte ich geglaubt, dass ich so etwas mal bekommen könnte! Anfangs hab' ich es auch gar nicht glauben wollen. Ich hatte ja gar keine Schmerzen, Herr Doktor. Nur so ein kleines Knötchen da, wissen Sie? Da ganz außen..." – und sie deutete an eine Region an ihrer gesunden Brust – „...das hat mich dann etwas stutzig gemacht. Man liest ja so Vieles in Zeitschriften darüber. Da bin ich dann zu meinem Hausarzt gegangen, und der hat mich dann sofort eingewiesen. Ja...–, und dann musste mir halt die linke Brust abgenommen werden..."

Dr. Felsen unterbrach die Patientin nicht während ihrer Schilderungen. Solchen schenkte er stets besonderes Gehör. Er hatte immer und immer wieder die Erfahrung gemacht, dass man nahezu wie aus einem aufgeschlagenen Buch darüber lesen kann, *was* einem Menschen fehlt und *wo* ihm der Schuh drückt, ...hört man nur geduldig zu. Für ihn war das eines der wichtigsten Dinge, die den Weg zur Diagnose wiesen.

„Frau Gröbner, da haben Sie wirklich kein leichtes Los zu tragen. Ich komme dann später bei der Visite noch einmal zu Ihnen. Jetzt muss ich mich erst ein wenig sputen, die Patienten gründlich peinigen mit dieser ekelhaften Stecherei, die aber leider sein muss!"

„Aber Sie peinigen uns doch nicht, Herr Doktor!", lachte Frau Gröbner herzlich aus sich heraus und auch die anderen beiden Damen im Zimmer mussten schmunzeln. „Schauen Sie, ich habe es nicht einmal bemerkt, dass Sie mich gestochen haben!"

„Nicht so voreilig, Frau Gröbner, und vor allem keine Vorschusslorbeeren. Was nicht ist, das kann noch werden!"

Und nun mussten alle drei Patientinnen lachen.

Von zwei Patienten hatte Dr. Felsen noch Blut abzunehmen, als Schwester Maria ihren schnellen Schritten vor einem der Krankenzimmer Einhalt gebot, auf ihn zueilte und äußerst aufgebracht zu ihm sagte:

„Herr Dr. Felsen. Wenn Sie morgens schon, während der Blutentnahme, mit den Patienten so ausführliche Gespräche führen, dann geht das wohl ein bisschen zu weit. Schaun Sie doch mal auf die Uhr!? Glauben Sie, dass das Labor uns die letzten Proben noch abnimmt? Sie haben doch bei der Visite Zeit genug, sich mit den Patienten zu unterhalten! So werden wir hier doch nie fertig!"

„Schwester Maria! Ich darf wohl bitten!" brauste Felsen vernehmbar auf: „Wo sind wir denn hier? Auf einem Schlachthof? Oder in einem Panoptikum? Wir sind hier auch in keinem Sanatorium! Ich kann verstehen, dass auch Sie nicht mehr, als wirklich nur schuften können. Das sehe ich ja selbst! Und nicht erst seit jetzt und heute!"

Felsen erregte sich über diesen unerwarteten Vorwurf, tourte dann jedoch wieder etwas ab.

„Ich kann diese Situation leider nicht lösen. Ich wüsste nicht, was ich lieber täte. Aber hier wurden uns Menschen anvertraut..., kranke..., sehr kranke Menschen! Sie sind uns anvertraut in ihrer ganzen Hilflosigkeit! Begreifen Sie das, Schwester Maria!"

Wieder wurde er etwas heftig im Ton.

„Wenn es Sie so stört, dass ich mit meinen Patienten spreche, wenn es Sie derart in Panik versetzt, dass Sie fürchten, dadurch nie fertig zu werden, dann tragen Sie das dem Bürgermeister vor! ... Oder dem

Stadtrat! ... Oder dem Verwaltungsleiter! Aber unterlassen Sie es ein für allemal, mir diesbezüglich Vorschriften machen zu wollen!"

Er stand nun direkt seiner Stationsschwester gegenüber und fixierte sie energisch mit seinen Blicken.

„Wenn Sie oder ich in einem der Betten liegen würden, dann würde es uns wohl auch nicht recht sein, wenn wir nur ‚abgefertigt' würden. So nach dem Motto: husch, husch..., schnell, schnell..."

Dr. Felsen war nicht so einfach aus der Fassung zu bringen. Doch wehe, wenn dies dann doch einmal geschah. Dann musste der, den es traf, hart im Nehmen und durfte nicht empfindlich sein. Er sprach aus, was er für richtig und der Wahrheit entsprechend hielt. Kompromisslos, schonte auch sich selbst nicht dabei. Wenn er trotz dieser seiner Art die Wertschätzung vor den anderen nicht verloren hatte, dann deshalb, weil man ihn zwar als unnachgiebigen Verfechter einer Sache fürchtete, ihn aber nie nachtragend erlebte.

Felsen hatte die letzten Blutproben selbst ins Labor getragen.

„Guten Morgen. Hier ist noch etwas nachzureichen, von Station 32. Ich weiß, die Zeit ist um eine reichliche Viertelstunde überschritten – diese Blutproben laufen trotzdem noch in Ihrem Routineprogramm mit. Bitte nicht als Notfall deklarieren! Ich möchte auch heute noch alle Werte daraus zu sehen bekommen. Es tut mir leid, es ließ sich heute nicht schneller erledigen. Morgen werden die anfallenden Proben bis spätestens acht Uhr bei Ihnen eintreffen."

Er stellte die Röhrchen auf den Labortisch, wendete sich zur Tür, als ihm nachgerufen wurde:

„Natürlich! Wieder mal die 32! Die will wohl eine Ausnahme bewilligt bekommen!?"

Felsen drehte sich langsam um, musterte die Laborantin, als wolle er sie mit seinen Blicken durchbohren:

„*Eine* Ausnahme, Fräulein Klein? *Eine* Ausnahme nur? Geben Sie sich keinen falschen Hoffnungen hin. Vielleicht fällt mir noch etwas ganz anders ein! Vielleicht möchte ich ausschließlich nur noch Ausnahmen bewilligt bekommen..." und korrekt fasste er zusammen: „Ab morgen dann bis spätestens acht Uhr. Vielen Dank."

Dr. Felsen steuerte wieder seiner Station zu. Fräulein Klein stand sprachlos, als hätte sie auf der Stelle Wurzeln geschlagen. Sie nahm die soeben gebrachten Proben, stellte sie zu den anderen, die bis dahin noch unberührt standen.

‚Hier Ist fast jeder überfordert', dachte Felsen auf dem Weg zur Station. ‚Das wird sich von heute auf morgen nicht ändern lassen... Trotzdem musste ich Schwester Maria energisch einen Dämpfer verpassen... Wenn man sich still dem Schicksal fügt, dann wird die Situation nicht besser... Manch einer sollte lieber dort explodieren, wo der geeignetere Ort dafür gegeben scheint... Ich bin hier schließlich nicht tätig, um einen Job auszuüben... Krämer soll ganz bestimmt „höflichst" von mir erfahren, wie es nicht weitergehen kann! ... In erster Linie bin ich dies meinen Patienten schuldig. – Kann es verwundern, wenn eine Kluft zwischen Arzt und Patient nur noch gähnender zu klaffen droht? ...'

Als Felsen den Stationsstützpunkt wieder erreichte, fand er Schwester Maria am Tisch sitzend vor, den Kopf hielt sie zwischen ihren Armen. Hier waren die soeben aufschäumenden Wogen keineswegs schon wieder geglättet. Felsen setzte sich zu ihr an den Tisch. Er musste recht hart ins Schwarze einer Schwesternseele getroffen haben.

„Seit wann, Schwester, tun Sie hier eigentlich schon Ihren Dienst?"

Für einen Moment schien es noch stiller in einer Stille zu werden. Dann, nach einer Pause, die Antwort:

„Seit fünfundzwanzig Jahren, Herr Doktor."

„Das ist eine sehr lange Zeit..."
„Das kann man wohl sagen."

Dann, nach einer Pause, machte Schwester Maria ihrem Herzen gründlich Luft:

„Früher..., da hat es das alles nicht gegeben, so, wie es jetzt hier zugeht. Wir haben auch nicht weniger gearbeitet, als jetzt. Aber wir waren viel froher bei unserer Arbeit. Da mussten wir uns auch nicht zusätzlich noch mit all dem Papierkram belasten, mit dem wir uns heutzutage beschäftigen müssen... Für jede Laboruntersuchung muss ein Riesenzettel ausgeschrieben werden, für jede Röntgenuntersuchung, für alles muss ein Formular ausgefüllt werden! Dann muss tagtäglich für jeden Patienten ein neuer Küchenzettel ausgeschrieben werden, und das für jede Mahlzeit gesondert... Die Verwaltung will ihre Formulare dann auch noch über die Patienten haben... ach, und so Vieles mehr. Wir sitzen doch bald nur noch als Schreibkräfte herum, Herr Doktor! Wie sollen wir denn dabei zu unserer eigentlichen Arbeit kommen? Die Patienten waschen, Betten machen, viele sind zu füttern... Manchmal müssen wir ihnen das Essen einfach nur hinstellen, weil keiner dazu kommt, den Patienten dabei zu helfen. Und wenn, dann muss alles ganz schnell gehen. Da kann man doch gar nicht erwarten, dass die Leute wieder richtig auf die Beine kommen! Wie viele Pflegefälle waren es, die wir schon hochgepäppelt hatten, und wenn es soweit war, fehlte es an Personal, die Leute ein- oder zweimal ein bisschen herumzuführen. Das alles zusammen ist einfach nicht zu schaffen! Da bräuchten wir mindestens zwei Pflegekräfte mehr. Aber die werden uns ja nicht bewilligt!"

„Sie haben doch über diese Probleme gewiss auch mit Ihrer Oberschwester gesprochen? Was meint die denn dazu?"

„Die kann auch nichts machen. Die Oberschwester bemüht sich schon seit Jahren darum, dass hier eine Erleichterung für uns geschaffen wird. Nur tut sich nichts..."

Dr. Felsen hörte sehr oft solchen Klagen zu. Es sah auf anderen Stationen nicht viel besser aus. Überall fehlte es an Planstellen, die weiß Gott keinen Luxus bedeuteten. Bitter nötig wurden sie gebraucht...

„Und jetzt", fuhr Schwester Maria fort, „wo die Gabi ausgefallen ist, und wir keinen Ersatz dafür bekommen haben – Herr Doktor, wir drehen hier bald alle durch."

„Haben Sie mit Krämer einmal darüber gesprochen?"

„In der Verwaltung? Gesprochen ist gut! Wissen Sie, wie blöd ich mir danach vorkam? Ich habe die Situation dem Krämer erklärt, wirklich, Herr Doktor. Ich hab darum gebeten, dass wir wenigstens jemanden zum Ersatz für Schwester Gabi bekommen. Wissen Sie, wie der Verwaltungsleiter darauf reagiert hat?

Eine Hand hat er hinter sein Ohr gehalten und hat immer wieder gefragt: ‚Was sagten Sie gerade?' Dann habe ich das Ganze wiederholt vorgetragen. Darauf hat er genauso wieder reagiert, hat gesagt: ‚Ich muss wohl heute irgendetwas mit meinen Ohren haben. Ich höre so schlecht. Ich kann leider nicht verstehen, wovon Sie soeben gesprochen haben. Bitte, reden Sie doch etwas lauter.' ... Ne, Herr Doktor, zu dem bringen mich keine zehn Pferde mehr. Verarschen kann ich mich alleine auch. Das hatte mir dann wirklich gereicht."

Der Gesichtsausdruck von Dr. Felsen wurde beim Zuhören dieser Episode immer angespannter. Mit strengem Blick und deutlich ernstem Tonfall fragte er unmissverständlich:

„Schwester Maria, was Sie mir soeben berichteten, ...ist dies tatsächlich *so* geschehen!?"
„Ich kann es beschwören, Herr Doktor!"
„Sie müssen es nicht beschwören. Ich will nur wissen: kann ich auf Ihre soeben gemachte Aussage jederzeit zurückgreifen?"
„Das können Sie, Herr Doktor, ganz gewiss, das war so und dazu stehe ich auch. Aber sagen Sie doch selbst! Kommt man sich dabei nicht wie verblödelt vor?"
„Das ist eine sehr milde Bezeichnung dafür... Kommen Sie, Schwester, die Visite steht längst an."

***

Schwester Maria hatte auf dem Stationswagen schon alles hergerichtet, was für die Visite benötigt wurde. Sie steuerte den Visitenwagen auf das erste Zimmer zu. Dr. Felsen hatte mit den Kranken hier bereits flüchtig Bekanntschaft gemacht, als er von einer Patientin Blut abgenommen hatte. Während die Stationsschwester die Kurvenmappen auf die Fußenden der Betten verteilte, begrüßte Dr. Felsen die erste Patientin, um die er bereits Näheres wusste:

„So, Frau Gröb... ner", suchte er, den Namen jetzt richtig auszusprechen: „Wie schon angekündigt, erscheine ich nun nochmals bei Ihnen. Sie hatten mir ja bereits schon über ihre Erkrankung berichtet."

Dr. Felsen griff zu der Krankenakte, schlug sie an einer bestimmten Stelle auf und studierte die Aufzeichnungen.

„Das ist also heute der dritte Tag, an dem diese Infusionen laufen..."
„Ja, Herr Doktor, diese Chemotherapie erhalte ich jetzt zum vierten Mal seit meiner Operation."
„Setzt sie Ihnen sehr zu?"
„Naja, ...man kennt das ja nun. Unangenehm ist halt immer diese Übelkeit, die dabei auftritt..."
„Schwester?", fragte Felsen, ohne dabei von der Kurve aufzublicken: „Ich sehe hier keinen Vermerk darüber, ob der Patientin vor Anlaufen der Infusionen

Paspertin gespritzt wurde. Hat sie es nicht bekommen? Wenn nicht, dann geben wir ihr doch zwei Milliliter davon vorgespritzt und zusätzlich eine Kochsalzlösung mit zehn Millilitern langsam im Tropf dazu."

Schwester Maria notierte sich alle Anordnungen in das Visitenbuch.

„Was ist das, Herr Doktor, was Sie da meinen?", und es war nicht nur Neugier, sondern auch eine zaghafte Ängstlichkeit, die aus der Frage klang.

„Das ist ein Medikament, das wir Ihnen zusätzlich geben können, um der Übelkeit ein wenig an den Kragen zu gehen. Erfahrungsgemäß bringt das bei vielen Patienten eine wesentliche Erleichterung, wenn es in Kombination mit einer chemotherapeutischen Behandlung gegeben wird. Nebenwirkungen treten dabei sehr selten auf."

„Und was wären solche Nebenwirkungen?"

„Man kann sich ein wenig benommen fühlen, aber das ist nur ein vorübergehender Effekt. Es kann in wenigen Fällen aber auch zu einem Unruhegefühl kommen. Das kommt nicht häufig vor, eher sehr selten, doch dieses gibt es. Dann müssten wir dieses Medikament wieder absetzen. Aber der Versuch wäre unbedingt zu empfehlen. Sie sollen vor allem Appetit bekommen, um wieder kräftig auf die Beine zu kommen!"

„Ach ja, ...mit dem Appetit ist es sehr schlecht, wenn ich diese Infusionen da bekomme. Danach dauert es fast vierzehn Tage, ehe ich wieder richtig etwas essen kann Herr Doktor."

Für Felsen war ein Leidensdruck, der sich auf dem Gesicht der Patientin abzeichnete, nicht zu übersehen.

„Sehen Sie, Frau Gröbner, und *dagegen* wollen wir Ihnen helfen. Ich würde vorschlagen, wir versuchen es einmal damit und Sie melden sich sofort, wenn Sie bemerken sollten, dass es Ihnen nicht bekommt. Wäre das ein Vorschlag?"

„Ja, Herr Doktor. *Sie* sind der Arzt und müssen es ja wissen! Es wäre schön, wenn ich von dieser Übelkeit nicht mehr so sehr geplagt wäre."

„Schwester Maria, Ich denke, wir beginnen heute noch damit. Lassen Sie es mich wissen, wenn Frau Gröbner das Medikament nicht so gut vertragen sollte. Dann könnten wir es mit Motilium versuchen."

Und zur Patientin gewandt:

„Das wäre ein ähnlich wirkendes Medikament. Wissen Sie, Frau Gröbner, so, wie jeder Mensch sich von einem anderen unterscheidet, so gibt es auch Unterschiede darin, was der eine besser verträgt, der andere weniger. Einverstanden?"

„Aber selbstverständlich, Herr Doktor. Von Ihnen bekommt man das alles ja so deutlich erklärt. Aber oft weiß man es gar nicht, was da mit einem geschieht."

„Ja dann fragen, nichts als fragen! Das ist doch Ihr gutes Recht! Der Patient sollte seinem Arzt ruhig auch auf die Pelle rücken."

„Das sagen Sie, Herr Doktor..."

Aber weiter setzte die Frau den Satz nicht fort.

„Ich möchte Sie gern abhören. Machen Sie sich bitte etwas frei?"

Frau Gröbner legte sich in die Kissen zurück und knöpfte ihr Nachthemd auf, zog es an den Knopfleisten auseinander und drückte ihren Brustkorb heraus.

„Was soll ich da mit diesem ‚Kassendreieck' anfangen?", fragte Dr. Felsen im Tonfall leichter Ironie.

„Sie wollten mich doch abhören, Herr Doktor?"

„Das will ich auch, aber rundherum! Allzu sparsam müssen wir hier nicht sein."

Alle im Zimmer mussten lachen, auch Schwester Maria, die zu der Patientin ging, um ihr beim Entkleiden zu helfen:

„Hoch das Hemd und frei die Brust! Sie sehen, der Doktor begnügt sich nicht mit dem kleinen Finger!" und jetzt lachte man über Schwester Marias fröhlichen Elan, der viel eher ihrer Art entsprach.

Felsen betrachtete sich die Narbe über der linken Brust.

„Das ist eine sehr schöne Arbeit. Wo wurden Sie operiert?"

„Hier im Haus. Eine Etage tiefer... Ich bin auch sehr zufrieden damit, Herr Doktor."

„Ja, das kann man wohl sein." entgegnete Felsen, tastete beidseits in den Achselhöhlen, klopfte den Brustkorb ab, indem er einen Finger der linken Hand über verschiedene Regionen gleiten ließ und mit einem Finger der rechten Hand wie mit einem Hämmerchen darauf pochte.

Einmal war ein dunkler, gedämpfter Klopfschall zu hören, dann klang es etwas heller, an anderen Stellen sonor. Dr. Felsen schien damit sehr zufrieden zu sein. Dann nahm er sein Stethoskop aus der Kitteltasche und hörte damit an einigen Stellen die Geräusche ab, die durch Atmung und Herzschlag entstanden.

„Bitte einmal tief einatmen, ...die Luft bitte anhalten, ... ausatmen, ... nicht mehr atmen, ...normal weiteratmen bitte...".

Auch hierüber schien Dr. Felsen mit dem Ergebnis zufrieden zu sein.

„Würden Sie sich bitte einmal aufsetzen?"
„Ja natürlich."

Frau Gröbner suchte es in aller geschäftigen Eile zu tun. Der linke Arm, der auf eine Schiene gewickelt lag, war dabei hinderlich.

„Langsam, langsam! Wir sind hier nicht bei der Feuerwehr! Immer mit der Ruhe, ...dann erst mit einem Ruck!", scherzte Felsen und verführte damit zu erneutem Frohsinn. Dann klopfte er den Rücken auf die gleiche Weise ab, hörte konzentriert auf die Geräusche, die ihm durch das Stethoskop etwas über die Lungenfunktion der Patientin verrieten, klopfte etwas fester mit der Faust über die Wirbelsäule, von oben bis in den Lendenbereich, dann fragte er:

„Tut es hierbei irgendwo weh?"
„Nein, gar nicht, Herr Doktor."
„Wunderbar! Frau Gröbner, was ich da soeben hörte, ist beneidenswert befriedigend. Wirklich."

Er lächelte und war selbst sehr erfreut darüber.

„Kann ich die Röntgenbilder einmal sehen, Schwester?"

Die Stationsschwester reicht ihm eine dicke Tüte, die an den Seiten schon etwas eingerissen war und eine Menge von Röntgenbildern enthielt. Dr. Felsen sah sich einige davon flüchtig, einige davon sehr genau an. ‚Aja, das sind die letzten... Hmhm, ...das sieht sehr gut aus', sprach er leise vor sich hin.

„Danke, Schwester. Ist diesmal ein Knochenszintigramm gemacht worden?"
„Diesmal nicht, Herr Doktor."

„Gut. Dann machen Sie dafür einen Termin in der Röntgenabteilung aus. Vielleicht bekommen wir noch einen für diese Woche."

„Ein Knochenszintigramm ist vor einem halben Jahr aber doch erst gemacht worden.", teilte die Patientin mit, die das Ganze aufmerksam verfolgte.

„Ja, das habe ich aus den Befunden in Ihrer Akte schon gesehen. Ich hätte jedoch ganz gern diesbezüglich noch eine Verlaufskontrolle. Auch wenn alles bisher ganz unauffällig ist. Empfanden Sie diese Untersuchung denn als sehr belastend?"

„Ganz und gar nicht. Ich möchte mich da auch ganz nach Ihnen richten, Herr Doktor."

Felsen las noch einen Moment lang in dem Krankenblatt, blätterte die Befunde durch, von denen er einige gründlicher las, schlug die Akte zu und reichte sie der Schwester.

„Frau Gröbner, wenn die Ladung aus den Flaschen da" – wobei er auf den Infusionsständer deutete – „infundiert ist, Sie sich nicht wesentlich schlechter fühlen, würde ich Sie noch zum Wochenende nach Hause entlassen. Wäre das ein Angebot?"

Die Patientin war hocherfreut, kam so schnell nicht zu Wort, als Dr. Felsen erklärte:

„Sollten wir für diese Woche keinen Termin für das Knochenszintigramm bekommen, dann ließe sich das auch ambulant anfertigen. Dann müssten Sie halt zu dem Termin, den wir für Sie vereinbaren, kurz in unsere Röntgenabteilung kommen. Stationär müssten Sie dazu nicht hier bleiben."

„Ach, Herr Doktor! Das wäre die größte Freude, die Sie mir machen könnten! Wissen Sie, mein Mann hat sich gerade Urlaub genommen, weil er doch den Haushalt versorgen muss. Wir haben ja zwei Buben, die noch zur Schule gehen. Nein, wirklich, das wäre ganz wundervoll. Am liebsten würde ich Ihnen jetzt um den Hals fallen!"

Frau Gröbner war wie aufgezogen vor Freude.

„Na dann freuen Sie sich schon jetzt darauf. Ich glaube, dass ich Sie ganz sicher zum Wochenende entlassen kann. Wie viele Kinder haben Sie eigentlich?"

„Vier, Herr Doktor. Der älteste Sohn und die Tochter sind beide schon verheiratet. Dann kamen noch die beiden Nachzügler. Es sind nämlich Zwillinge. Erst waren wir ja nicht so begeistert darüber, dass ich noch einmal schwanger wurde. Aber jetzt würden wir die beiden Buben nicht mehr hergeben wollen. Es sind zwei ganz liebe Jungen."

„Wie alt?", fragte Felsen.

„Vierzehn."

„Der eine ist vierzehn. Und der andere?"

Frau Gröbner stutzte.

„Der andere auch, Herr Doktor. Sie sind doch Zwillinge?"

Etwas ungläubig sah sie zu Dr. Felsen auf.

„Wollen Sie mir weißmachen, dass beide gleichzeitig auf die Minute genau zur Welt kamen?"

Frau Gröbner und ihre Zimmergenossinnen mussten wieder lachen:

„Ja, also wenn Sie mich so fragen, Herr Doktor? Der Martin kam zuerst, zwanzig Minuten später dann der Felix."
„ ...der Glückliche... Das wissen Sie doch? Felix heißt: der Glückliche. Auf den Gedanken kamen Sie und Ihr Mann nicht, die beiden Max und Moritz zu nennen?"

Lachend entgegnete die Patientin:

„Nein Herr Doktor." und fügte schlagfertig hinzu: „Stellen Sie sich mal vor, wir hätten uns bei unserer Familienplanung die Märchen zum Vorbild genommen. Dann hätten wir vielleicht auch ein ‚Schneeweißchen und Rosenrot' oder..."
„Schneewittchen und die sieben Zwerge..." ergänzte Felsen: „Wohl etwas schwierig, aber es hätte Sie sehr populär gemacht."

Lachend und mit einer Art von Handschlag wünschte er seiner Patientin weiterhin alles Gute und wendete sich der nächsten zu, die etwas verschmitzt unter dem Deckbett hervorschaute.

Die Visite beendete Felsen an seinem ersten Stationstag sehr spät. Es waren vierundvierzig Patienten, die und deren Krankengeschichten er kennenlernen musste, denn er trug für sie die Verantwortung, die ihm durch seinen Beruf auferlegt war. Und er nahm es sehr ernst damit. Die Vereinbarungen, die aus seinem Arbeitsvertrag ersichtlich waren, hätten ihm zwischen dreizehn und sechzehn Uhr eine Mittagspause vergönnt, aber so stand es doch nur auf einem Stück Papier geschrieben. Die Wirklichkeit sah ganz anders aus. Es wäre müßig, sich darüber den Kopf zu zerbrechen. In der Zeit zwischen zwölf und dreizehn Uhr konnte ihm Schwester Maria nicht länger zur Seite stehen. Da war er den schweigenden Krankenakten allein ausgeliefert, aus denen er für sich herauslesen musste, worüber ihm Patienten nichts berichten konnten. Um zwölf Uhr mittags löste die zweite Schicht des Pflegepersonals die erste ab. Von ihr war alle Arbeit bis acht Uhr abends fortzusetzen. Jeder aus dieser zweiten Schicht musste über die Dinge erfahren, die sich am Morgen und am Vormittag zugetragen oder ereignet hatten. „Übergabe", so heißt es dann auf Station. Auch wenn dabei eine Tasse Kaffee getrunken wurde, es bedeutete für die Einen, eine längst nötig gewordene Verschnaufpause machen zu können, für die Anderen, ein Startklarmachen für den Rest des Tages. Ein jeder hatte seine Aufgaben und Pflichten, für die es Verantwortung zu tragen galt.

„Herr Dr. Felsen?", erklang eine helle Stimme.

„Schwester Elisabeth?", drehte sich Felsen erstaunt nach ihr um: „Sie sind ja immer noch da?"

„Ich bin bis siebzehn Uhr da. Ich fange ja auch erst um acht Uhr morgens an. Ich wollte Sie etwas fragen."

„Schießen Sie los, Schwester."

Felsen, der den Visitenwagen wieder an den für ihn vorgesehenen Platz gestellt hatte und das Visitenbuch auf den Arbeitstisch des Schwesternstützpunktes legte, wartete auf die Frage.

„Was ist das, ein Knochensintigramm?"

„Knochen-s-z-intigramm", verbesserte Felsen. „Wissen Sie das nicht?"

„Nein. Ich bin im ersten Lehrjahr. Darüber haben wir bisher noch nichts gehört. Mir fiel das nur auf, als ich den Antrag für diese Untersuchung ausschreiben und in die Röntgenabteilung bringen sollte. Könnten Sie mir dazu vielleicht etwas erklären?"

Schwester Elisabeth stellte ihre Frage sehr höflich.

„Aja. Es handelt sich dabei um die Untersuchung, die wir von Frau Gröbner noch anfertigen lassen wollen. Nun, Ihnen ist bekannt, unter welcher Krankheit die Patientin leidet?"

„Sie hat die Brust abgenommen bekommen, weil sie Brustkrebs..."

„Mammakarzinom, sagen wir dazu, Schwester. Es schadet Ihnen nicht, wenn Sie sich von Anfang an mit den fachlichen Begriffen vertraut machen."

Dr. Felsen erklärte nun geduldig weiter:

„Bei einem Mammakarzinom besteht immer die große Gefahr, dass sich Metastasen dieses Karzinoms auch an anderen Organen absiedeln. Unter Metastasen versteht man eine Art Tochtergeschwulst, ausgehend von dem eigentlichen, ursprünglichen bösartigen Tumor. Nicht jede Geschwulst ist bösartig, Schwester Elisabeth, aber jede Geschwulst wird in unserer Fachsprache als Tumor bezeichnet. ... Aber das nur nebenbei. ... Auch die Knochen sind ein Organ. Und wir wissen, dass gerade bei einem Mammakarzinom das Skelett an allen möglichen Stellen von Metastasen befallen werden kann. Wenn so etwas eingetreten sein sollte, dann könnten wir gezielt etwas dagegen tun, aber das geht logischerweise erst dann, wenn wir solch einen Befund nachweislich sichtbar machen können. Um Knochenmetastasen sehr deutlich zu einer Darstellung zu bringen, bedienen wir uns heute der S-z-inti-graphie, um Ihnen dieses Wort noch einmal deutlich vorzusprechen. Es ist eine spezielle Form einer Röntgenuntersuchung. Aber wissen Sie was, Schwester? Lassen Sie sich diese Untersuchungsweise doch am besten gleich einmal vorführen, dann bekommen Sie eine viel bessere Vorstellung darüber. Bleiben Sie bei Frau Gröbners Untersuchung doch gleich mit dabei!"

Dr. Felsen überlegte kurz.

„Da kann ich Sie gleich mit einem Auftrag beehren! Bitten Sie doch in der Röntgenabteilung selbst darum, dass man das Knochenszintigramm noch in dieser Woche anfertigen möge, da die Patientin zum Wochenende..."
„Ach ja, das sollte ich Ihnen ausrichten! Frau Gröbner hat für morgen schon einen Termin bekommen.", beeilte sich Schwester Elisabeth zu berichten.
„Für morgen bereits? Das ist ja ganz erfreulich!"
„Das hat Schwester Maria telefonisch in die Wege geleitet. Sie hat sich dabei ganz schön engagiert..."

Felsen hörte dieses mit einem gewissen Wohlwollen. Dann trug ihm die Stationsschwester die harte Auseinandersetzung vom Morgen also nicht nach...

„Ja..., Schwester Elisabeth, können Sie mit meiner Antwort auf Ihre Frage nun etwas anfangen?"
„Oh, ja..., sehr viel..., ich weiß jetzt, wozu man ein Knochen..., na, Sie wissen schon", sie kicherte recht lustig dazu, „...also, ich kann mir jetzt schon etwas

darunter vorstellen. Nun bin ich schon ganz gespannt darauf, wie so etwas gemacht wird."

„Vielleicht sind Sie auch enttäuscht, wenn Sie feststellen werden, dass dabei gar nichts Besonderes geschieht?", sagte Felsen, der sich über die Wissbegierde der Schwester freute.

„Ganz gewiss nicht, Herr Dr. Felsen, und haben Sie nochmals vielen Dank. Ich muss jetzt die Laborwerte holen, die müssten schon fertig sein."

Sie machte sich rasch auf den Weg.

* * *

Felsen zog sich in das Arztzimmer zurück. Auf dem Schreibtisch lagen einige abgelegte Krankenmappen von Patienten, die bereits entlassen waren. Es waren daraus die Entlassungsbriefe zu diktieren, die an die jeweiligen weiterbehandelnden Kollegen verschickt werden mussten. Eine Arbeit, die jeder Stationsarzt so bald wie nur irgend möglich tun sollte, sonst wachsen bis ins Unermessliche hinein Berge von Akten auf dem Schreibtisch, für deren Erledigung sich die Zeit nicht stehlen, sondern nur hinten anhängen lässt. Das Wort „Überstunden" ist zu belanglosem Routinevokabular geworden. Ähnlich, als ob man sagte: ‚Draußen regnet es schon wieder' oder ‚Gelegentlich muss ich mir neue Socken kaufen'.

Felsen zog seinen Kittel aus, hängte ihn an einem Kleiderbügel an die Wand, sortierte sich auf dem

Schreibtisch ein paar Dinge zurecht und nahm die unterste der Krankenakten zur Hand. Die untersten sind stets die ersten, die zum Diktat anstehen. Er las sich in die Befunde und Aufzeichnungen hinein, denn es handelte sich nun um Briefe, die über Patienten geschrieben werden mussten, die er selbst nicht kennenlernen konnte. Von „Dichtung und Wahrheit" hielt er nichts. Dann, nach geraumer Zeit, schaltete er das Diktiergerät ein, begann mit dem Diktat:

„ ...sehr verehrte Frau Kollegin, besten Dank für die freundliche Überweisung Ihres Patienten Bächel Hans, geboren am 22.3.26, der sich vom..."

Die Tür zu seinem Zimmer wurde leise geöffnet. Ein ganzer Stoß von Laborbefunden wurde kommentarlos in einen Standardbriefkorb gelegt, der linkerhand vor ihm auf dem Schreibtisch stand. Dann wurde die Tür ebenso leise wieder geschlossen. Felsen diktierte den soeben begonnen Satz zu Ende, auf den er sich konzentriert hatte. Er stieß in die Einsamkeit des Zimmers einen Seufzer hinein, nahm die Laborbefunde zur Hand, angelte nach einem Kugelschreiber in seinen neben ihm hängenden Kittel, beschäftigte sich mit den erhaltenen Ergebnissen, die von einem Computer ausgedruckt standen. Er schlug ein dickes Heft auf, das mit der Aufschrift „Ärztliche Anordnungen" versehen war. In deutlich lesbarer Schrift vermerkte er Namen von Patienten, unterstrich diese, schrieb das Eine oder das Andere darunter. Die Zeit nagte bereits wieder an einem ausklingenden Tag, der doch noch lange nicht beendet sein konnte.

Es klopfte an der Tür.

„Herein!", gab Felsen laut und deutlich seine Aufforderung.

Zaghaft schaute ein schon älterer Herr durch einen geöffneten Spalt, und zaghaft klangen seine Worte:

„Entschuldigen Sie bitte, Herr Doktor, die Schwester hat mir gesagt, ich solle hier bei Ihnen anklopfen."
„Aber kommen Sie doch bitte herein!"

Felsen stand von seinem Stuhl auf, reichte dem Mann die Hand.

„Felsen ist mein Name."
„Stepansky, Wilhelm Stepansky."

Noch immer war von einer scheuen Zurückhaltung zu spüren, nicht nur aus den gesprochenen Worten, auch aus der Haltung des Mannes. Er war einfach gekleidet, trug eine Krawatte, deren verblasstes Weinrot auf einem gelblichen Hemd mehr unbewusst Felsens Aufmerksamkeit streifte, insgesamt jedoch wirkte er recht aufgeräumt.

„Nehmen Sie doch bitte Platz.", forderte Dr. Felsen auf und rückte einen Stuhl dem seinen gegenüber, nahm, nachdem sich der Herr mit einem „Dankeschön, Herr Doktor" gesetzt hatte, selbst Platz.

„Was führt Sie zu mir, Herr Stepansky?"

Dabei sann Felsen darüber nach, wo ihm dieser Name während der Visite heute begegnet war, wo er einen Platz in seinem Gedächtnis gefunden hatte.

„Ich wollte fragen, wie es mit meiner Frau steht."".

Mehr sagte der Mann nicht. Nur ängstlich fragende Augen, rot umrändert, verrieten, dass ihm das Weinen nahestand, mehr noch, dass er geweint haben musste. Tapfer sahen diese Augen in Felsens Gesicht. Felsen, der jetzt den Bezug zu dem Namen gefunden hatte, erinnerte sich an eine ältere Patientin, der ein Bein amputiert werden musste. Sie litt an einer langjährigen Zuckererkrankung, die im Verlaufe der Zeit zu einer Gefäßerkrankung geführt hatte, durch die die Durchblutung des Beines nicht mehr ausreichend gewährleistet war. Er spürte, dass es große Not war, die auf seinem Gegenüber lastete.

„Herr Stepansky, ich habe mir Ihre Frau heute angesehen. Es geht ihr gut, ...es geht ihr wirklich gut. Ich war recht erstaunt darüber, mit welcher inneren Kraft Ihre Frau die Beinamputation, die leider nicht zu umgehen war, trägt. Ich hatte sogar den Eindruck, dass sie einen Humor besitzt, der sich durch nichts totschlagen lässt!"

„Ja, Herr Doktor, den hat meine Frau, den hat sie schon ein ganzes Leben lang beibehalten! Da konnte kommen, was wollte!"

Ihm kam eine Art Lachen dabei heraus, das sich mit Tränen vermischte. Er griff zu einem großen, buntkarierten Taschentuch, wischte sich damit über das Gesicht, schnäuzte seine Nase.

„Wissen Sie, ich bin sehr froh darüber, wenn Sie mir sagen können, dass es meiner Frau wieder gut geht. Aber...", er machte eine längere Pause, redete dann stockend weiter, „...jetzt, mit dem Bein... – sie braucht doch nun sehr viel Hilfe... Pflege..., sie kann doch jetzt nicht mehr herumlaufen wie früher... Wissen Sie, Herr Doktor, wir sind beide ganz allein. Kinder haben wir leider keine bekommen... und da..."

Die letzten Worte wurden von einem Weinen erstickt, das nicht mehr aufzuhalten war. Felsen hatte es oft erfahren müssen, wie schwer es einem Menschen wird, mit einem Schicksal fertigzuwerden, das ihn plötzlich und unerwartet traf, wie eine mehr und mehr schwindende Hoffnung einer Hilflosigkeit dabei den Platz gab. Er rückte auf seinem Stuhl näher zu dem alten Manne hin, fasste ihn beim Arm, sagte ruhig:

„Ich glaube es Ihnen, Herr Stepansky, dass für Sie damit wohl eine ganze Welt zusammenzubrechen droht. Es ist sehr schwer für Sie. Oft sucht man verzweifelt nach einem Halt, bis man sich so richtig mit einer neuen Situation auseinandergesetzt hat, die zunächst als unüberwindbar erscheint. Es ist wirklich kein leichtes Schicksal... aber es ist auch kein unlösbares Schicksal. Wissen Sie? Herr Stepansky, ich glaube, es ist dabei ein großes Glück, dass Ihre Frau einen solch tapferen Mut beweist, ...dass ihr ein Humor geblieben ist, den sich manch anderer nur wünschen könnte. Es wäre gewiss viel schlimmer, wenn Ihre Frau den Lebensmut aufgeben würde. Doch das tut sie ganz und gar nicht. – Es wird sich auch hier eine Lösung finden lassen."

Herr Stepansky schien etwas beruhigter. Er schnäuzte noch einmal, wischte sich über das Gesicht, behielt das Taschentuch fest mit der Hand umfasst.

„Herr Doktor..., wie kann es denn jetzt weitergehen?"

Sein Blick unterstrich diese Frage, verlieh ihr damit eine besondere Betonung.

„Sie haben bisher in einer eigenen Wohnung gelebt, nicht wahr?"

Herr Stepansky nickte und unterdrückte erneut die Tränen, die aufsteigen wollten.

„Herr Stepansky, ich will versuchen, Ihnen einen guten Rat zu geben... Wäre es vielleicht nicht besser, wenn Sie und Ihre Frau gemeinsam miteinander in ein Seniorenheim gehen würden?"

Felsen sprach bewusst nicht von „Altenheim" oder „Pflegeheim", solche Worte haben keinen guten Beigeschmack. Er wollte diesen Mann nicht zusätzlich quälen.

„In ein Altenheim, Herr Doktor? Weg von unserer Wohnung?"

Eine lange Pause entstand und ein allzu bekannter, wunder Punkt musste angesprochen werden. Es musste sein. Es musste wirklich sein... Sooft Felsen diesen Fragen gegenüberstand, immer wieder fühlte auch er dabei etwas von einer schmerzlichen Regung. Auch für ihn war das nicht leicht.

„Ja, Herr Stepansky, schon weg von Ihrer Wohnung. In eine andere Wohnung... In eine Wohnung, in der Sie beide, Sie und Ihre Frau, ebenso ungestört beieinander sein könnten, wie bisher. Nur, dass Sie dabei viel unbelasteter miteinander leben könnten. Die Wäsche würden Sie nicht mehr selbst waschen müssen, die Mahlzeiten brauchten Sie nicht mehr selbst zu kochen, es wären auch Pflegekräfte für Sie beide da, wenn es allein nicht mehr zu schaffen geht. – Sie sollten versuchen, das einmal von dieser Seite zu sehen..., Herr Stepansky."

Der Mann machte ein nachdenkliches Gesicht, grübelte vor sich hin. Bald sagte er:

„Aber solch einen Platz bekommt man doch gar nicht." und verstummte wieder.

„Wenn es Ihnen recht ist..., ich würde mich in dieser Angelegenheit gern für Sie bemühen. Und Ihre Frau bleibt selbstverständlich solange bei uns, bis ein erster, wirklicher Lichtblick für Sie beide zu sehen ist. Möchten Sie, dass ich mich darum bemühe? Nein sagen dazu, das können Sie immer noch!"

Herr Stepansky antwortete nicht sofort. Aber es schien, als sei ihm ein ganzes Stück von einer Last genommen. Ein Funkeln begann jetzt in seinen Augen aufzuflackern, das die Traurigkeit mehr und mehr verdrängte. Er erhob sich von seinem Stuhl, stand etwas unbeholfen da, wusste offensichtlich nicht so recht, wie er sich jetzt am besten verhalten sollte.

„Herr Doktor, ich danke Ihnen erst einmal recht schön. Wenn Sie uns da ein bisschen weiterhelfen könnten..., meine Frau, ...ich darf doch noch mal zu ihr hin und mit ihr sprechen?"

„Selbstverständlich. Das dürfen Sie gern."

„Weil, dann bespreche ich das gleich mit ihr! Ich glaube, sie ist damit eher einverstanden als ich..."

Der alte Mann hatte jetzt etwas von einer Freude an sich, die sich mehr und mehr seiner bemächtigte. Er dankte Felsen auf schon fast überschwängliche Art, verneigte sich dabei Male um Male, sodass Felsen ihm lächelnd die Hand auf die Schulter legte und ihm nur noch sagte, dass er sich jederzeit wieder an ihn wenden könne, wenn ihm der Schuh drücke. Er begleitete den alten Mann zum Schwesternstützpunkt, erklärte der Schwester, dass Herr Stepansky nochmals zu seiner Frau dürfe, verabschiedete sich in aller Form und ging in sein Zimmer zurück. Es lag noch ein ganzes Teil an Arbeit vor ihm. Spät in der Nacht erst verließ er die Station.

***

Ein abgeschlossenes Kapitel

Ein penetrant hartnäckiger, immer wieder ertönender Klingelton des Telefons störte J.-Christian Felsen in seinem Halbschlaf, in dem er sich soeben angenehm befand. Ärgerlich darüber, dass dieses Signal nicht aufhören wollte, ihn zu belästigen, schaltete er die kleine Leselampe auf seinem Nachttisch an, sah nach der Uhr. Es war kurz vor Mitternacht.

„Felsen?!", meldete er sich schroff.

„Hallo...", ertönte langgezogen eine Stimme, drang mit unverkennbarem Spott an sein Ohr: „Erreicht man den schwer beschäftigten Mann nun doch einmal?"

Felsen wusste es sogleich, wem diese Stimme gehörte. Er hätte sich in diesem Moment jetzt selbst ohrfeigen mögen, dass er den Hörer abgenommen hatte, aber es drängte dazu in seinem Unterbewusstsein, denn es hätte ja auch jemand aus der Klinik sein können.

„Was willst du", fragte er unwillig, nachdem er vernehmbar und deutlich die Luft durch die Nase einsog und wieder ausgestoßen hatte.

„Deine Stimme einmal wieder hören, mein lieber Chris..."

„Und dazu musst du um diese Zeit anrufen?"

In Felsen stieg ein verbitterter Ärger auf. Es wurden keine guten Erinnerungen wach, als ihm unerwartet diese Form eines Kontaktes aufgezwungen wurde, an dem er nichts Sinnvolles mehr finden konnte.

„Du wirst es nicht glauben, aber ich muss..."

Eine bissige Ironie, die unüberhörbar und nur allzu bekannt war, traf ihn empfindsam und wühlte alles in ihm auf.

„Hör zu, Lore. Ich liege bereits im Bett, der Tag war..."
„Allein, Chris – ?", wurde er unterbrochen, „Richtig allein – ?"
„Nein! Mit zwei bildhübschen, knackigen, jungen Krankenschwestern! Eine halte ich gerade in meinen Armen, die andere wartet auf dem Bettvorleger!"

Zornig wollte er den Hörer auflegen, als er vernahm:

„Halt, Chris! Leg' nicht gleich auf! Vielleicht würdest du es bereuen... Da ist noch eine Rechnung zu begleichen. Du bist mir noch eine Antwort schuldig... Auf meinen Brief... Oder hast du ihn nicht bekommen?"
„Lore. Ich bitte dich. Sei vernünftig. Ich habe deinen Brief bekommen, aber ich habe..."
„Vor so viel Arbeit keine Zeit gehabt, ihn zu beantworten... Chris, es ist immer das gleiche Lied, das

ich von dir höre. Fällt dir zur Abwechslung nicht endlich einmal etwas anderes ein?"

„Bedauere. Nein. Du hörst von mir."

Felsen legte den Hörer auf.

Weder Müdigkeit noch die fortgeschrittene Nachtzeit ließen jetzt zu einem Schlaf finden, nach dem die erschöpften körperlichen Kräfte nach einem ausgefüllten und anstrengenden Arbeitstag verlangten. In sechs Stunden würde die Nacht schon wieder vorüber sein, die für die dringende Regeneration, einer notwendigen geistigen und körperlichen Erholung, verblieb. Felsen kannte es nur zu genau, wie sehr sich Schlaflosigkeit zu einer der unbequemsten Zeitgenossen aufdrängen konnte. Er hatte gegen sie schon einmal erbittert gekämpft, hatte zu Waffen gegen sie gegriffen, die ihn selbst bis fast an den Ruin gebracht hätten, hatte im letzten Moment den Sprung auf die Füße wieder geschafft. In solch eine Situation wollte er nie wieder geraten.

Das leise Ticken der Uhr, die zum Wecken bereit stand, das beruhigte, denn es gab Sicherheit, nicht verschlafen zu können. Dieses Ticken drohte nun zu einer Zeitbombe zu werden und belastete jeden Nerv. Unaufhaltsam und unerbittlich fraß es von der Zeit, zählte die Minuten und Stunden in gnadenloser Eintönigkeit. Es hatte keinen Sinn, sich wie verzweifelt bald von der einen Seite auf die andere zu drehen. Es half nicht die kühle, frische Luft, die durch weit geöffnete Fenster strömte. Der Schlaf ließ sich seit langem wieder einmal durch nichts erzwingen. Entmutigt darüber, dass es nicht gelang, zu einer notwendigen Ruhe zu finden, das Bewusstsein abzuschalten, wie man auch eine Lampe löscht, um dem Dunkel der Nacht ein sinnvolles Sein zu gewähren, stand Felsen auf und zog eine Schublade seines Schreibtisches auf. Er musste zu einem Kompromiss bereit sein. Ärgerlich darüber griff er zu einer Schachtel, entnahm ihr eine von jenen Tabletten, von denen er sich Hilfe versprach. Er suchte danach, eine Betäubung seiner Sinne herbeizuführen.

Da lag er, der Brief, der kaum mehr eine Beachtung finden konnte. Hier lag doch nur noch ein Stück Erinnerung an ein längst abgeschlossenes Kapitel. Wozu sollte auf etwas eine Antwort gegeben werden, was doch unmissverstehbar längst beantwortet war? Felsen las noch einmal in den Zeilen:

„Lieber Christian! Du irrst, wenn du glaubst, mich so einfach loszuwerden. Auch ich habe schließlich ein Recht darauf, mein Leben zu gestalten. Hast du die Zeit vergessen, in der ich alles daransetzte, dir ein Leben in deinem Beruf so zu ermöglichen, wie du es jetzt leben kannst? Nie habe ich mich darüber beschwert, wenn ich selbst bis in die Nächte hinein an deinen sogenannten wissenschaftlichen Arbeiten saß, die du für so wichtig hieltest, an denen ich mir die

Finger wundschrieb. So unverständlich mir diese Fachtexte auch waren, ich opferte mich dafür auf, damit du zu deinem Erfolg fandest. Du hast zu ihm wohl auch gefunden. Und, wie mir scheint, vergötterst du deinen Beruf jetzt nahezu und hast dabei ganz vergessen, dass du ohne mich niemals so weit gekommen wärest. Lass dir von mir sagen, der Beruf allein macht nicht glücklich. Schon gar nicht, wenn man es damit übertreibt. Schuldig geblieben bist du mir allen Dank für meine Mühen, und du bist es mir auch schuldig geblieben, dass ich etwas mehr Beachtung bei dir finde. So einfach lasse ich mich von dir nicht abspeisen. Oder hast du inzwischen eine Beziehung zu einer anderen aufgenommen, zu jemandem, der vielleicht besser zu dir passt? Das wäre ganz besonders reizend, nachdem du mich doch nur auszunutzen verstandest! Zuzutrauen wäre es dir. Du wirst mir hierzu eine klare Antwort geben müssen, denn ich werde darauf nicht verzichten..."

Felsen las nicht weiter. Er faltete den sechs Seiten langen Brief zusammen, in dem über nichts anderes weiter stand, als über das, worüber doch schon so viele Male ausführlich miteinander gesprochen worden war. In weiß Gott aller Klarheit! Es war manches richtig, was in dem Brief geschrieben stand, aber es reimte sich nicht alles auf die richtige Weise zusammen. Am liebsten hätte er ein Kapitel aus seinem Leben ausradieren wollen, das jedes Mal, wenn er daran zurückdachte, einen schalen, ja galligen Geschmack zurückließ.

* * *

Es war ein heißer Tag. die Sonne stach von einem subtropischen Himmel. Der opalfarbene Atlantik lockte bis weit vor seine Küste hinaus. Noch lange konnte man durch das klare Wasser hindurch ein Licht bis auf den Grund hinab spielen sehen. Das wechselhaft klingende Tuckern des Dieselmotors der „Barrakuda" vermischte sich hin und wieder mit einem flüchtig hallenden Geräusch, das durch ein Aufklatschen des Bugs nach Überwindung einer größeren Welle verursacht wurde. Juan, der Leiter der Gruppe, gab Pepo, dem alten Fischer, ein Zeichen, worauf dieser dem kleinen Boot die volle Fahrt nahm, danach die Anker auswarf. Die Gruppe war nicht sehr groß. Sie zählte, Pepo ausgenommen, sechs Leute. Davon waren vier Männer, zwei Frauen.

„Macht euch inzwischen fertig. Ich gehe zuerst, dann gebe ich das Zeichen. Ihr macht alles so, wie wir haben besprochen. Und jeder auf seine Platz, o.k.?"

Juan, der ein gut verstehbares Deutsch gebrochen sprach, genoss durch seine gefasste und ruhige Art alles Vertrauen, das man einem guten und gewissenhaften Tauchlehrer nur entgegenbringen konnte. Das wirkte sich sehr beruhigend und angenehm auf die Mitglieder der Gruppen aus, die sich stets willkürlich zu einem Tauchgang zusammenfanden. J.-Christian Felsen hatte oft vorgehabt, für sich auch andere Tauchgründe zu erschließen, wenn ihm ein Urlaub dafür Gelegenheit gab. Doch es blieb immer nur bei dem Vorsatz. Mit Juan verband ihn im Verlaufe vieler Jahre eine Freundschaft, die er sehr zu schätzen lernte. Sah man sich auch nicht allzu oft, man wurde sich in der Zwischenzeit kein wenig fremder. Und jedes Mal war es die Faszination eines Erlebens der Unterwasserwelt, das bis zur vollsten Zufriedenheit erfüllte.

„Christian, wirst du dich heute etwas um sie kümmern? Weil sie muss sich für zweite Prüfung vorbereiten. Du weißt, was ist zu tun? Richtig tarieren erst einmal, dann Taucherbrille ab und wieder auf, Wasser ausblasen..., ja? Wir gehen bis auf zwanzig Meter Tiefe heute. Und wenn sie hat noch genügend Kondition, vielleicht du kannst mit ihr üben Wechselatmung von deine Lungenautomat bis in zehn Meter rauf. Dann vielleicht noch machst du die Übung mit ihr für Notaufstieg. Ich arbeite mit Friedrisch, er macht mit ihr zusammen Prüfung, o.k.?"

Sein „o.k.?" setzte er stets an das Ende von dem, was er gerade zu sagen hatte. Er erklärte einer jungen Frau ein paar Dinge, deutete mehrfach auf Felsen, vergewisserte sich noch einmal darüber, dass er richtig verstanden wurde, zog die Reißverschlüsse seines Tauchanzugüberteiles zu, legte seine Tauchausrüstung schnell und gewandt an und ließ sich nach hinten über die Bordwand fallen.

Es blieb genug Zeit für jeden, um sich für den Tauchgang fertigzumachen. Ehe Juan nicht ein Zeichen gab, nachdem er Lage und Position der Anker auf dem Meeresgrund überprüft hatte, war der Start für die anderen noch nicht freigegeben. Aber gerade diese Umsicht Juans war es, die ihm so viel an Vertrauen einbrachte.

„Also, dann wollen wir mal. Ich bin der Christian."

Unter Tauchsportlern war es selbstverständlich, dass man sich beim Vornamen nannte. Gerade bei dieser Sportart war es eine zwingende Voraussetzung, dass eine Art kollegialen Zusammenhaltens geschaffen wurde, denn jeder konnte sehr schnell in die Abhängigkeit eines anderen geraten, wenn irgendeine Panne auftrat oder eine andere Gefahr drohte.

„Ich heiße Lore. Ich fange mit dem Tauchen erst an. Das ist heute mein vierter Tauchgang."

Dabei bemühte sie sich ein wenig hektisch, die letzten Strähnen ihrer blonden Haare unter die Kapuze ihres Taucheranzugs zu stecken.

„Dann hab' ich es ja bereits mit einem Profi zu tun.", lachte Felsen, der bis auf die Flasche, die Flossen und den Bleigurt seine Ausrüstung schon angelegt hatte.

Lore sortierte sich ihre Sachen noch einmal zurecht, legte ein Stück nach dem anderen an.

„Halt, halt, halt. Den Bleigurt zum Schluss! Erst die Flasche. Sonst schafft man sich nur ein eigenes Handikap für den Fall, dass es einmal schnell gehen muss."

Lore ließ nun etwas von Nervosität erkennen, hatte sich dann aber bald wieder unter Kontrolle.

„Sind neun Kilo Blei nicht zu wenig?", erkundigte sich Felsen und fuhr fort: „Lieber etwas mehr Blei und dafür reichlicher Luft in der Tarierweste. Dann hat man da unten weniger zu arbeiten und spart an Energie und damit an Atemluft."

Felsen prüfte den Fülldruck in der Flasche seiner Tauchpartnerin. Auf dem Finimeter waren 190 bar abzulesen. Frohgelaunt suchte er zu ermutigen:

„Das Ventil habe ich inzwischen geöffnet. Die Flasche ist ausreichend gefüllt. Unser Unternehmen kann gestartet werden! ... Keine Sorge, das werden wir bequem über die Bühne bringen."

Er schloss beide Hände zur Faust und hielt die Daumen überzeugt nach oben.

„Jetzt darf man nur gespannt sein, welches seiner Gefilde uns Juan heute zeigt. Er lässt sich da immer was Besonderes einfallen."

Seine Tauchpartnerin, die inzwischen komplett in ihrer Ausrüstung steckte, bat er noch eindringlich:

„Bitte, Lore, grundsätzlich auf Sichtweite bleiben, ja? Und sich melden, wenn etwas nicht in Ordnung ist!"

Juan tauchte wieder auf und gab jetzt jedem Einzelnen das Zeichen zum Start, in jener Reihenfolge, wie sie zuvor ausgemacht war. Alles war in allen Einzelheiten besprochen worden. Die Tauchtiefe, die Tauchzeit, alles, was dafür auch sonst noch wichtig war. Jeder hatte diesmal Handschuhe angezogen, denn in dieser Meeresregion gab es Felskanten und Felsspalten, und durch einen unvorsichtigen Griff mit der bloßen Hand konnte man sich schnell eine Verletzung auf der ungeschützten Haut zuziehen.

Bald war auch der letzte in der Gruppe am Ende des Ankertaues eingetroffen, an dem entlang unter ständigem Druckausgleich durch kräftiges Blasen in die zugehaltene Nase abgetaucht wurde. Aber schon während des Abtauchens schwebte man fasziniert wie durch einen bunten Garten Eden des Meeres. Streifenbrassen und Zitronenfische schnappten furchtlos nach aufsteigenden Luftblasen, die aus dem Ventil des Mundstückes aufstiegen. Ein Seestern, der wie verendet auf dem Rücken lag, machte sich schnurstracks davon, als er von einem der Taucher herumgedreht wurde. Kurze Zeit später stoppte Juan die Gruppe durch ein Handzeichen und deutete in eine Riffspalte.

Sonnenstrahlen, wie langgezogene Fäden bis zum Meeresboden gesponnen, gaben ausreichend Licht. Es war ein allzu lustiges Bild, wie ein fast fünfzig Kilogramm schwerer Zackenbarsch schüchtern und scheu nur seinen Kopf erkennen ließ, an dem die Kiemenflossen unaufhörlich rotierten. Felsen kannte den Burschen bereits von seinen früheren Tauchgängen. Er hatte ihm einmal den Namen „Oskar" gegeben. Nach so manchem Tauchgang kam „Oskar" ins Gespräch, der sich immer in der gleichen Art und Weise verhielt. Zunächst ganz scheu, dann obsiegte seine Neugierde und er folgte meist den Tauchern hinterdrein. Nur Juan gab er die Ehre, sich berühren zu lassen, nachdem dieser ihn zuvor schon mit einem großen Stück Makrelenfleisch belohnte. Von dieser Welt der Schwerelosigkeit wollte man sich oftmals gar nicht wieder trennen.

J.-Christian Felsen behielt seine Tauchpartnerin während der ganzen Zeit prüfend in seinem Blick. Wiederholt versicherte er sich durch Zeichensprache, dass auch bei ihr alles in Ordnung war. Er formte dazu Daumen und Zeigefinder einer Hand zu einem Kreis, spreizte die restlichen drei Finger der Hand nach oben: „Alles okay?", wollte er damit fragen. Lore signalisierte mit demselben Zeichen zurück: „Alles o.k.!". Nachdem eine niedere Grotte passiert war, holte Felsen erneut durch Zeichensetzen Erkundigungen ein. Lore signalisierte jetzt durch ein Hin- und Herdrehen der flachen Hand und mit gespreizten Fingern die Antwort: „Ich fühle mich nicht wohl!". Ihre Bewegungen mit den Flossen wurden hastiger. Felsen, der in Reichweite geblieben war, fasste sie schnell bei der Hand und fühlte, wie Lores andere Hand die seine verkrampft festhielt. Mit ruhigen, doch kräftigen Flossenbewegungen schwamm er voraus, zog seine Tauchpartnerin nach, deutete auf ein paar Seeigel, die sich an einer Stelle dicht zwischen algenbewachsenem Felsgestein befanden. Mit seinem Tauchermesser schlug er einen davon entzwei, und es dauerte nicht lang, da kamen die putzigsten kleinen Fische in Schwärmen und aus den verschiedensten Richtungen an, vielfältig in ihrer Farbenpracht. Jeder von ihnen suchte schnell einen Brocken des frischen Seeigelfleisches zu erbeuten. Das sah allzu drollig aus! Immer, wenn so ein kleiner Kerl erfolgreich war, blieb der Eindruck, als bugsierte er eine überlange Lanze vor sich her. Den langen Stachel an dem Seeigelbrocken, den er sich geschnappt hatte, hielt er kerzengerade mit der Spitze voraus und schwamm davon.

Bald spürte Felsen an der Art des Festhaltens an seiner Hand, dass dieser Anflug von Panik vorüber zu sein schien. Er erkundigte sich in der bekannten Unterwasser-Zeichensprache bei seiner Partnerin, ob alles wieder in Ordnung sei. Ein „O.k." war die Antwort. Er deutete nun auf seine Tarierweste, ließ durch leichten Druck auf einen Knopf etwas Luft daraus entweichen, was ihn aus der Schwebe absinken ließ. Dann nahm er sein Atemgerät aus dem Mund und atmete in ein Mundstück seiner Tarierweste aus, bis er die Schwebe wieder erreicht hatte. Jetzt forderte er seine Tauchpartnerin zu gleichem Handeln auf. Sie gab zu verstehen, dass sie jetzt keine Übungen machen wolle. „O.k." signalisierte Felsen. Er informierte Juan darüber, der seinerseits ein „O.k." gab und mit ausgestreckter Hand in Richtung nach rechts deutete, dabei mit beiden Daumen nach oben zeigte, was „zurück zum Ankertau" und „auftauchen" bedeutete. Felsen bestätigte, verstanden zu haben und stieg ruhig und langsam mit seiner Tauchpartnerin auf.

„Jetzt könnte ich mich so richtig über mich selbst ärgern.", verschaffte sich Lore mit einem Murren Ausdruck, während die Geräte auf dem Boot wieder an ihren Ort verstaut wurden.

„Aber da ist doch nichts dabei. Das ist uns allen anfangs nicht viel anders gegangen. Es ist besser, man gibt ehrlich zu, wie einem zu Mute ist, als wenn man durch verdrängte Angst das Risiko einer Panik eingeht", besänftigte Felsen. „Das macht doch überhaupt nichts. Man fühlt sich nicht jeden Tag in einer ausreichend guten Verfassung. Ich war auch schon in voller Montur gestanden und habe Juan dann gesagt, dass ich besser an Bord bleibe. So etwas gibt's! Das ist doch zu verstehen."

„Trotzdem. Ich könnte mich ohrfeigen. Jetzt habe ich dir die Tour vermasselt."

„Keineswegs. Die anderen werden in spätestens zehn Minuten ihren Tauchgang beendet haben. Das Wetter ist schön, die See sehr ruhig, Sonne und Luft bieten auch eine angenehme Erholung."

Für Felsen war das überhaupt nicht tragisch. Pepo lutschte an dem Stummel seiner Zigarre herum, die er sich am Morgen wohl schon ins Gesicht gesteckt hatte. Ein unangenehm scharfer Zigarrengeruch verriet seine Nähe. Über das ganze Gesicht grinste er, hielt der enttäuschten Sportfreundin eine entkorkte Flasche entgegen und machte Gebrauch von den wenigen Worten, die er auf Deutsch kannte:

„Nimmst du... guter Wein... macht wieder lustig... alles nicht so schlimm."

„Nein, danke sehr, ich möchte wirklich nicht."

Etwas angewidert prüften ein paar kurze Blicke den Flaschenhals, verloren sich dann über der Weite des Meeres.

„Pepo, gib her! Ich möchte schon! Die anderen da unten sollen Wasser trinken!"

Scherzhaft klangen Felsens Worte:

„Die haben augenblicklich genug davon um sich."

Pepo und Felsen lachten laut miteinander und nahmen ein paar kräftige Schlucke von dem Rotwein, der immer aus einer Korbflasche kam und immer der gleiche war, sehr bekömmlich und nahezu schon ein Ritual nach jedem Tauchgang.

„Nicht *doch* einen Schluck probieren?", suchte Felsen seine Tauchpartnerin von ihrem Ärger abzulenken, von einem Ärger, der so groß doch nicht hätte zu sein brauchen.

„Danke. Ich möchte wirklich nicht."

Es klang leicht verletzt.

„Ja, da lässt sich wohl nichts machen, – Lore...", fügte er leise den Namen hinzu. Er suchte fast zu trösten: „Es ist doch eigentlich überhaupt nichts geschehen. Im Gegenteil, unterhalten wir uns doch ein wenig über Oskar... das ist der Zackenbarsch, den wir gesehen haben. Der ist für mich schon fast so etwas, wie ein Freund."

Nach einer Verlegenheitspause setzte er fort:

„Ich kenne ihn jedenfalls schon länger. Und was hat der mir das erste Mal für einen Schrecken versetzt!"

Die einzige Antwort, die Felsen zu hören bekam, war nach längerem Schweigen:

„Für diesen Oskar kann ich mich erst dann interessieren, wenn ich mich selbst da unten sicher bewegen kann."

Erneut klang da etwas Verletzendes aus der Antwort. Felsen registrierte es eher beiläufig, obgleich es ihn unangenehm berührte.

„Na schön. ... Pepo? Du hast doch noch genug von dem Vorrat? Lass uns noch einen Schluck nehmen! Die anderen werden ja auch gleich da sein."

Pepo setzte sich auf ein paar kreisrund zusammengelegte, dicke Taue, die inmitten des Bootes lagen und beide nahmen noch einen Schluck aus der Flasche. Dann tauchten die ersten aus der Gruppe auch schon auf.

* * *

Es sollte damals noch ein Urlaub werden, der für J.-Christian Felsen eine einschneidende Wende in sein Leben brachte. Mit Lore kam es zu einer näheren Bekanntschaft. Wenig später dann zu einer ernsteren und intimen Beziehung. Lore hielt ihn anfangs für einen wohlhabenden Geschäftsmann, war dann sehr überrascht, als sie erfuhr, dass er Arzt sei.

„Ist das nicht schrecklich, was man da oft alles zu sehen bekommt?", hatte sie einmal gefragt.

„Ja, ...manchmal ist es schlimm", hatte er geantwortet. „Besonders dann, wenn man an seinen Grenzen angelangt ist und stillschweigend zusehen muss, weil man einfach nicht helfen kann, so, wie man es gern möchte."

Lore suchte nach Worten, die ihn darüber hinwegfinden ließen, sie suchte ihn davon zu überzeugen, sich der Vorzüge seines Berufes doch bewusst zu sein. Schließlich gebe ihm der Beruf die Möglichkeit, in höhere Kreise der Gesellschaft aufzurücken, was schließlich nicht jedem Menschen beschieden sei.

Oft erhitzten sich im Verlaufe der Zeit die Diskussionen gerade an diesem Punkt, der eine Lebenshaltung betraf, zu der J.-Christian Felsen nicht finden konnte. Er hatte hierüber eine ganz andere Auffassung. Jeder Beruf sei wichtig, wenn man ihn nur ernst genug nehme, hatte er argumentiert. Natürlich gäbe es da sehr wesentliche Unterschiede. Aber ihm war es nun einmal verhasst, wenn seinem Beruf in einfallsloser Naivität eine allzu große Bedeutung beigemessen wurde, insbesondere in Bezug auf eine gesellschaftlich „höhere" Position und Stellung. Wie oft erlebte er den Moment der Gleichheit *aller* Menschen zum Zeitpunkt des Geborenwerdens, den Moment ihrer Gleichheit im Angesichte des Todes. Diesbezüglich hatte er noch nie einen Unterschied bemerkt. Dieses bedeutete für ihn aller Anfang und Ende. Das ganze Dazwischen, das in seiner Individualität letztlich unergründbar ist, berechtigt nicht ausschließlich und allein dazu, kategorisch in „höher" und „niedriger" zuzuordnen. Einer höheren Gesellschaftsschicht nur anzugehören bedeutete keineswegs, ein Zertifikat für „Besseres" und „Größeres" für alle Zeiten gesichert zu besitzen. Auch wenn noch so prunkvolle Fassaden nach außen hin einen Palast vermuten lassen, im Innern verklingen oftmals nur noch Töne eines Requiems aus bereits moderndem Schotter. Und ebenso unrichtig wäre, die niedrigeren Schichten durch eine Art Brandmal gekennzeichnet zu sehen, wo sich doch gerade hier oft mehr an Herzensbildung, Zusammenhalt und Herzenswärme zeigte, deutlicher und wirklicher nach außen hin.

Nach den ersten, so sehr berauschenden Wochen und Monaten, die als einzigartig bis ans Ende aller Tage hätten dauern sollen, zogen bald dunkle und dunkelste Wolken auf. Immer bedrückender wuchs zwischen ihnen eine Barriere des Misstrauens heran, wurde wie zu einer Wand, die voneinander trennte, an der die Sympathie von einst so gänzlich zerschellte, die unüberwindbar wurde, von der jeder Ruf als Widerhall zurückkam. Ein Fundament zerbröckelte somit nach und nach, das keine Basis mehr für eine zwischenmenschliche Kommunikation bot, zu keiner gegenseitigen Bereicherung mehr führte und zu keinem wirklichen Bestand fand. Ein einziger Selbstbetrug stand am Ende, dem zwei Menschen zum Opfer fielen. Jeder auf eine so ganz andere Art.

Lore verfiel der irrigen Auffassung, einen Menschen unwiderruflich an sich binden zu können, nachdem sie durch geschickte Manipulation – denn etwas anderes war es nicht – versuchte, Schuldgefühle zu säen, in der Erwartung, dass sie auf fruchtbaren Boden fielen und die Saat, wie erhofft, reichlich aufgehen würde.

Es folgte eine Zeit, in der sie sich weiß Gott für Felsen aufarbeitete, ja regelrecht aufrieb, bis hin zu hysterischer Erschöpfung. Hatte Felsen dieses nicht bemerkt, als er dankbar und erfreut Lores großzügige Hilfe in Anspruch nahm? Ihr seine wissenschaftlichen Publikationen, die ihn zeitlich durch seinen Berufsalltag unter Druck setzten, zum Schreiben ins Reine anvertraute? Das Angebot dazu kam doch von ihr! Zugegeben, es war schon eher ein Sich-Aufdrängen, kein selbstloses Angebot. Hatte er das nicht bemerkt? Hätte es Felsen nicht damals bereits auffallen müssen?

Hier machte ihm sein Vertrauen und das, was er als aufrechte Zuneigung empfand, einen bösen Strich durch die Rechnung. Viel später erst drang dieses in sein Bewusstsein, und als die Vernunft ihren Korrekturstift ansetzte, war es bereits zu spät. Lore hingegen sah ihr ehrgeiziges Streben nach einem besseren, gutbürgerlichen Stand in Erfüllung gehen. All dies rückte für sie bereits in greifbare Nähe.

Noch bevor ein Eheversprechen eingelöst wurde, lagen die Karten offen auf dem Tisch. Bunt gemischt und jedem zugeteilt, doch die Trümpfe waren bereits verspielt. Nicht einmal der „Schwarze Peter" ließ sich ziehen oder zuschummeln, den gab es gar nicht erst. Selbst hierfür waren die eigentlichen Unterschiede von Anfang an zu groß. Für Lore waren die Zukunftsträume zu einem Menetekel geworden, zu einem geheimnisvollen Anzeichen eines drohenden Unheils, als sie endlich begreifen musste, dass sie sich nicht mit einem Geschäftsmann liiert hatte, sondern mit einem Arzt. Ihre krankhafte Eifersucht führte zu heftigsten und unschönen Auseinandersetzungen. Es konnte für ihr Verständnis nicht mit rechten Dingen zugehen, wenn man morgens früh in die Klinik ging, doch erst spät am Abend aus ihr wieder zurückkam. Dass man zu Diensten rund um die Uhr abwesend war, sich solche Dienste obendrein und zu gewissen Zeiten auch noch häuften.

„Wie sieht sie denn aus, deine Neue?!", hatte sie ihn wiederholte Male zynisch und spitz empfangen, wenn er abgespannt nach Hause kam, ihm bald eine Antwort auf solche Fragen lächerlich erschien und er es dann vorzog, Fachzeitschriften zu studieren oder an seinem Mikroskop zu arbeiten.

Lores Zorn konnte sich dann bis zur Unausstehbarkeit steigern. Einmal warf sie in solch einem Zornesausbruch drei Mappen mit wertvollen histologischen Präparaten auf den Boden, die er für seine Untersuchungen am Mikroskop bereitliegen hatte. Damit noch nicht genug, sie trampelte auf ihnen hysterisch und außer Rand und Band herum, vernichtete somit einen Wert, der nicht mehr zu retten und auch nicht wiederzugewinnen war. Felsen hatte sich mit diesen seltenen Präparaten für einen Kongress vorbereiten sollen, den er mangels neuen Materials dann absagen musste. Es war ihm weniger peinlich, als vielmehr schmerzlich. Doch es fehlte ganz einfach jede schlichte Basis für eine vernünftige Verständigung. Und daran sollte sich auch nichts mehr ändern lassen.

Viele Gespräche wurden miteinander versucht, doch man sprach nur noch aneinander vorbei. Als Felsen unerwartet und wie durch einen Zufall Lore in einer sehr peinlichen und sehr offensichtlichen Situation mit einem ihrer früheren Freunde in seiner Wohnung vorfand, setzte er endgültig und konsequent die Lösung der Verbindung mit ihr durch. Die Nachwehen daraus bereiteten ihm quälende, schlaflose Nächte. Vorwürfe, die er an sich selbst erhob, verfolgten ihn. Sie waren aus der Saat jener Schuldgefühle erwachsen, die Lore in ihm großzuziehen verstand. Sie hatte es genau herausgefunden, dass sie diesbezüglich selbst heute noch einen Zugang zu seinem Innerstes zu finden imstande war, versuchte es immer wieder, an jener wunden Stelle zu bohren.

„Für diese rücksichtslose Schmähung wirst du mir eines Tages noch bitter bezahlen."

Das war der letzte Satz, den sie Felsen bei ihrem Weggang entgegenraunte. Seither waren fast zwei Jahre vergangen.

Lore erhielt von Felsen folgenden Brief:

„Liebe Lore! Mit Bedauern konstatiere ich, welche Geringschätzung du unserer längst beendeten Liaison selbst heute noch beimisst. Aus den Zeilen deines Briefes ist für mich erkennbar, dass es nie zu einem wirklichen Verstehen zwischen dir und mir hätte kommen können, woraus unschwer zu folgern ist, dass ein gemeinsamer Weg für alle Zukunft als unbegehbar bleiben muss. Ich war bisher der Auffassung, dass über diese Angelegenheit, lange Zeit vor unserer Trennung bereits, ausführlich genug gesprochen wurde, und ich hatte dabei nicht den Eindruck, dass du diesen Schritt und die Gründe dafür nicht begriffen hättest. Es gibt hier nichts weiter klarzustellen. Die Dinge wurden bereits in aller Klarheit ausgefochten. Bedauerlich wäre jedoch, wenn du in deiner Zügellosigkeit und in deinem Hass auch noch das zu zerschlagen suchtest, was wert ist, als ein gutes Stück Erinnerung an unsere gemeinsame Zeit bewahrt zu bleiben. Schmutzige Wäsche wurde inzwischen genug gewaschen. Vergiss auch bitte nicht, dass du nach unserer Trennung keineswegs mit leeren Händen dazustehen brauchtest, woran ich ungern erinnere, wozu du mich aber durch deine Vorwürfe herausforderst. Ich denke, eine Rechnung – wenn Du es so sehen willst – wurde bereits beglichen. Somit appelliere ich an deine Vernunft, nicht länger etwas erreichen zu wollen, was weder dir noch mir etwas bringen könnte, etwas, das unerreichbar für alle Zeiten ist.

J.-Christian

Da war er wieder, dieser schale Geschmack. Da waren diese Gedanken wieder, die sich in der Erinnerung verloren, die unbeabsichtigt an jenem Teil des Vergangenen hängenblieben, das so enttäuschend gewesen war. Felsen nahm einen kräftigen Schluck Wasser aus dem Glas, das halbgefüllt auf dem Tisch stand, dann ging er zu Bett, löschte das Licht. Er dachte an nichts, als er noch eine Weile in das Dunkel starrte. Dann fielen ihm die Augen zu und der Schlaf überkam ihn. Es war ein traumloser Schlaf. Das Medikament, das er kurz zuvor genommen hatte, entfaltete seine Wirkung.

* * *

Die Unterredung

Dichter Nebel lag über den Wiesen. Die vereinzelt stehenden Sträucher erinnerten in dem Dunst des grauenden Morgens für einen kurzen Moment an eine norwegische Landschaft, wenn dort zu Beginn der Mitternachtssonne die Krüppelbirken gespenstisch vom Reiche der Gnome und Trolle künden. Durch die wenigen Blätter, die der Herbst den Sträuchern als letzte Zierde beließ, zeichneten sich grau umrissen Beerenfrüchte ab, deren kräftiges Rot bei hellem Tageslicht so manche Blicke noch auf sich zogen. Die Zeit blieb auch hier nicht stehen. Vorausbestimmt war immer und immer wieder jener Kreislauf der Natur, doch nichts in ihm war vorhersehbar. Unwillkürlich dachte J.-Christian Felsen während des Weges zur Klinik an „Die Krähe" in Schuberts Winterreise. Welchen Grund hatte es, dass er auf seinem Weg dieses schwermütige Lied leise vor sich hinsummte?

> Eine Krähe war mit mir
> aus der Stadt gezogen,
> ist bis heute für und für
> um mein Haupt geflogen.
>
> Krähe, wunderliches Tier,
> willst mich nicht verlassen?
> Meinst wohl bald als Beute hier
> meinen Leib zu fassen?

Nun, es wird nicht weit mehr gehn
an dem Wanderstabe.
Krähe, lass mich endlich sehn
Treue bis zum Grabe.

Er hatte die Klinik erreicht. Wie ein Koloss zeichnete sie sich im Nebel ab. Erlösend nahm der Tag wieder seinen Beginn. Die große, schwere Tür des Haupteinganges fiel sachte hinter ihm ins Schloss. Von der Pforte grüßte erfrischend eine bekannte Stimme:

„Guten Morgen, Herr Dr. Felsen!"
„Guten Morgen, Herr Siebert! Na, dann woll'n wir mal wieder!"

Im Vorbeigehen verklang Felsens Antwort. Er schickte sich an, den Fahrstuhl zu erreichen, der sich mit geöffneten Türen nahezu anbot. Normalerweise nahm er die Treppen, selbst, wenn er es eilig hatte. Jetzt drückte Felsen den Knopf für die fünfte Etage und sah auf seine Uhr. Es blieb Zeit genug, die dringlichsten Dinge auf Station noch vor Beginn der Röntgendemonstration zu erledigen. Überhaupt wollte er heute frühzeitig mit aller Arbeit beginnen, denn es war Freitag. Die Zeit zwischen zehn und zwölf Uhr war bereits ausgebucht, war fest einkalkuliert. Ganz verblüfft war Felsen plötzlich, als sich die Tür des Fahrstuhls schneller, als gewohnt, wieder öffnete. Er hatte gar nicht bemerkt, dass es nicht nach oben, sondern eine Etage nach unten gegangen war.

„Guten Morgen, Barbara!", grüßte Felsen eine Kollegin, aus deren Kitteltasche ein bekanntes orangefarbenes Kästchen zu einer Frage herausforderte:

„Na? Wie war der Dienst? Recht viel los?"
„Hallo Christian! Guten Morgen."

Barbara hatte immer ein offenes, freundliches Wesen, ganz gleich, welcher Belastung sie gerade ausgesetzt war. Das zeichnete sie unter den Kollegen in besonderer Weise aus.

„Nicht viel anders, als sonst. Kurz nach Mitternacht wurde es etwas ruhiger und ich dachte schon, ich könnte mich ein wenig niederlegen. Aber das sollte wohl eine Fehlanzeige sein."

Sie lächelte etwas verlegen.

„Viertel vor eins kamen dann gleich zwei Zugänge auf einmal. Gottseidank nichts Ernstes. Mich hat halt der Eine länger beschäftigt. Der kam mit unklaren Bauchbeschwerden und zeigte keine so typischen Symptome, dass man gleich auf etwas hätte rückschließen können. Im Ultraschall sah es dann aus, als hätte er zwei kleine Steine in der Gallenblase und die Gallenblase selbst hatte die Zeichen einer chronisch entzündlichen Veränderung. Die Laborwerte waren nicht allzu aufregend. Das Röntgenbild auch nicht. Ich hab ihn zur Notfallgastroskopie für heute angemeldet. Wahrscheinlich müssen wir ihn danach mal den Chirurgen vorstellen. Denn schmerzfrei ist er leider nicht. Am Gescheitesten wäre wohl, wenn die Gallenblase herauskommt. Dann hat er Ruh' davon."

Frau Dr. Zieglang konnte ein Gähnen nicht unterdrücken.

„Viel schlafen konntest du demnach heute Nacht nicht?", erkundigte sich Felsen weiter, während der Fahrstuhl noch auf dem Weg nach oben war.

„Geschlafen...", lächelte Barbara und deutete ein wages Kopfschütteln an. „Kurz nach zwei in der Nacht ging es erst richtig los. Da wurde eine Patientin gebracht, die in volltrunkenem Zustand am Rand irgendeiner Landstraße aufgefunden wurde. Du wirst sie kennen, sie war schon ein paar Mal bei uns, die Frau Lux."
„Ach, die liebe, gute Frau Lux! Ja, ich weiß schon..." griente Felsen. „Allerdings. Die Dame ist mir ein Begriff! Ich hatte sie mal ziemlich lange auf Station behalten, weil ich sie davon überzeugen wollte, dass sie doch mal einem Entzug in einer Spezialklinik zustimmt..."

Der Fahrstuhl hielt in der fünften Etage, wo beide miteinander ausstiegen, ihr Gespräch aber nicht unterbrachen.

„...Das ist sicher schon fast ein gutes Jahr her. Sie hat sich damals nicht überzeugen lassen."

„Irgendwie ist das schon schlimm..." Dr. Zieglang brachte in ihrem Tonfall deutliches Mitfühlen zum Ausdruck. „...Der Ehemann ist auch Alkoholiker, und dann hat sie ja auch noch zwei schulpflichtige Kinder. Vor allem kann man sich bei ihr ja nie sicher sein, ob sie nicht zusätzlich noch Medikamente dazu genommen hat. Du kannst dir ja ausmalen, wie schwierig bei ihr die Magenspülung war. Mich hat es bald umgehauen, als ich die ersten Laborwerte bekam. Da war ein Alkoholspiegel von 4,3 Promille! Dass sie das so gut toleriert hat? Ich hätte das wohl nicht so problemlos überstanden!"

„Liegt sie auf Intensiv?", erkundigte sich Felsen.

„Da hätte sie auf alle Fälle hingehört. Aber da war leider kein Bett mehr frei. Sogar das Notaufnahmebett ist belegt, denn es kam noch ein Herzinfarkt rein. Es war einfach niemand, den ich hätt' auf Allgemeinstation verlegen können. Mir war ganz schön mulmig für den Rest der Nacht zumute. Ein Notfall für die Intensiv hätte nicht noch kommen dürfen!"

Frau Dr. Zieglang galt als eine sehr verantwortungsbewusste Kollegin. Das wusste jeder hier im Haus.

„Weißt du, Christian, manchmal denk ich mir, es ist doch einfach ein Wahnsinn, unter welchen Bedingungen wir hier oft arbeiten müssen. Die dafür Verantwortlichen scheinen sich darüber einfach kein Bild machen zu können. Da kann noch so sehr jeder sein Bestes geben, wir sind nicht genug Leute! Wir haben ja auch nicht einmal genügend Geräte. Ich hab' heute Nacht fast sieben Stationen angerufen, um für die Infusionen Infusomaten bekommen zu können. Bei dem Herzinfarktpatienten musste das Nitro laufen, dann das Adalat und das Heparin zum Beispiel. Ich kann doch nicht eine Schwester mit einer Stoppuhr in der Hand danebenstellen, die die Tropfen aus den Infusionsflaschen zählt. Das ist doch einfach unmöglich!"

Frau Dr. Zieglang behielt selbst dann noch ihren freundlichen Ton bei, als sie ihrem ganzen Protest Ausdruck gab. Im Grunde war sie nicht weniger verzweifelt über dieses „Alltags-Problem", für das sich an kompetenter Stelle noch kein offenes Ohr finden ließ.

„Weißt du, Barbara, du bringst mich heute so richtig in Stimmung! Ich habe mir für Krämer einen Unterredungstermin geben lassen. Eigens dafür, ihm diese Probleme einmal vorzutragen. Ich kann nur hoffen, von ihm nicht missverstanden zu werden. Du weißt ja, dass ich nicht der Mensch bin, der wie eine Katze um den heißen Brei schleichen kann. Schon gar nicht, wenn es um Dinge geht, unter denen unsere Patienten doch letztlich zu leiden haben."

„Mensch, Christian! Da wollen wir dir nur die Daumen drücken. Vielleicht kannst du ja etwas erreichen! Markus und Bodo haben es ja auch schon oft versucht. Herausgekommen ist dabei leider nicht viel"

„Es bleibt abzuwarten. Ich bin leider auch kein Hellseher. Ich rechne auch nicht damit, dass sich von heute auf morgen etwas Gravierendes ändern lässt. Aber wenigstens zwei Planstellen zusätzlich, die machten doch schon eine Menge aus..."

Felsens Worten hörte die Kollegin nachdenklich zu, stieß eine Art Seufzer aus, zog die Schultern dabei hoch, als stände sie gleichfalls vor einem unlösbaren Problem. Dann stellte sie, als erinnere sie sich plötzlich an etwas Wichtiges, die Frage:

„Ach ja, Christian, gut, dass ich gerade noch daran denke! Hast du für dieses Wochenende schon etwas vor?"

„Ich hatte vor, mich darauf zu freuen, weil es seit einiger Zeit mein erstes Wochenende ist, an dem ich frei hätte. Worum geht's?"

Diese Nachfrage nach dem bevorstehenden Wochenende, das wusste Felsen doch genau, war zu einer Art Floskel geworden, die keine Einladung zu irgendetwas vermuten ließ, sondern einem bestimmten Zweck diente. Dahinter verbarg sich doch immer etwas ganz Bestimmtes. Entweder ‚Würdest du mit mir den Dienst tauschen wollen?' oder ‚Könntest du mir in der Zeit von ... bis ... den Piepser kurz abnehmen?' oder ‚Der soundso ist plötzlich ausgefallen. Du musst leider Dienst machen, denn die anderen sind bereits ausgebucht.' Jeder, der mit solch einer Frage an einen anderen Kollegen herantrat, tat dieses nicht gern. So zeichnete sich auch bei Frau Dr. Zieglang ein etwas betretener und doch hoffender Gesichtsausdruck ab, als sie sagte:

„Ich hätte am Sonntag wieder Bereitschaftsdienst... Weißt du..., den Dienst von Bodo wollte ich übernehmen. Nun hab' ich aber nicht mehr daran gedacht, dass meine Schwiegereltern übers Wochenende zu uns kommen. Ich war da mit dem Terminkalender völlig aus dem Konzept. Jetzt ist mein Mann etwas verärgert darüber. Er möchte mit den Kindern nicht allein den ganzen Tag mit Oma und Opa verbringen, und so oft sehen wir uns auch nicht. Es ginge auch nur um die Stunden von neun Uhr früh bis vielleicht zweiundzwanzig Uhr? Dann würde ich die Nacht bis zum Morgen übernehmen..."

Felsen machte eine seiner bekannten Pausen, wenn ihm etwas durch den Kopf ging, was noch nicht konkret geworden war. Er hatte ja... nichts Bestimmtes vor,... er hätte nur... einen Tag länger frei gehabt. Und so sagte er zu seiner Kollegin, als sei es das Selbstverständlichste von der Welt:

„Geht klar, Barbara. Ich habe keine Pläne für Sonntag geschmiedet. Ich würde dir den Dienst auch komplett abnehmen, aber ich bin am Montag selbst wieder dran. Rund um die Uhr. Und jetzt habe ich auch noch die Station mit vierundvierzig belegten Betten allein zu betreuen..."

„Und wenn wir die Dienste tauschen würden? Also, wenn ich deinen Montagdienst nehme, du dafür den von Sonntag?"

„Das wird schwierig..."

Felsen überlegte.

„...Monika kommt am Montag zurück, soweit man mir darüber Bescheid gab. Die können wir nicht gleich an ihrem ersten Tag ins kalte Wasser schmeißen. Sie war zwei Wochen lang nicht da und muss die eine Hälfte der Station auch erst wieder unter die Lupe nehmen. Mir wäre es lieber, wenn ich meinen Dienst für Montag beibehalte. Wenn dir damit geholfen ist, dass ich tagsüber den Sonntag übernehme...?"

„Mensch prima, Christian! Das wäre eine mögliche Lösung. Ich revanchiere mich bei dir, wenn es dir mal mit der Zeit nicht so günstig ausgeht!"

Frau Dr. Zieglang war wie von einem Druck erlöst, der ihr regelrecht auf der Seele gelastet hatte. Sie klopfte dankbar ihrem Kollegen auf die Schulter, der beschwichtigte und lachte:

„Ist schon gut. Geht in Ordnung…".

‚Mitunter gibt es halt auch für uns noch so etwas, wie ein Privatleben...', dachte Felsen, während er in die Richtung zu seiner Station ging.

Bereits aus der Ferne vernahm er ein verdächtig klingendes, feines doch unregelmäßiges Piepsen, während er die glashellen Flügeltüren zum Flur der Station 32 aufstieß, die sich dann schwungvoll wieder hinter ihm schlossen. An der Wand und in unmittelbarer Nähe zu seinem Arztzimmer stand ein Bett, an dem Schwester Johanna mühsam und unter Einsatz ihrer Körperkräfte damit beschäftigt war, einen um sich schlagenden Patienten ruhig zu halten, damit er nicht aus dem Bett stürzte und sich die angelegten Mess- und Infusionsschläuche herauszog. Ihr Gesicht war feuerrot. Die Anstrengung stand ihr ganz offensichtlich ins Gesicht geschrieben. Auf einem Nachtkästchen hinter dem Bett befand sich ein kleines, transportables Monitorgerät, von dem diese Töne kamen, deren Unregelmäßigkeiten die Folge eines nahezu entstandenen Nahkampfgefechtes waren. Zumindest hatte das in diesem Falle keine ernstere Bedeutung. ‚Phantastisch!', dachte Felsen ‚der Morgen fängt heute ja schon recht gut an.'

„Frau Lux! Jetzt bleiben Sie doch endlich ruhig liegen! Sie reißen sich ja noch die ganzen Infusionen raus! Sie sind hier in einem Krankenhaus! Ich habe Ihre Schuhe nicht an, glauben Sie es mir doch!"

Das Gerangel mit der Patientin brachte Schwester Johanna sichtbar ins Schwitzen. Dr. Felsen kam ihr schnell zu Hilfe:

„Aber ich habe Ihre Schuhe an, Frau Lux.", sagte er, als er, bereits umgekleidet, an das Bett der Patientin trat.

Diese stutzte. Schweißperlen standen ihr auf der Stirn und auch das stationseigene, über den Rücken offene Hemd war durchnässt. Sie hatte beide Arme daraus befreit, nur ein Bündchen am Hals hielt es an ihr wie einen großen Latz zusammen.

„Schauen Sie selbst, Frau Lux,..." und Felsen zeigte dabei auf den Boden, „...*ich* habe Ihre Schuhe gerade an."

Die Patientin, deren ganzer Körper zu vibrieren schien, versuchte nach unten zu blicken, wurde dabei von der nahezu erschöpften Schwester gestützt, denn selbst im Sitzen waren ihre Gleichgewichtsfunktionen deutlich gestört.

„Brauchst du meine Schuhe noch länger?", fragte mit verwaschener Sprache die Patientin, die sich wieder etwas beruhigt hatte.

„Ja. Ich würde sie noch ein wenig brauchen. Wie lange dürfte ich sie denn noch behalten?", fragte Felsen forschend.

Die Patientin überlegte einen Moment, sah stumm vor sich hin, gab dann mit lakonischem Ausdruck die Antwort:

„Dann lass sie halt solange an... Wenn ich dann aufstehe, dann musst du sie mir aber wiedergeben... Durch die vielen Pfützen dort kann ich ohne meine Schuhe doch nicht gehen..."

Es war ein trauriges Bild, das sich da bot. ‚Die liebe Frau Lux ist also wieder einmal bei uns', dachte Felsen, der schon zu früheren Zeiten mit dieser Patientin zu tun hatte. Lustig war das alles ganz und gar nicht. Hier war es eine bitter ernst zu nehmende, schlimme Wirklichkeit. Das Stigmata eines unaufhaltsamen Verfalls. Seine Bedeutsamkeit war Teil einer bitteren Tatsache, blieb stets wie eine große Unbekannte, die hinter einem großen Schatten der Anonymität verborgen lag. Hier war nicht der Ort, nach den Ursachen zu fahnden. Hier wurde man mit den Auswirkungen konfrontiert und kannte lediglich die zerstörerischen Elemente, die von Leib und Leben fraßen, die auch der Seele zusetzten.

„Wenn Sie dann später wieder aufstehen, Frau Lux, gebe ich Ihnen die Schuhe zurück. Geht das in Ordnung so?"

Felsens Worte waren durchaus mit aller Ernsthaftigkeit zu der Patientin gesprochen. Während diese in aller Bravheit sagte: „Das ist sehr lieb von dir,

...behalte sie ruhig noch ein bisschen an.", hatte sich Dr. Felsen Schwester Johanna zugewandt, bei der er sich erkundigte, seit wann dieser Zustand bei der Patientin bestehe.

Sie habe eigentlich sehr ruhig im Anschluss an die Magenspülung geschlafen. Erst seit einer halben Stunde sei sie so desorientiert und unruhig geworden.

„Geben Sie ihr drei Kapseln von dem Distraneurin, Schwester. Die weitere Dosierung für die nächste Zeit schreibe ich in das Verordnungsbuch. Wenn Sie diese dann bitte in die Kurve übertragen würden?"

Und nach einer Pause, während der sich Felsen ein kurz umrissenes Bild über den augenblicklichen Zustand der Patientin machte, setzte er fort:

„Wollen wir hoffen, dass wir damit einigermaßen über die Runden kommen. Wird Frau Lux intensivpflichtig, was sie eigentlich fast schon ist...", er prüfte das Bild auf dem Monitor, auf dem sich ein normales EKG zeigte, „...dann wird es etwas problematisch. Die Intensiv ist ausgelastet..., restlos... Unsere Zimmer sind auch sämtliche überfüllt – ...Schwester, ich weiß... Hier ist kaum der geeignete Platz –, auf dem Flur..., aber hier behalten wir die gute Frau wenigstens etwas besser unter Kontrolle. Sie rufen mich bitte sofort, wenn etwas sein sollte."

Ein trauriger Zustand. Ziemlich hilflos sahen sich Schwester und Arzt einen Moment lang an, ohne ein Wort dabei zu äußern. Zufrieden war Felsen mit dieser Lösung ganz und gar nicht.

„Sollen wir Frau Lux am Bett etwas fixieren, Herr Doktor?", fragte Schwester Johanna, die sich von der Strapaze noch immer nicht so ganz erholt hatte und sich eine verschwitzte Haarsträhne aus der Stirn strich.

„Das werden wir wohl tun müssen", überlegte Felsen. „Legen Sie ihr nur die Handmanschetten an, die Füße soll sie frei bewegen können. Aber nicht zu fest, ...halt so, dass sie nicht ausschlupfen kann. Die Infusionen müssen ja ungestört laufen können. Und bitte, lassen Sie genug Spielraum, damit sie die Arme dabei noch etwas bewegen kann, sonst wird sie uns nur zu unruhig... Wer lässt sich denn schon gern anbinden... Es ist einfach schlimm."

Felsen, der solche Anordnungen überhaupt nicht gern gab, schickte sich an, in sein Dienstzimmer zu gehen. Er empfand die Vorstellung widerstrebend, wach und dabei doch wie angekettet zu sein. Er hoffte, dass es nur für kurze Zeit sein möge. Noch ehe er in sein Zimmer trat, hörte er die schnell gestellte Frage:

„Sollen wir auch ein Gitter vor dem Bett anbringen?"

„Bringen Sie es an, Schwester Johanna. Aber lassen Sie es heruntergeklappt, solange die Patientin ruhig bleibt."

Mit solchen Maßnahmen wollte man bestimmt kein Martyrium für einen Menschen schaffen. Aber es wäre nichts dadurch gewonnen, wenn ein hilflos gewordener Kranker, der sein Umfeld für eine Zeitlang nicht real wahrnehmen konnte, in eine Gefahr geraten würde, die seine Lage nur noch verschlechtert hätte. Ein Sturz aus dem Bett zum Beispiel...

„Was hat die Patientin, Herr Dr. Felsen?"

Diese Stimme war Felsen inzwischen vertraut.

„Schwester Elisabeth, schon so früh auf Station?"
„Ja. Ich bin früher gekommen, weil doch so viel zu tun ist."

Felsen registrierte diese Antwort mit einem gewissen Wohlwollen. Nicht jede Lernschwester engagiert sich so freimütig und zeigt diese Wissbegierde. Er bezeichnete „Neugierde" lieber als „Wissbegierde".

„Kommen Sie, helfen Sie mir gleich ein wenig. Dabei versuche ich, Ihnen etwas darüber zu erklären, woran die Patientin hier erkrankt ist."

Im Spritzenzimmer wurden die notwendigen Utensilien für die morgendlichen Blutabnahmen zurechtgelegt, die von jetzt ab nicht mehr verspätet ins Labor kommen sollten. Dabei erklärte Dr. Felsen der Schwesternschülerin:

„Sie werden sicherlich oft während Ihrer beruflichen Tätigkeit damit konfrontiert werden, dass man von einem Patienten sagt: ‚Das ist ein Alkoholiker.' Selbst Ärztekollegen sagen dies oftmals so. Man meint zwar das Richtige, aber man sollte dafür auch die richtigere Bezeichnung wählen. Diese Menschen sind krank, Schwester Elisabeth, und es ist angemessener, wenn man über sie von ‚Alkoholkranken' spricht. Das erst mal als kurzen Vorspann."

Mit einem gewissen Wohlwollen registrierte Felsen die aufrichtige Wissbegierde der jungen Schwesternschülerin. Weil er überzeugt davon war, dass hier wirkliches Interesse dahinter stand, fuhr er mit seinen Erklärungen fort:

„Bei der Patientin da draußen auf dem Flur ist der Fall eingetreten, wo es durch exzessiven, also unmäßigen Alkoholgenuss zu einer Situation kam, die für sie immer noch lebensbedrohlich ist. Hinzu kommt, dass bei ihr bereits eine langjährige Alkoholabhängigkeit bekannt ist. Die Patientin war deshalb schon oft zu uns eingeliefert worden. Was sich augenblicklich abspielt, das haben Sie ja sicher mitbekommen. Die Patientin ist örtlich und zeitlich desorientiert, weiß eigentlich über ihren Zustand nichts. Sie hat Vorstellungen, die nicht wirklich sind. Wir bezeichnen das als Halluzination, als eine durch Sinnestäuschung hervorgerufene Wahrnehmungsstörung. Konkret sagen wir dazu: akute Alkoholhalluzinose. Sie haben aber auch bemerken können, dass die Patientin schwitzte, dass der Puls beschleunigt ist, dass sie unruhig und zittrig wirkte. Alles zusammengenommen... Können Sie mir folgen, Schwester Elisabeth?", rückversicherte sich Felsen.

„Oh ja, Herr Doktor, recht gut, danke."

Felsen fuhr fort, richtete sich dabei die üblichen Dinge für die Blutentnahmen auf einem Tablett her:

„Also alle diese Symptome, diese typischen Krankheitszeichen, fassen wir zusammen mit der Diagnose: Delirium tremens. Delirium – damit bezeichnen wir die veränderte Bewusstseinslage, tremens –, das Wort ist abgeleitet von Tremor und bedeutet vereinfacht gesagt: Zittern. Aber auch das gestörte Gleichgewichtsverhalten, das Sie an der Patientin beobachten konnten, gehört dazu, als sogenannter *statischer* Tremor. Aber darüber werden Sie noch ausführlich genug in Ihren Unterrichtsstunden erfahren."

Felsen zwinkerte aufmunternd seiner Schwesternschülerin zu.

„Unsere Patientin hier ist derzeit einigen Gefahren in diesem Zustand ausgesetzt, weshalb wir sehr gewissenhaft auf sie achten müssen. Sie kann noch schlimmer in einen Entzug kommen, in ein sogenanntes Entziehungssyndrom, das wir mit unseren Möglichkeiten hier auf der Station nicht ausreichend behandeln und beherrschen könnten. Es ist leider möglich, dass sehr schnell eine lebensbedrohliche Situation eintritt. Störungen der Atmung, des Kreislaufs, des Nervensystems. Lunge, Herz, Gehirn – das sind die Organe, die uns dann erst einmal zu schaffen machen!"

Ein kurzer Blick auf die Uhr über der Tür drängte zur Eile. Diesmal sollten die Blutproben pünktlich im Labor sein! Felsen sprach deshalb etwas rascher:

„Wenn Sie bemerken sollten, Schwester, dass die Patientin nicht richtig atmet oder dass sie sich verkrampft oder krampfartige Anfälle bekommt, dann müssen Sie sehr schnell Bescheid geben! Wenn ich nicht erreichbar bin, dann müssen Sie den Dienstdoktor anpiepsen. Jaja...!? Hier heißt es noch eine Weile ‚Gewehr bei Fuß', Schwester... So! Jetzt muss ich mich sputen! Aber fragen Sie ruhig, wenn Sie etwas wissen möchten. Soweit ich eine Antwort darauf weiß, mache ich gewiss kein Geheimnis daraus."

Dr. Felsen lachte spitzbübisch und machte sich eiligst daran, seine ersten Arbeiten zu verrichten.

* * *

Mit der Visite war Felsen heute schneller vorangekommen. Er hatte sich tags zuvor ausreichend Zeit dafür genommen, seine Patienten gründlich kennenzulernen. In dem vierten Zimmer seiner Station lag Frau Stepansky, deren Bett nahe beim Fenster stand. Von hier aus sah man in eine sehr reizvolle Landschaft. Ein prüfender Blick beim Eintreten in das Krankenzimmer ließ bereits erahnen, dass mit der Frau etwas geschehen sein musste. Frau Stepansky, die mit einem wahrhaft beneidenswerten Humor gesegnet war, empfing Felsen ganz euphorisch, mit weit nach ihm ausgestreckten Armen:

„Da ist er ja! Unser Doktor! Nicht schlafen lassen hat er mich!"

Sie hielt lange die Hand in der ihren fest, die Felsen ihr zum Gruße gab. Mit beiden Händen hielt sie sie fest, neigte den Kopf mehr und mehr darüber und – weinte. Felsen fand so plötzlich keine Erklärung dafür.

„Frau Stepansky! Bin ich heute so furchterregend für Sie?"

Er suchte sich mit der Schwester durch einen kurzen Blick darüber zu verständigen, ob irgendetwas mit der Frau geschehen sei, die er gestern doch noch ganz anders erlebt hatte. Schwester Maria zuckte wiederholt mit den Achseln, wollte ihm damit andeuten, dass sie auch nicht wisse, was es für einen Grund geben könnte. Aber die alte Frau weinte, hielt Felsens Hand energisch umfasst. Felsen setzte sich an den Rand ihres Bettes:

„Was ist geschehen, Frau Stepansky? ...Gestern waren Sie so fröhlich bei der Visite, dass ich Sie darin regelrecht bewundern musste. Und heute diese Tränen?..."
„Ja, Herr Doktor, ja,... lieber, lieber Herr Doktor..."

Ihre Stimme klang nicht, als wären es Sorgen, die sie belasteten und der Grund für eine Verzweiflung wären.

„Ich bin Ihnen ja so dankbar..."

Mehr und mehr wurde sie wieder gefasster.

„Als ich so krank wurde, mir das Bein abgenommen werden musste, da habe ich so sehr darunter gelitten, wie wohl mein Mann damit fertig werden kann... wissen Sie? Mein Mann... der hat so ein weiches, gutes Herz..."

Sie ließ Felsens Hand nun los, kramte nach einem Taschentuch in ihrer Nachttischschublade und trocknete sich ihr nasses Gesicht lange und gründlich damit ab, als suche sie dadurch Zeit zu gewinnen. Dann blickten, verschwommen noch von den Tränen, zwei Augen aus einem lieben, gealterten Gesicht, das zu jenem faszinierend jugendlichen Strahlen fähig wurde, wie es nur Menschen kennen und erfahren haben, die oft Gelegenheit dazu hatten, in die eigentlichen Gesichter ihrer Mitmenschen zu sehen. Die, die man aufgrund ihrer Lebensjahre für „alt" halten möchte, die sind es doch gar nicht in Wirklichkeit... Und da kam es schon, dieses Wort, dem Felsen stets widersprechen musste:

„Ich bin schon eine alte Frau, Herr Doktor, aber ich..."
„Stopp, stopp... Jetzt haben Sie mich wissentlich belogen…"

Felsen unterbrach abrupt die Frau und bemühte sich um einen strengen Ton, mit dem er fortsetzte:

"Wie kommen Sie denn auf ‚alte Frau', Frau Stepansky!?"
„Scherzen Sie nur, Herr Doktor. Sie wissen ganz genau, dass ich schon achtundsiebzig Jahre alt bin."
„Nein, das ist nicht richtig!", widersprach Felsen entschieden.

Er nahm die Kurve der Patientin zur Hand, schlug sie auf, las mit deutlich ernsthaftem Gebaren das Geburtsdatum daraus laut ab, hörte seine Patientin beteuern:

„Aber da lesen Sie es doch selbst, Herr Doktor! Und nun rechnen Sie sich das aus, bittschön. Ich bin schon..."

„Genau achtundsiebzig Jahre *jung*!!" betonte er kräftig und laut.

Frau Stepansky sah ihn an, als könne sie jetzt daran gar nichts mehr so richtig verstehen, sie stutzte.

„Achtundsiebzig Jahre *jung*, Frau Stepansky! Nicht achtundsiebzig Jahre *alt*. So spricht man doch nicht über sich selbst!?"

Es schien, als sei ein Bann gebrochen denn nun hatten die Tränen keinerlei Chance mehr. Die vier Damen im Zimmer, Schwester Maria und auch Felsen lachten miteinander, dass man es bis draußen auf den Flur hören musste. Frau Stepansky erzählte nun, wie sie überglücklich gewesen sei, als ihr Mann am Vorabend davon sprach, worüber er mit Felsen gesprochen hatte, dass er jetzt dazu entschlossen sei, mit ihr zusammen in ein Altenheim zu gehen, dass sie und ihr Mann sich so beruhigt fühlten, wenn sie damit rechnen könnten, dass der Doktor selbst sich mit um einen Platz in einem Heim bemühen würde...

„Ich verspreche Ihnen, dass ich mir alle Mühe geben werde, das schönste Seniorenheim für Sie beide zu finden. Gilt als abgemacht!"

Felsen hielt ihr seine Hand entgegen, als sei ein Geschäft abgeschlossen, das nur noch durch Handschlag besiegelt werden müsse. Frau Stepansky lachte mit einem silberhellen Klingen in ihrer Stimme:

„Das schönste muss es gar nicht sein, Herr Doktor. Aber wissen Sie, ich hätte ja schon viel früher mit meinem Mann in ein Heim gehen wollen. Aber ich wusste, wie sehr er an unserem kleinen Häuschen hängt. All die Jahre, die wir darin verbracht haben. Da wollte ich dieses Thema mit ihm gar nicht erst ansprechen. Doch irgendwann geht es halt nicht mehr so und Sie wissen ja, wir haben leider keine Kinder, wir haben wirklich nur noch uns..."

Recht glücklich und froh blickte sie nun wieder.

„Dann genießen Sie miteinander in Ruhe die kommenden Jahre. Sie werden sehen, auch Ihr Mann wird diesen Schritt nicht bereuen. Und verlieren Sie vor allem nichts von Ihrem Humor! Das müssen Sie mir jetzt als Gegenleistung versprechen!"

Zur Schwester gewendet fragte er:

„Wie sieht es aus, Schwester Maria? Können wir für morgen noch ein großes Kontrolllabor und vor allem ein Blutzuckertagesprofil einplanen? Wenn nicht, dann bitte übermorgen. Frau Stepansky bleibt ja nun noch eine Weile bei uns."

Er besah sich noch gründlich den Stumpf des amputierten Beines, stellte zufrieden fest, dass alles gut veheilt war.

Felsen beendete seine Visite in diesem Zimmer, teilte Schwester Maria mit, dass er den Rest der Station erst später durchgehen könne, da er zu einer Besprechung müsse.

* * *

Felsen hinterließ schriftlich auf einem Zettel die Nachricht, wo man Ihn erreichen könne, falls er dringend gebraucht würde, heftete diesen mit einem Pflasterstreifen sichtbar für das Pflegepersonal an die Frontscheibe des Schwesternstützpunktes und verließ wenige Minuten vor zehn Uhr die Station. Am hinteren Trakt der Klinik befand sich ein kleineres Außengebäude. In diesem waren die Räume der Verwaltung zu finden.

* * *

Noch immer war der Morgen nebelig trüb. Felsen fröstelte ein wenig. Die Nacht war kurz für ihn gewesen. Lores Anruf hatte ihn empfindlicher getroffen, als er es selbst zu glauben schien. Diese Angelegenheit war doch längst beendet! Die böse Zeit unmittelbar danach lag lange zurück. Was sollte diese erneut ausgesprochene Drohung, die aus den Äußerungen deutlich herauszuspüren war: ‚...Vielleicht würdest du es bereuen... da ist noch eine Rechnung zu begleichen...'!? Unverschämt, als sei es das Selbstverständlichste von der Welt, knüpften diese Worte doch nur an jene, die die letzten damals waren: ‚Für diese rücksichtslose Schmähung wirst du mir eines Tages noch bitter bezahlen...' – Konnte und wollte Lore einen Verlust von Zielen und Vorstellungen, die doch als unerreichbar galten, nicht wahrhaben? Was sollte dieses trotzig narzisstische Aufbegehren gegen diese Unausweichlichkeit? Diese anfangs mit großer Deutlichkeit demonstrierten Regungen von Zärtlichkeit, Milde, Anhänglichkeit, ja selbst dieser Hang zu Unterwürfigkeit..., und der plötzliche, spätere Wandel zu unschönen Eifersuchtsszenen, zu ständig grundlosem Moralisieren? J.-Christian Felsen fröstelte erneut bei diesen Gedanken. Warum jetzt wieder diese Hass- und Angriffstendenzen, mit denen er auch weiterhin konfrontiert werden sollte? Während der damals letzten Wochen und Monate gab es doch selbst nach den kleinsten Auseinandersetzungen kein verbindliches Lächeln mehr, keine Zeichen einer wirklichen Zuneigung...

Felsen riss sich von diesen Gedanken los. Er war an einer Tür angelangt, an die er klopfte, durch die er in das Zimmer trat, nachdem er sehr leise nur ein „Herein, bitte" vernommen hatte.

„Ach ja. Herr Doktor Felsen. Wir hatten uns ja für heute verabredet. Ich darf Sie bitten, einstweilen Platz zu nehmen. Einen kleinen Moment dauert es leider noch."

Krämer deutete dabei mit einer flüchtigen Handbewegung über eine Vielzahl schwarzer Ledersessel, die um einen großen, runden Tisch standen, drehte sich etwas umständlich um seine eigene Achse, schloss die Tür hinter sich zu einem Nebenraum, in den er verschwand.

‚Ein merkwürdiges Verhalten', dachte Felsen, dem die peinliche Situation verdächtig aufgestoßen war, als Krämer seinen Gruß beflissen überhörte und die Hand übersah, die er ihm bot. Eine Betretenheit bemächtigte sich seiner. „Höflichst", hatte Krämer ihm geschrieben, „höflichst" sehe er der Unterredung entgegen. Soeben hatte dieses „höflichst" die Gestalt eines unguten Vorboten angenommen. Eigenartig. Schon in den Zeilen lauerte dieses Wort und machte auf sich aufmerksam. Und nun sollte er hier stehen, wie abgekanzelt gleich von vornherein? Nein. Auf diese Weise ließ er sich nicht abspeisen. Von den schwarzen Lederstühlen wählte er einen, auf dem er Platz nahm. Ihm wurde ja großzügig eine Auswahl davon angeboten.

Aus dem Zimmer nebenan waren Stimmen zu hören, von denen eine Krämer gehören musste. Sie war nur schwach zu vernehmen. Wenig später drang ein gekünsteltes Kichern an Felsens Ohr, das kurz darauf in ein ordinäres Lachen überging. Die Sekretärin, Fräulein Weichsel, war sehr lange schon am Hause. Aber sie wurde bisher niemandem so richtig bekannt.

Begegnete man ihr zufällig in der Klinik, dann brauchte man auf die Erwiderung eines Grußes nicht zu warten. Eine solche kam grundsätzlich nicht. Grundsätzlich hingegen trug Fräulein Weichsel ein bis zur Verdrossenheit leeres und nichtssagendes Gesicht aufdringlich geschminkt zur Schau, in dem ein viel zu groß geratener Mund mit wulstig aufgeworfenen Lippen entweder Hochmut erkennen ließ oder Bissigkeit. Je nachdem, wozu sie gerade eine Veranlassung empfunden haben mochte. Bei einem Gespräch mit irgendjemandem hat man sie nie gesehen. Mitteilungen von ihr erhielt man auf einem Zettel überbracht, und ein solcher steckte nie in einem verschlossenen Umschlag.

Unwillkürlich registrierte Felsen die Zeit, als habe er Furcht, sie könne stehengeblieben sein. Der Raum, in dem er jetzt wie verloren saß, hatte etwas von einer kalten, aufgeräumten Atmosphäre, von einer eher bedrückenden Leere, die beängstigen konnte. Den Schreibtisch schmückte ein Gesteck künstlicher Blüten. Wenngleich auch in geschmackvoll farblichem Arrangement, sie waren leblos. Spontan musste er an die Schilderung seiner Stationsschwester denken, als sie ihm über ihre Vorsprache hier berichtete. Er suchte sich vorzustellen, was für eine Wirkung es auf einen haben musste, wenn in solch einem Raum, der steril wirkte und ohne Akustik schien, gesprochene Worte so schlecht gehört, so schlecht verstanden wurden…

Die Tür des Nebenraumes öffnete sich endlich. Zu einem Spalt nur zunächst. Ein paar Anweisungen wurden vernehmbar, die in das Dienstzimmer zurück und in flüssigen Sätzen der Sekretärin gegeben wurden. Dann kam Krämer heraus und setzte sich in einen Sessel, der Felsen bereits aufgefallen war. Er glich mehr einem Throne, von dem aus es sich vorzüglich regieren ließ. Etwas Schönes war nicht an ihm zu entdecken. Er wirkte erschreckend groß und plump in dem Raum. Eigentlich viel zu groß, denn Krämer war nur von kleiner Statur.

Nachdem Krämer Platz genommen hatte, was mehr den Anschein gab, als ob er sich in das Schwarze eines ledernen Ungeheuers vergrub, deutete er mit einer gewissen, unverkennbaren Arroganz an, Felsen zur Verfügung zu stehen.

„Ja...–" eröffnete er gedehnt und ließ sich sehr viel Zeit dabei. „Sie hatten um eine Unterredung mit mir gebeten... Übrigens, ...danke nochmal, ...für Ihren Brief..."

Die auffallend gesetzten Pausen hatten eine Wirkung nicht verfehlt. Sie wurden wie zu einem Auftakt gesetzt, als eine Art Barrikade, hinter der man versteckt bleiben wollte. Felsen suchte nach einem Sprung aus dieser ihn sensibel berührenden Akkumulation von Fremdheit, Leere, Sterilität und Pausen.

„Es war sehr freundlich von Ihnen, dass Sie mir so bald einen Termin einräumen konnten, Herr Krämer..."

Aber dieser Sprung gelang ihm nicht. Als würde die Sehne eines Bogens wie von unsichtbarer Hand gespannt und dann unvermittelt in jenem Augenblick zerschnitten, in dem man den Bogen davonschnellen lassen wollte, so fühlte Felsen plötzlich in seinem Innern eine Erschlaffung, die ihn verunsicherte. Er war doch seit langem bereits gefasst auf eben diese Unterredung, um die er selbst gebeten hatte! Er wusste doch, welche ständigen Probleme den beruflichen Alltag belasteten und störten, oftmals bis ins Unerträgliche, das sich fast nicht mehr bewältigen ließ! Er wusste es genau, wie sehr all das nicht nur ihn, Felsen, betraf, sondern ebenso sehr die Kollegen und Mitarbeiter! Es war sein Wille und Entschluss, hier, mit Krämer, die Dinge offen auf den Tisch zu legen und anzusprechen! Nur zu diesem Zwecke war er hier. Ohne Illusionen zu hegen, die als eine irrige Vorstellung nur hätten Enttäuschung bringen müssen. Was verunsicherte ihn so unmittelbar?

„Herr Felsen, ich gehe davon aus, dass Sie nicht ohne triftigen Grund um dieses Gespräch gebeten haben..."

Schneidend betont klang dieses „Herr Felsen", dem ein unangenehmer Grundtenor anhaftete. Mit welch lautloser Stimme waren diese Worte gesprochen! Die leicht gekrümmte Körperhaltung in dem überdimensional groß erscheinenden Sessel ließ Krämer jetzt klein und giftig wirken. Die Hände, die einander sachte rieben, erschienen, als suchten sie ein listiges Spiel der Finger beherrscht zu verbergen. Felsen, der dieses ungewöhnliche Fluidum als unerträglich empfand, wagte erneut einen Absprung.

„Das ist richtig. Es ist ein ernster Grund, der mich dazu veranlasste, ein sehr dringlicher, Herr Krämer. – Es geht um die Lösung eines gewiss schwierigen Problems. Ich habe mich damit an Sie wenden wollen, denn wenn hierbei eine Lösung gefunden werden kann, dann geht es nicht ohne Ihre Hilfe."

Felsen hatte zu seiner Ruhe und Gelassenheit zurückgefunden. Krämer fühlte sich geschmeichelt.

„Ja...... ich habe mir schon so etwas gedacht..., denn... wie ich Sie kenne... – muss Sie etwas Bestimmtes dazu bewogen haben... – Ich kann Ihnen jedenfalls von vornherein versichern, dass ich ... selbstverständlich alles zu tun bereit bin..., soweit es natürlich in meiner Macht steht... – Sie verstehen mich hoffentlich richtig..."

Der Atmosphäre war damit nichts von ihrer Frostigkeit genommen. Nur das „höflichst" erschien erneut, wie lauernd jetzt in allen Ecken, als warte es darauf, endlich die Maske herunterzureißen und sein wahres Gesicht zu zeigen. Eine Sterilität nahm nicht nur dem Raum alles Lebendige, sie dominierte auch in den Worten und Sätzen, besonders in den ihnen an bestimmten Stellen belassenen Pausen. Sie gab nicht Gewissheit über etwas, das sauber und keimfrei sei, sie offerierte sich als Unnahbarkeit und kitzelte damit nahezu an jedem Sinnesnerv.

„Es steht sehr vieles in Ihrer Macht..."

Felsen sah dabei offen in das Gesicht seines Gegenübers, das nicht die geringste Spur einer Regung zeigte. Es war glatt und straff, von pedantischer Gepflegtheit, ohne auch nur der Andeutung eines Fältchens. Etwas stechend Prüfendes lag in den Blicken der graugrünen Augen, etwas unstet Flackerndes, einem Irrlicht so ähnlich. Unter seinem Einfluss wähnt man sich dem Ziel ganz nahe, erkennt dann doch die Gefahr zu spät. Ja – an Irrlichter erinnerten diese Augen. Vor ihnen musste man sich hüten. Ein Limit, das somit warnend gesetzt schien.

„Der Grund für meine Vorsprache bei Ihnen, ist..."

Felsen musste sich konzentrieren, nicht unfreundlich zu werden. Die Atmosphäre gestaltete sich sehr zu seinem Ärgernis! Um Hilfe konnte nur an diesem Ort gebeten und ersucht werden. Um Hilfe, die weniger ihm und seinen Mitarbeitern allein zugutekommen sollte, sondern in Wirklichkeit vor allem den vielen,

vielen Menschen, die ihnen in ihrer Not und ihrem Leid anvertraut waren. So setzte Felsen fort:

„Sie kennen die Situation an unserem Hause..."

Ein rätselhaftes Lächeln spielte jetzt um Krämers Mund. Er machte es Felsen schwer, freundlich zu bleiben. Wenn doch nur irgendein Ausdruck in Krämers Gesicht, eine Geste mit der Hand, ein nur angedeutetes Nicken mit dem Kopf ihm hätte bedeuten können, dass man bemüht sei, Verständnis aufzubringen, dass man gewillt war, nach einer Lösung zu suchen. Ja, als würde man wenigstens *Bereitschaft* zu einem Dialog zeigen! So aber – blieb es ein einziger Monolog, den Felsen in seiner Rolle zu sprechen hatte, auf einer riesigen Bühne alleingelassen, ohne das Gegenüber eines Publikums, aus dem er Resonanz hätte verspüren und erfahren können.

„Sehen Sie, Herr Krämer, gestern erst standen wir wieder vor einem nahezu unlösbaren Problem. Durch den Ausfall des Kollegen Till – es ist Ihnen gewiss zu Ohren gekommen, dass er einen Autounfall hatte, von dessen Folgen er hoffentlich bald wieder ganz genesen sein wird – stand eine Station mit derzeit vierundvierzig belegten Patientenbetten plötzlich völlig verwaist da. Selbstverständlich trafen wir sofort eine Entscheidung. Ich habe die Station übernommen."

Eines fein unterlegten, ironischen Tonfalls bediente sich Felsen dabei, der vielleicht zu irgendeiner Reaktion oder Frage provozieren konnte. Aber es blieb nur weiterhin dieses rätselhafte Lächeln in Krämers Gesicht, lediglich den Kopf legte er dabei schräg auf die andere Seite.

"Die Patienten sind also versorgt...", fuhr Felsen genervt fort. „Aber es wurde zwangsläufig ein anderes Loch aufgerissen, das nicht minder schwierig zu stopfen ist. Die Intensivstation kann nur noch von einem Kollegen allein versorgt und betreut werden. Und augenblicklich ist jedes Intensivbett belegt. Wir wüssten nicht einmal, wohin wir derzeit einen Notfall legen sollten, falls einer käme! Wir können doch nicht ein Schild an der Tür anbringen, ‚wegen Überfüllung geschlossen' ... Dieser Zustand lässt sich einfach nicht mehr verantwortlich vertreten!"

Felsen hatte sich erregt, als er die Situation schilderte, die ihm so unmittelbar wieder vor Augen stand.

„Herr Doktor Felsen. Ich muss Ihnen gestehen, dass ich Ihren Ausführungen nicht so recht folgen kann. Sie sprechen doch augenblicklich von Dingen, die ausschließlich in den ärztlichen Bereich fallen. Ich weiß nicht, was ich damit... Sie verstehen, Herr Felsen? Das Problem, von dem Sie sprechen, ist doch von Ihnen und Ihren Kollegen zu lösen, weniger von mir..."

Krämer hatte damit eine Zäsur gesetzt, die wie ein klaffender Spalt das Eine von dem Anderen trennte, als sei es nicht mehr aneinanderzufügen. Er schlug noch weiter zu, heftiger, als habe er damit große Eile, bei der ihm möglichst niemand zuvorkommen sollte:

„Wenn die Ihnen zur Verfügung stehenden Betten belegt sind, dann ist es doch Ihre Aufgabe, dafür zu sorgen, dass sie nur solange von einem Patienten belegt sind, wie es wirklich erforderlich ist."

Und in deutlichem Crescendo steigerte er sich in den Tonfall eines Cholerikers:

„Gerade an Ihre Adresse muss der Vorwurf gerichtet werden, dass Ihr Patientengut sehr dubiös oftmals zusammengesetzt ist!"

Das war Öl, das ins Feuer gegossen wurde! Felsen sollte jetzt ganz bestimmt die Antwort nicht schuldig bleiben:

„Das ist ja unerhört...", suchte er aus einer Fassungslosigkeit zu finden, um dann, ohne Bedacht darauf, unbequem zu werden, ganz unmissverstehbar klarzustellen:

„Herr Krämer! Sind Sie sich des Ausmaßes Ihrer Worte überhaupt bewusst!? Was berechtigt Sie dazu, mir Vorschriften machen zu wollen, wie lange ich es aus meiner ärztlichen Sicht für erforderlich halte, den einen oder anderen Patienten stationär zu betreuen!? Und damit wir uns gleich richtig verstehen: meine

Patienten sind keine Ware, die sich hin- und herschieben, ein- oder verkaufen lässt! Hier geht es nicht um Statistik, Herr... hier geht es um lebende, kranke, notleidende Menschen, die..."

„Und alte, sehr viel alte Leute! Bei Ihnen ganz besonders!", fiel ihm Krämer ins Wort, „Die nicht in einem Krankenhaus liegen müssen! Für die es eigens dafür geschaffene Einrichtungen gibt, wo sie vielleicht besser versorgt sind, als..."

„Krämer! Ich verbitte mir ein für allemal, diesbezüglich gemaßregelt zu werden!"

Felsen bebte vor Empörung.

„Was verstehen Sie in Ihrer Funktion eigentlich von ärztlich erforderlichem Handeln!? Sorgen Sie in Ihrer Funktion endlich dafür, dass die dringend notwendigen Voraussetzungen für unser ärztliches Handeln geschaffen werden! Es fehlt an Planstellen, nicht nur für uns, fast gravierender noch für das Pflegepersonal. Es fehlt an banalen, funktionsfähigen Apparaturen, um die untereinander gefeilscht werden muss, und das in Situationen, wo lebensrettende Hilfeleistungen durch unseren Einsatz verlangt werden! Uns *darf* ja kein Fehler unterlaufen, uns k a n n man ja unermüdlich an die Front schicken, wir s i n d ja nur Maschinen, für die doch o b e n d r e i n noch gut bezahlt wird..."

„Seien Sie ruhig!!"

„Warum! Weil ich die Wahrheit sage? Kommen Sie doch einmal und bleiben Sie für einen Tag nur, um uns bei unserer täglichen Arbeit zuzusehen! Die Arbeit will ich Ihnen dabei gar nicht zumuten. Sie brauchen nur Entscheidungen zu treffen! Zum Beispiel auch nur eine einzige! Vielleicht eine solche: welchem von vier beatmeten Patienten nehme ich zuerst die Maschine weg, weil sie ein fünfter benötigt. Oder..."

„Halten Sie Ihren Mund, Felsen!!" –

Das bebende Nachhallen einer feindseligen Kontroverse erfüllte den toten Raum, ein Nachhallen, das in abrupt eingetretener Stille noch in der Sphäre zitterte. Krämer saß wie zum Sprung bereit. Aber er sprang nicht. Noch bleicher schimmerte es aus dem ohnehin blutarmen Gesicht, noch deutlicher wurde das Flackern in den graugrünen Augen. Die schmalen Lippen aneinander gepresst, fixierte er Felsen. Wie ein eisiger Hauch streiften seine monoton gesprochenen Worte Felsens erhitzte Sinne:

„Ich habe Ihre Ausführungen zur Kenntnis genommen. Doch muss ich Sie jetzt bitten, unser Gespräch als beendet zu betrachten. Ich habe noch einen Termin, der mich verpflichtet. Auf Wiedersehen... Herr – Felsen."

Felsen hatte dem nichts mehr hinzuzufügen. Aber das letzte Wort sollte noch lange nicht gesprochen sein! Krämer irrte, wenn er dies glaubte! Die Angelegenheit war keineswegs beendet. Sie nahm erst einen Anfang! Er hatte die Tür im Schwung bereits geöffnet, da ereilte ihn ein hinterhältiges Zischen:

„Felsen? Bevor Sie sich hier aufspielen – sollten Sie erst einmal Ordnung in Ihr Privatleben bringen…"

J.-Christian Felsen stand wie erstarrt. Hatte er sich verhört? Unterlag er einer Sinnestäuschung? Träumte er nur einen bösen Traum? Er ballte die Fäuste zusammen, drehte sich langsam herum, ging auf Krämer und seinen Sessel zu. Es stand ein Golem vor einem Zwerg.

„Herr Krämer, hätten Sie bitte die ausgesprochen große Freundlichkeit, dieses noch einmal zu wiederholen?"
„Was soll ich wiederholen? Hatte ich etwas gesagt?"

Frech blickten seine Augen und hämisch grinste er dabei:

„Hier ist wohl niemand, der etwas gehört haben könnte....."

‚Du feige Natter', dachte Felsen, warf einen letzten, verachtenden Blick auf Krämer und verließ angewidert dieses Gebäude.

* * *

Auf dem Weg zu seiner Station grüßten ein Pfleger und zwei Schwestern Dr. Felsen freundlich, waren jedoch verwundert, dass er ihren Gruß nicht erwiderte. Felsen, der von den soeben gemachten Erfahrungen zornig und innerlich aufgewühlt war, hatte sie gedankenversunken gar nicht wahrgenommen. Auch einen Kollegen beachtete er nicht, der ihm nacheilte:

„He, Christian! Christian!... Warte doch mal!"

Aber Felsen schien es nicht zu bemerken. Der Kollege fasste ihn an der Schulter, und erst jetzt schien er zu reagieren.

„Ja?"

Es klang verloren, fast wie abwesend.

„Was ist los mit dir, Christian? Stimmt etwas nicht?"

Max forschte in seinem Gesicht.

„Nein, nein...", bemühte sich Felsen, den erforderlichen Bezug zu seiner Umgebung wieder zu finden. „Das heißt, ja... Ich meine, es ist alles in Ordnung mit mir. Entschuldige bitte, Max. Ich hatte dich soeben nicht gehört."

Max musterte seinen Kollegen besorgt:

„Irgendetwas stimmt doch nicht mit dir, Christian. Was ist los? Spuck's aus, vielleicht kann ich dir helfen? Hast du Ärger gehabt auf Station?"
„Wie kommst du darauf?", drängte Felsen mit gereizter Stimme.

Max schüttelte verwundert den Kopf. Er kannte seinen Kollegen nicht von dieser Seite. Wie zu einer Beschwichtigung erklärte er Felsen:

„Ich habe heute Dienst und wurde von deiner Station angepiepst. Ein Zugang war gekommen, und da du nicht da warst, hatte man mich geholt. Nun war ich aber gerade auf der Intensiv mit einem Patienten beschäftigt, der ins Lungenödem rutschte. Der Mann wäre bald hinüber gewesen. Aber es ging noch einmal alles gut. Nur konnte ich wirklich nicht gleich weg, und eure Stationsschwester war regelrecht ausgeflippt, als ich dann kam. Die Sanis waren auch sauer, weil sie eine halbe Stunde warten mussten. Die wollen sich jetzt bei der Rettungsleitstelle über uns beschweren. Aber ich glaube nicht, dass sie das tun. Die reagieren sich schon wieder ab. Eure Schwester Maria maulte dann halt rum, weil ihr ja auch kaum Platz habt. Es ist ein neunundfünfzigjähriger Patient, der Herr Benjamin. Er wurde in das letzte Zimmer als viertes Bett eingeschoben. Etwas sehr Dringendes war nicht mit ihm. Der Hausarzt hat ihn eingewiesen, weil er befürchtete, er könne einen akuten Bauch haben. Aber das war eine Fehlanzeige. Schau ihn dir nochmal gründlich an. Ich bin nicht dazugekommen, denn man funkte mich wieder von der Intensiv an."

Felsen hörte Dr. Schwarz nur zu. Er fragte nicht zurück, nickte gelegentlich mit dem Kopf und meinte:

„Geht schon in Ordnung. Dank dir!"

Dieses Verhalten befremdete Dr. Schwarz.

„Christian, mit dir stimmt wirklich etwas nicht. ... Fühlst du dich krank?"
„Ganz im Gegenteil! Ich fühle mich ausgesprochen gesund und munter!"
„Das kaufe ich dir nicht ab. Was ist los..."

Dr. Schwarz drängte nahezu auf eine Antwort. Unwillig, seinen Ärger ausdrückend, informierte Felsen seinen Kollegen mit nur wenig Worten:

„Ich war bei Krämer."
„Und? Hat er dich auch auf Granit beißen lassen!"

Dr. Schwarz war auf die Antwort sichtlich gespannt.

„Auf Granit ist gut... Wenn es wenigstens Granit gewesen wäre... Diesen Menschen kannst du ja mit nichts erschüttern. Er lässt sich einfach nicht fassen!

Er täuscht Harmlosigkeit vor, um letztendlich nur Böses zu bezwecken. Weißt du, wie ich so etwas bezeichne? ... Aber ich äußere mich lieber nicht näher dazu. Nur zufriedengeben, das werde ich mich allerdings nicht! ..." Dann fügte er hinzu: „ Lass gut sein, Max. Ich dank dir nochmal, dass du dir den Patienten angesehen hast. Wie war gleich sein Name?"

„Benjamin. Die Personalien hat die Schwester aufgenommen. Und... Christian!", rief er Felsen nach, der sich bereits entfernte, „...das Notlabor muss leider auch noch abgenommen werden!"

Felsen bestätigte, verstanden zu haben, indem er die Hand hob.

Für Felsen hätte nun die Visite in den restlichen sieben Zimmern angestanden, aber es war ein „Zugang" gekommen, über den er sich zuallererst informieren wollte. In mehreren kleinen Fächern eines Regales suchte er zwischen Formularen herum, schien nicht zu finden, was er suchte. Schwester Elisabeth, die gerade in der Nähe stand, konnte ihm vielleicht behilflich sein?

„Schwester Elisabeth? Können Sie mir verraten, wo ich hier die Anamnesebögen finden kann?"

Die junge Schwesternschülerin war gern bereit zu helfen.

„Was suchen Sie denn, Herr Dr. Felsen?"

„Das Fach, in dem die Formulare für die Anamnesen sind!"

Schwester Elisabeth bemerkte, dass Felsen kurz angebunden war. Wagte sie sich deshalb nicht, ihn um nähere Auskunft diesbezüglich zu bitten? Sie huschte schnell über den Flur, in ein Zimmer hinein und kam mit Schwester Maria zurück.

„Was suchen Sie denn, Herr Doktor?", fragte ihn jetzt die Stationsschwester, der die Schülerin nicht erklären konnte, wonach Felsen suchte.
„Anamnesebögen!"

Auch der Stationsschwester fiel auf, dass Felsen ganz anders war als sonst. Sie hatte sich eigentlich bei ihm darüber beschweren wollen, weil der Station ein Patient „zugeschoben" worden war, da doch alle Zimmer bereits voll belegt waren. Nun war selbst das letzte Notbett vergeben, und die Nachtschwester hätte einen weiteren Zugang als zweites Bett auf den Flur stellen müssen. In der augenblicklichen Situation zog sie jedoch vor, darüber besser nicht zu sprechen.

„Die sind uns ausgegangen, Herr Doktor. Wir haben vor einer Woche unsere Bestellung dafür in die Verwaltung gegeben. Aber bis jetzt haben wir noch keinen Nachschub bekommen."
„Ja, himmelherrgottnochmal! Wird denn jetzt auch noch an dem notwendigsten Papier gespart?! Das ist doch eine Bodenlosigkeit!"

„Schwester Elisabeth, gehen Sie, laufen Sie doch schnell auf die 33 rüber, sagen Sie, die möchten uns ein paar Bögen ausleihen. Schnell, beeilen Sie sich."

Schwester Maria ahnte jetzt nichts Gutes.

„Herr Doktor", setzte sie vorsichtig an, „es ist nicht unsere Schuld. Wir haben unsere Bestellung..."
„Sie müssen sich dafür nicht entschuldigen. Ich weiß, dass Sie sich rechtzeitig darum bemühen, Schwester... Wenn ich das Wort ‚ausleihen' nur schon höre! ... In welchem Zimmer liegt der Patient, der gekommen ist?"
„Im letzten Zimmer, hinten links, Herr Doktor. Wir haben ihn noch als Vierten einschieben können."

Schwester Maria suchte in einer Schublade, ob sie noch irgendein Reserveblatt finden könne. Sie hatte dafür bereits diverse Geheimfächer angelegt, doch diesmal war selbst die Reserve schon verbraucht.

„Als vierten Patienten in das letzte Zimmer? Das gefällt mir weniger. Da liegt doch der Herr Schröder mit seinem Asthma? Er braucht zurzeit regelmäßig Sauerstoff und muss hinten an der Wand liegen, weil hier in diesem Hause nur für ein einziges Bett pro Zimmer ein Anschluss an die Sauerstoffleitung vorhanden ist! Wenn es mit ihm plötzlich kritisch wird, dann sind wir nur noch am Betten herumschieben, um sein Bett schnellstens aus dem Zimmer fahren zu können! War es denn nicht in einem anderen Zimmer möglich!? Oder in Gottes Namen auf dem Flur, wenigstens bis morgen?!"

Mit Felsen war jetzt nicht gut Kirschen essen.

„Das war das letzte Zimmer, das noch normal mit drei Betten belegt war, Herr Doktor. In allen anderen liegt schon zusätzlich ein vierter Patient. Auf dem Flur konnten wir ihn nicht lassen. Da liegt doch Frau Lux, ... und einen Wandschirm zum Abteilen haben wir nicht mehr zur Verfügung."

Die Stationsschwester verfiel bei diesen letzten Worten fast in einen Flüsterton, als erhoffe sie sich dadurch, ihn ein wenig beschwichtigen zu können. Sie musste Erfolg damit gehabt haben.

„Ist ja schon gut, Schwester... Verstehen Sie mich bitte, es geht nicht gegen Sie oder die Station. Ich werde nur fuchsteufelswild, wenn ich immer wieder auf diese mangelhafte Organisation durch unsere Verwaltung stoßen muss! Und das bereits, wenn es um solche Kleinigkeiten geht, wie ein billiges Formular! Nichts weiter als ein Stück Papier! Ich hätte gern gewusst, w e m dabei in die Tasche gespart wird! – Also, wenn Sie mich brauchen, ich bin im letzten Zimmer."

„Ich bringe Ihnen sofort alles hinter, was Sie für die Blutabnahme benötigen, Herr Doktor, gehen Sie nur. Und den Anamnesebogen bringe ich Ihnen auch gleich nach."

Schwester Maria huschte eilig in das Spritzenzimmer, um die erforderlichen Dinge herzurichten. Felsen ging zu dem Patienten.

„So..., guten Tag, die Herren! Sie also sind der Herr Benjamin?"

Felsen ging zielstrebig auf einen der Patienten zu, dessen Gesicht er bisher noch nicht gesehen hatte. Er verharrte für einen Moment in der Mitte des Raumes, regelrecht umringt von den vier Betten. Normalerweise waren die Zimmer nur für drei Patienten ausgestattet. Aber längst war es zur Gewohnheit geworden, dass ein viertes Krankenbett darin zusätzlich Platz finden musste. Eng standen die Betten beisammen. Man musste sich regelrecht an ihnen vorbeizwängen. Für Notfälle hervorragend geeignet! Hätte man einen Patienten schnell in die Intensivstation bringen müssen, dann wäre in jedem Falle erst ein Rangieren der Betten auf den Flur erfolgt. Wer Sauerstoff über eine Atemmaske oder Nasensonde brauchte, musste so platziert werden, dass ein Zugang zum entsprechenden Anschluss möglich war. In Felsen stieg noch einmal aller Groll auf, als er an die zurückliegende „Unterredung" dachte.

„Großartig!", ermunterte er zuallererst die vier Patienten in ihren Betten. „Da können Sie nun zu viert Skat spielen, meine Herren. Ist das nichts?"

Es steckte bittere Ironie in seinen Worten. Doch ließ er es seine Patienten nie spüren, wenn ihm eine Laus über die Leber gelaufen war. Für sie war er immer zu einer scherzenden Bemerkung aufgelegt. ‚Vergessen Sie es nie! Unsere Patienten sind das *schwächste Glied* in der Kette', pflegte er hinzuweisen und zu ermahnen, wenn er für das Pflegepersonal den Fortbildungsunterricht zu halten hatte. Das war für ihn eine eiserne Regel, an die er sich selbst grundsätzlich hielt.

Felsen konzentrierte sich jetzt auf die Befragung des neu hinzugekommenen Patienten, auf die Erhebung der Vorgeschichte, die zu seiner Erkrankung geführt haben musste, der Anamnese.

„Herr Benjamin. Sie sind von Ihrem Hausarzt eingewiesen worden? Was war der unmittelbare Anlass dazu?"

Der Patient schmunzelte etwas verlegen, sagte, dass er bisher noch nie in einem Krankenhaus gelegen habe, denn bisher sei es mit ihm noch nicht so weit gekommen.

„Dann sind Sie ein Glückskind! Und jetzt möchten Sie sozusagen ein ABC-Schütze werden. Keine Sorge, wenn es nötig sein sollte, werde ich Ihnen gern Nachhilfestunden erteilen. Der Herr Schröder unterstützt mich sicherlich dabei. Einverstanden, Herr Schröder?"

Das Bett von Herrn Schröder stand seitlich an *der* Wand, an der die Armatur der einzigen Sauerstoffanlage für das Zimmer angebracht war. Er nickte zustimmend. Er saß am Bettrand und hatte sehr große Mühe, die eingeatmete Luft wieder auszuatmen. ‚Na, ...er quält sich heute aber ganz schön damit', dachte Felsen und erkundigte sich bei ihm:

„Geht es Ihnen heute wieder schlechter, Herr Schröder? Ich habe fast ein wenig den Eindruck."

Herr Schröder nickte.

„Hatte Ihnen die Infusion gestern gut getan?"

Wieder nickte der Patient. Felsen versprach ihm, sofort dafür zu sorgen, dass er noch einmal diese Infusion bekomme. Er drückte eine der Ruftasten.

„Aber nun zu Ihnen, Herr Benjamin. Wo drückt Sie zur Zeit der Schuh…"

Der Patient erzählte, dass er eigentlich gar keine Schmerzen hätte, nur ein so lästiges Druckgefühl in der Magengegend.

„Wie lange geht das Ganze schon so?", wollte Felsen wissen.
„Na, Herr Doktor, ich will mal überlegen..., warten Sie, das war schon so..., also, ein Jahr lang geht das ganz bestimmt schon so."

Das war eine Aussage, die Felsen nicht so recht zu gefallen schien.

„Solange geht das schon? Haben Sie diese Beschwerden ununterbrochen seit einem Jahr? Oder sind auch Zeiten dazwischen, wo Sie darunter nicht zu leiden haben?"

„Also das, Herr Doktor, wissen Sie, dieses Druckgefühl, das habe ich wie gesagt ständig."

„Sind Sie deshalb schon einmal zu Ihrem Hausarzt gegangen?"

„Ach, wissen Sie, es tat ja nie so richtig weh. Und so zimperlich will man auch nicht sein."

Der Mann suchte dies mit einem verdächtig erscheinenden Optimismus zu überspielen. Gerade das hatte Felsen immer wieder bei seinen Patienten erlebt. Als suche man, damit eine Angst zu verbergen, die ja doch da war. Sie stand jedem Patienten ins Gesicht geschrieben, der „eigentlich keine so richtigen Beschwerden" hatte. Man musste diese versteckte Angst nur sehen können. Felsen spürte sie. Sehr deutlich...

„Haben Sie früher, also vor vielen Jahren bereits, einmal mit dem Magen zu tun gehabt? Vielleicht zu bestimmten Zeiten nur?", suchte Felsen weiter herauszufinden.

„Früher? Eigentlich nicht. Ich wüsste da eigentlich nichts... Mein Vater, der hatte mit dem Magen zu tun.

Das war manchmal richtig grausam, Herr Doktor! Da kann ich mich noch sehr gut daran erinnern."

„Lebt Ihr Vater noch?"

„Nein, der ist schon lange tot."

„Wissen Sie, woran er gestorben ist?"

„Mein Vater ist vor mehr als dreißig Jahren von einer Reise nicht mehr nach Hause gekommen. Er war Handelsvertreter, viel mit dem Auto unterwegs. Da hatte er unverschuldet einen Autounfall. Er wurde noch in einem Krankenhaus in der Nähe von Hamburg damals behandelt, hatte dann am Ende aber doch nicht überlebt... Das war für uns alle ein harter Schlag. Besonders für meine Mutter..."

„Haben Sie noch Geschwister?"

„Ja, ich habe noch zwei Brüder und eine Schwester. Die sind aber alle älter als ich. Denen geht es aber allen gut. Nur mein zweitältester Bruder, der hatte ein Prostatakarzinom. Aber das wurde frühzeitig erkannt und behandelt. Das war aber schon vor gut acht Jahren..."

Felsen gefiel das Ganze nicht so recht.

„Rauchen Sie?"

„Vor vielen Jahren habe ich einmal geraucht. Das habe ich dann aber aufgegeben. Ich weiß auch nicht, das ist mir nicht so richtig bekommen. Und wenn es keinen Spaß macht, dann lässt man's besser, nicht wahr?"

„Das ist sicherlich auch ein vernünftiger Aspekt. Wie steht es mit Ihrem Appetit, Herr Benjamin?"

Der Patient schmunzelte dabei ständig auf eine recht seltsame Weise.

„In letzter Zeit, ja..., da hatte ich nicht mehr auf alles so den richtigen Appetit... Das war sogar meiner Frau aufgefallen, Herr Doktor. Wissen Sie, ich hatte immer so gern ein richtiges Stück Fleisch oder eine deftige Wurst, aber das reizt mich eigentlich nun gar nicht mehr. Mit meiner Frau hat es deswegen schon fast Streit gegeben. Sie glaubte, dass mir ihre Küche nicht mehr gefällt. Ich habe ihr dann gesagt: ‚Lene', habe ich gesagt ‚daran liegt es nicht. Es ist eine regelrechte Abneigung, die ich dagegen habe. Koche halt mehr Gemüse oder sowas.' Das hat sie ja dann auch alles gemacht... Aber, Herr Doktor, darf ich vielleicht da jetzt noch etwas sagen..."

Er schien dabei sehr verlegen.

„Nur heraus mit der Sprache! Hier dürfen Sie nicht nur, hier *sollen* Sie alles sagen, was Sie bedrückt, Herr Benjamin."

Der Patient musste jetzt noch heftiger schmunzeln:

„Ich wollte nur sagen, ...Benjamin heiße ich mit meinem Vornamen. Mit dem Familiennamen heiße ich Kukoschka."

Das also war der Grund seines Schmunzelns, und es gab jetzt einen ersten Anlass zur allgemeinen Belustigung.

„Ja so etwas, Herr Ku-kosch-ka, richtig? ... Da haben Sie mich ja nun schön auflaufen lassen. Aber recht so. Sie kennen die Bedeutung Ihres Vornamens?", suchte Felsen darauf einzugehen, denn es war ihm schon ein wenig peinlich.

„Ich glaube, das heißt so etwas wie ‚der Kleinste'. Weil, ich war das letzte Geschwisterkind, und da haben mich meine Eltern so getauft. Das hatte mir meine Mutter jedenfalls einmal so erklärt."

Felsen hatte endlich seine gewohnte Atmosphäre um sich. Er dachte jetzt nicht mehr so vordergründig an den vorausgegangenen Ärger an diesem Vormittag.

„Wie groß sind Sie?"
„Ich glaube, so... ein Meter achtzig sind es gut und gern..."
„Respekt! Damit sind Sie hier in diesem Zimmer aber leider nicht der Kleinste, Herr Kukoschka. Von den Herren hier ist, wenn ich mich recht erinnere, nicht jeder so groß wie Sie. Einigen wir uns vielleicht darauf, dass Sie hingegen der Jüngste hier in diesem Zimmer sind? ... Benjamin heißt meines Wissens: der Jüngste. Wenn man es ganz genau damit nimmt, dann bedeutet die Übersetzung des Namens „Sohn der rechten Hand", was schlicht und einfach auch „ein

Glückskind" bedeutet. Und ein Glückskind ist ja nicht gleich ein jeder! Vielleicht muss ich mich jetzt in Zukunft nicht so blamiert fühlen, wenn mir nochmals ‚Herr Benjamin' herausrutschen sollte?"

Es war im Zimmer jetzt ein so richtiger Frohsinn aufgekommen. In dieser gelösten Stimmung sollte Felsen auch bald alles herausgefunden haben, was ihn an der Krankengeschichte dieses Patienten interessieren musste. Schwester Maria, die inzwischen die Dinge gebracht hatte, die für die Untersuchung noch gebraucht wurden, schien erleichtert darüber zu sein, dass die Stimmung inzwischen wieder eine andere geworden war. Es klang beschwingt, als sie fragte:

„Wer von den Herrlichkeiten hat denn hier geläutet?"
„Ich, Schwester.", antwortete Felsen schlicht und trocken und amüsierte sich über das kurze Stutzen der Schwester. „Ich hätte da eine eilige Bitte an Sie, Schwester. Würden Sie so freundlich sein und eine Infusion für Herrn Schröder zurechtmachen? Aminophyllin, in der Konzentration wie gestern. Die Infusion kann die ersten zehn Minuten schnell laufen, danach lassen Sie sie bitte langsam weitertropfen. Aber ich ordne das dann noch bei der Visite genau an."
„Herr Doktor, Ihr Wunsch ist mir Befehl."

Und sie jubilierte recht scherzhaft und huschte leichtfüßig nach draußen. Felsen gab sich erstaunt:

„Meine Herren, Sie sind meine Zeugen! Mein Wunsch ist der Schwester ein Befehl."

Aber trotz des allgemeinen Frohsinns nahm Felsen seine Sache ernst. Nach einer gründlichen körperlichen Untersuchung des Herrn Kukoschka und einer ersten Blutentnahme, verließ Felsen das Zimmer. Im Stützpunkt füllte er rasch ein Formular aus, das die deutliche Aufschrift „Notfall" trug. Schwester Elisabeth, die mit dem Zurechtschneiden kleiner Notizzettel beschäftigt war, stellte, noch etwas schüchtern, die Frage:

„Soll ich den Antrag gleich wegbringen?"
„Vielen Dank, Schwester, aber das möchte ich in diesem Falle gern selbst tun. Wenn Sie aber nichts Wichtiges zu tun haben, können Sie mich gern begleiten."
„Gern, Herr Doktor Felsen!"

Sie hatte wirklich eine freudige Art, die schon fast anwarsansteckend war und musste einen tüchtigen Schritt zulegen, um Felsen folgen zu können.

„Sie bringen den Antrag jetzt in die Endoskopie?", erkundigte sich die Schwester auf dem Weg.
„Richtig, Schwester, gut aufgepasst."

„Das ist die Abteilung, wo die Darmspiegelungen gemacht werden, richtig?"

Sie nutzte wieder unbeschwert die Gelegenheit, um nach den Dingen zu fragen, die sie genauer wissen wollte.

„Auch richtig, Schwester. Für unseren Patienten wird sie nur nicht von hinten, sondern von vorn gemacht."

Felsen wartete schon darauf, was die Reaktion auf seine Antwort sein würde.

„Was meinen Sie damit, Herr Doktor? ... Ich meine, ...wie kann man denn den Darm von vorn spiegeln?"

Felsen ließ sie schmoren.

„Geht das denn überhaupt?"
„Selbstverständlich, Schwester."
„Ist das nicht unangenehm für den Patienten?"
„Nein, Schwester."
„Und man kommt von vorn so einfach in den Darm?"
„Ja."

Felsen amüsierte sich im Stillen über die Vorstellung, die die Schwesternschülerin dabei wohl haben musste. Dann rückte er mit des Rätsels Lösung heraus:

„Liebe Schwester Elisabeth. Wenn man ein Endoskop durch den Mund über die Speiseröhre bis in den Magen und bis in das obere kleine Stückchen des Dünndarmes schiebt, um sich alle diese Bereiche anzusehen, dann befindet man sich von Anfang an bereits schon im Darm. So einfach ist das."

Etwas ungläubig sah ihn die Schwesternschülerin an. Wollte sie der Doktor veräppeln?

„Stellen Sie sich einen Regenwurm vor", erklärte Felsen und suchte eine Art Eselsbrücke aufzubauen. „Der ist ganz langgestreckt. Er hat vorn und hinten eine Öffnung. Das ganze Stück von vorn bis hinten – das ist der Darm bei diesem Tierchen. Und nicht viel anders ist es auch bei den höheren Säugetieren, zu denen der Mensch ja auch gehört. Halt ein bisschen verwunden und verwurschtelt das Ganze, aber im Prinzip ist es nicht anders."

Felsen hörte keinen Kommentar dazu. Deshalb erkundigte er sich:

„Ist das vorstellbar? ..."
„Schon. Und was ist dann das Endoskop?"
„Ah, Sie möchten auch noch wissen, was ein Endoskop ist?"

Amüsiert über die Wissbegierde der Schülerin erklärte er ganz fachbezogen:

„Stellen Sie sich darunter eine Art Schlauch vor, in dessen Innerem sich ein Bündel von Glasfasern befindet. Über diese wird durch eine elektrische Lichtquelle ein optisches Bild übertragen."

Vorsichtig schlussfolgerte jetzt Schwester Elisabeth:

„Bekommt der Patient dann eine Magenspiegelung?"
„Eins mit Sternchen, Schwester! Aber jetzt wollen wir erst einmal darum betteln, dass unser Patient noch heute ins Programm kommen kann. Kommen Sie ruhig mit mir mit."

Felsen ging durch eine Tür, an der ein Schild angebracht war: „Endoskopie. Für Unbefugte kein Zutritt". Hier besprach nun Felsen mit den Kollegen, was und warum ihm etwas als so dringend erschien. Eine freudige Reaktion erntete er nicht, damit hatte er auch nicht gerechnet.

„Und du meinst, dass wir ihn uns heute noch anschaun müssen?"
„Ja. Ich halte es für dringend. Es geht ihm augenblicklich gut, aber immerhin wurde er mit einer akuten Symptomatik eingewiesen. Heute ist Freitag, dann kommt das Wochenende. Ich weiß nicht..."

Felsen wurde wieder sehr nachdenklich:

„Als ich den Bauch abgetastet habe, ...da ist einfach ein derber Bezirk, der sich nicht gut anfühlt. Und die Anamnese dazu schreit ja schon fast die Diagnose heraus. Ich hab da kein gutes Gefühl. Der Patient hat einer Untersuchung bereits zugestimmt..."

Seine Bitte wurde drängender:

„Die Untersuchung dauert doch nur ein paar Minuten. Er ist nüchtern seit gestern Abend..., ich möchte es ungern bis zum Montag rausschieben... Würde er akut, dann müsste sowieso am Wochenende notfallmäßig nachgeschaut werden."

Felsen ließ nicht ab, seinen Kollegen zu bedrängen.

„Gut, Christian. Dann komm mit ihm am Nachmittag. Ist vielleicht ganz richtig so."
„Danke dir..., ich muss jetzt eh noch meine Visite beenden, vor Nachmittag bin ich damit nicht fertig."
„Da bist du aber spät heute dran, Christian. Visite noch um diese Zeit! Weißt du, wie spät es bereits ist?"
„Ha..., ha..., haaa... Möchtest du noch einen weiteren Kommentar dazu hören?"

Dr. Gregor musste lachen, denn dieses langgezogene „a" war alles andere, als ein Ausdruck für Spaßiges.

„Ne, danke, Christian. Ich müsste dann ein Ha-ha-ha zweistimmig mit dir singen. Und du weißt, musikalisch bin ich ganz und gar nicht."

„Dank dir nochmal, tschüss!"

„Bis später, tschüss."

Schwester Elisabeth heftete sich an die Fersen von Dr. Felsen und geriet dabei ziemlich außer Atem. Aber sie wollte doch noch etwas wissen, nämlich was die ganze Sache so dringlich macht:

„Was glauben Sie denn, was der Herr Kukoschka hat, Herr Doktor?"

„Ich befürchte, dass er etwas hat, Schwester, ...und ich hoffe und wünsche mir sehr, dass ich damit unrecht habe... Es war durch die Bauchdecke hindurch jedenfalls eine faustgroße Resistenz zu spüren. Wie ein derber, huckeliger Knödel, der sich auch nicht hin und her schieben ließ. Und das beunruhigt mich sehr... Vor allem die dazu passende Anamnese... Die macht mich besonders stutzig und lässt gewisse Vermutungen zu..."

Felsen sprach dieses laut aus, eher aber wie zu sich selbst. Dann schien er sich an etwas zu erinnern:

„Ich glaube, ich bin Ihnen noch eine Erklärung schuldig. Wenn ich es richtig mitbekommen habe, können Sie mit dem Wort „Anamnese" nicht viel anfangen? Eine sogenannte Anamnese ist eigentlich schon fast das Wichtigste in unserem Beruf. Es ist das, worum man sich am sorgfältigsten bemühen sollte. Und es ist ganz schlicht und einfach zu erklären, Schwester: das ist die neugierigste Untersuchung an einem Patienten, zu der wir schlimmen Ärzte nur imstande sein können. Da wollen wir nämlich *alles* wissen. Einmal sämtliche Erkrankungen, die der Patient selbst hatte oder hat, dann solche, die seine Eltern und Geschwister hatten oder haben, und das wollen wir manchmal auch noch über die Großeltern wissen. Allerhand, nicht wahr?"

Er sah die Schwester an, die immer noch Mühe hatte, mit ihm Schritt zu halten.

„Eine ganze *Geschichte* wollen wir über den Patienten erfahren, eine Kranken-*Geschichte*, Schwester Elisabeth. Zu diesem Vorgang einer ärztlichen Tätigkeit, wurde ein einschlägiges Wort gewählt. Und das heißt: Anamnese. Wenn man diese sehr genau erstellt, dann ist es so, als könne man wie in einem Buch nachschlagen, in dem so manches Geheimnis steckt, ohne das wir oftmals nicht schnell genug zu einer Diagnose finden. Manchmal müssen – also gedanklich jetzt gesehen – auch noch Seiten hinzufügt werden. Längst liegt nicht alles von Anfang an bereit. Dann muss um das Fehlende ergänzt werden. – Das war jetzt schwierig, oder?"

Felsen überlegte, ob er einen besseren Vergleich hierzu finden könnte. Aber die Schwesternschülerin versicherte:

„Nein, das ist nicht schwierig. Ich kann mir jetzt ganz gut vorstellen, was damit gemeint ist. Und auf den Formularen, da tragen Sie dann alles ein?"

„Ja... Das ist schon einmal deshalb wichtig, damit jeder andere Doktor, der auch mit dem Patienten zu tun bekommt, sich daraus *seine* Informationen holen kann, die er benötigt. Dann muss der Patienten nicht noch einmal unbedingt mit allen Fragen behelligen werden."

„Das ist eigentlich recht praktisch.", hörte Felsen die Schülerin sagen.

„Hm, hm.", entgegnete er kurz.

Seine Gedanken hatten sich wieder auf etwas ganz Bestimmtes konzentriert.

* * *

Am späten Nachmittag sah er sich selbst den Magen des Herrn Kukoschka an. Der Mann lag während der Untersuchung in kurzem Schlaf, erwachte daraus etwas benommen und schlief dann, bedingt durch die ihm verabreichten Medikamente, bis in die Abendstunden. Man brauchte heutzutage niemanden mehr bei solch einer Routineuntersuchung unangenehmen Torturen auszusetzen, wie es vor Jahren noch der Fall gewesen war. Heute tun sich bei der Untersuchung beide leichter: der Patient, der dabei schläft und kaum etwas verspürt, der Arzt, der in größerer Ruhe dadurch arbeiten kann.

Das Ergebnis war leider bestürzend. Es war genau das, das sich Felsen lieber als Fehldiagnose gewünscht hätte. Da er noch länger an diesem Tag zu tun haben würde, bat er Schwester Monika, die für die Station am Nachmittag verantwortlich war, ihn zu benachrichtigen, sobald Herr Kukoschka Besuch erhalten würde.

* * *

Gegen sieben Uhr klopfte es an die Tür des Arztzimmers. Nach dem üblichen „Ja, bitte!?", fragte zögernd eine Frau, ob sie hier richtig sei, bei dem Stationsarzt. Felsen stellte sich vor.

„Kukoschka ist mein Name. Die Schwester hat mir gesagt, dass Sie mit mir sprechen wollten?"
„Ja, das ist richtig. Möchten Sie vielleicht hier bitte Platz nehmen?"

Felsen bot der Ehefrau seines Patienten einen Stuhl an, setzte sich ihr gegenüber, bemerkte, dass die Frau wohl ahnte, dass er keine gute Botschaft für sie bereithielt. Das Gespräch dauerte länger als eine Stunde. Und wieder hatte er mit der Situation fertigzuwerden, über eine Wahrheit sprechen zu müssen, der ein Ausweichen nicht möglich war. Wieder hatte er einem

Menschen beizustehen, der so plötzlich begreifen musste, dass das Ende eines Weges so unmittelbar ins Bewusstsein gerückt wurde, dass etwas Schicksalhaftes abzusehen war, mit dem niemand gerechnet hatte. Dass sich ein Weg auftat, den man zu Ende gehen musste, denn es ließ sich auf ihm nicht mehr umkehren. Der, der die Weichen hierzu stellt, er sagt es uns nicht von Anfang an unseres Daseins. Er sagt es, jedem Einzelnen von uns, irgendwann, zu irgendeiner Zeit, unverhofft und immer wieder unerwartet. Nur ist nie ein Mensch dann wirklich schon bereit... Warum?

* * *

Ferien vom Alltag

Durch ein großes, rundes Fenster konnte das Auge auf eine fremdartige Landschaft blicken. Scharf abgegrenzt breitete sie sich aus, von eigenartigem Licht erhellt, das anders war als das gewohnte Tageslicht. Schatten wurden hier und da geworfen, erkennbar nur für ein scharfes Auge, denn man schwebte hoch oben über dieser Welt. Waren es Umrisse von Erhebungen, von Mulden oder Kratern? Langsam zog diese Landschaft vorüber, ließ bald immer mehr von ihrer Wirklichkeit erkennen. Nur konnte man nicht zu ihr hinab, blieb eingeschlossen in einem schwarzdunklen Raum. Allein dieses mächtige Fenster gestattete einen Kontakt, dadurch, dass es den Blicken ermöglichte, sich Ausschnitt für Ausschnitt zu einem großen Bild zusammenzusetzen. Nichts regte und bewegte sich dort unten. Nichts war, das Leben hätte erkennen lassen. Aber es musste dort gelebt worden sein! Denn alles, was man sah, verriet von einer Ordnung, hinterließ deutliche Spuren, die ein Nachvollziehen ermöglichten. Das Ergebnis eines bloßen Zufalls war es nicht, das sich so plastisch in weiter Ferne abzeichnete.

Bald schwebte das Auge über einem Gebiet, das einer Seenplatte glich. Deutliche Uferzonen zeichneten sich ab, an denen sich verlorene Buchten bis in das Land hineinzogen. Da, am äußersten Zipfel einer solchen Lakune, befanden sich dort nicht die Reste einer Ortschaft? Man steuerte ein wenig mehr in der Tiefe darauf zu. Hier musste einmal eine Art Stadt gewesen sein. Die Ruinen einer früheren Ansiedlung, sie standen jetzt leer und unbewohnt. Still war es hier, sehr still... Und wieder suchte man aus größerer Höhe in dieser stillen Landschaft. Dort! Reihten sich dort nicht Vulkane aneinander, von denen einer groß und stattlich herausragte? Für kurze Zeit wurden die Triebwerke abgeschaltet. Behutsam blieb man über einer Region schweben, suchte nach einer Stelle, der sich zu nähern gelohnt hätte. Als habe nach einer Eruption glühende Lava Schneisen gefressen, so schlängelten sich viele Straßen von den Zentren der Krater durch die zerklüftete Landschaft. Von beträchtlicher Breite waren sie, wurden schmaler und schmaler, bis sie entweder ganz verstrichen oder sich mit anderen wie zu einem Netzwerk vereinten.

Ein Punkt dort unten wurde näher ins Visier genommen, dem man sich stufenweise näherte, den ein Wirbelsturm verändert zu haben schien. Hier musste etwas geschehen sein, von dem nur noch Reste Zeugnis gaben. Zeugnis von einem Ablauf, der dem sonst so geordneten Landschaftsbild eine andere Prägung gab. Ein kugeliges Gebilde wurde immer deutlicher, das aus der letzten möglichen Entfernung, bis auf die eine Annäherung möglich war, flammenartige Ausläufer erkennen ließ. Doch nur bis hierher war es möglich zu gelangen. Man konnte nicht einfach eine Schleuse öffnen, sich ganz hinablassen, um dieses Gelände unmittelbar zu erforschen.

‚Alzheimersche Fibrillenveränderungen vom flammenartigen Typ im Bereich der oberen Vierhügel', notierte J.-Christian Felsen hierzu auf ein Blatt Papier, legte ein anderes Präparat auf den Objekttisch seines Mikroskops, begann erneut auf die Suche zu gehen. Dieser Mikrokosmos faszinierte ihn immer wieder von Neuem. „Nichts, einfach nichts, was auffällig wäre in den Bereichen der Hirnrinde", sprach er mit sich selbst. Dann machte er sich hierzu ein paar ausführlichere Notizen.

Das Läuten des Telefons ließ ihn seine Arbeit unterbrechen.

„Felsen?", meldete er sich.
„Christian, hallo! Es freut mich, dass ich dich erreiche! Wie geht es dir?"

J.-Christian Felsen schien überrascht und erfreut zugleich:

„Ja Franz! Dass du auch mal wieder von dir hören lässt!? Von wo rufst du denn an? Du scheinst wieder im Lande zu sein?"
„Du wirst es nicht glauben, Christian, ich bin sogar *sehr* im Lande, ich rufe hier ganz aus deiner Nähe an! Konkret gesagt, ich befinde mich auf einer Durchreise. Die Tage heute und morgen habe ich mir in der

vagen Hoffnung reserviert, mit dir wieder einmal zusammentreffen zu können. Um dir nun einen vollkommenen Schrecken einzujagen, alter Junge, ich rufe gerade vom Bahnhof an! Wenn es dir recht ist, würde ich mir ein Taxi nehmen und bei dir vorbeikommen. Vorausgesetzt, auch du legtest Wert auf ein Wiedersehen..."

J.-Christian Felsen war für einen Moment ganz sprachlos. Seinen Freund Franz hatte er schon seit langer Zeit nicht mehr gesehen. Eine letzte Nachricht von ihm erhielt er vor einem guten halben Jahr aus Übersee, als ihn eine Konzertreise nach dorthin verpflichtete.

„Franz! Altes Haus! Das darf doch nicht wahr sein... Aber du wirst dich *nicht* unterstehen, ein Taxi zu nehmen! Ich hol dich sofort vom Bahnhof ab. In etwa zehn Minuten bin ich da! Treffen wir uns an dem Zeitungskiosk? Du weißt schon, der, der ganz beim Haupteingang steht? ...Du kannst dir gar nicht vorstellen, wie ich mich auf ein Wiedersehen freue!"

Das war eine wirklich gelungene Überraschung! J.-Christian Felsen schaltete sein Mikroskop aus, ließ alles andere liegen und stehen und machte sich schnurstracks auf den Weg. In weniger als zehn Minuten war er am Bahnhof. Schon von Weitem sah er Franz an dem Kiosk stehen. Unverkennbar konnte das nur Franz sein: schlicht und einfach wie immer war er gekleidet, wartete geduldig, hätte treuen Glaubens selbst über Stunden hin noch gewartet. Untrennbar zu ihm gehörte ein Geigenkasten, der bald älter war, als er selbst. Die Begrüßung war keineswegs überschwänglich. Es trafen sich doch zwei gute, alte Freunde, und im Moment des Wiedersehens war es, als hätten sie sich gestern erst voneinander getrennt.

Den Weg zu seiner Wohnung nahm J.-Christian Felsen nicht direkt.

„Nanu, bist du umgezogen? Die Strecke kommt mir heute ganz anders vor.", erkundigte sich Franz neugierig.

„Nein, das bin ich nicht. Ich bin lediglich froh darüber, dass du zu einer Zeit angekommen bist, wo die Geschäfte noch geöffnet haben. Denkst du vielleicht, in deiner Gegenwart begnüge ich mich mit Butter und Brot? Das wäre ja noch schöner!"

„Butter und Brot, macht Wangen rot... Das sagte meine Großmutter schon zu mir."

„Und? Hatte sie recht?", griente Felsen.

„Meine Großmutter hat immer recht gehabt.", bekräftigte Franz mit ehrfurchtsvollem Unterton in der Stimme.

Franz hatte seine Eltern durch einen Unfall sehr frühzeitig verloren. An sie konnte er sich kaum mehr erinnern. Er wuchs bei seiner Großmutter auf, die ihn unter vielen Opfern und Entbehrungen aufzog. Von einer winzigen Rente bestritt sie für sich und ihren Enkel den Lebensunterhalt, putzte bei Leuten, um etwas hinzuzuverdienen, klagte dabei nie. Franz, den es immer schon zur Musik gezogen hatte, bekam an seinem siebten Geburtstag von ihr eine Geige geschenkt, die bald zu seinem ganzen Lebensinhalt werden sollte.

Franz und Christian lernten sich kennen, als sie, damals beide elfjährig, an einem Schulkonzert mitwirkten. Es hatte sich eigentlich ganz zufällig so ergeben. Christian spielte Klavier und sollte Franz bei einem Stück von Antonio Vivaldi begleiten. Sie hatten seinerzeit hart miteinander gearbeitet, bis das Stück zu beider Befriedigung einstudiert war. Der Erfolg, den sie damals hatten, war es nicht, der sie zu unzertrennlichen Freunden machte. Es war die gemeinsame und unermüdliche Arbeit, das miteinander Musizieren, das Erleben immer wieder neuer Welten. Über so einige Bubenstreiche mussten sie auch Jahre später noch herzlich lachen. Manch einer von ihnen blieb „unaufgeklärt" für die, die ihn sich gefallen lassen mussten.

So blieb beiden unvergessen, wie sie es einer alten Klatschbase einmal ordentlich heimzahlen wollten, weil diese weiß Gott niemanden in ihrer Umgebung in Frieden leben ließ. Sie klatschte und tratschte unbeirrt und dumm alles Mögliche zusammen, prozessierte am laufenden Band mit unbescholtenen Nachbarn wegen banalster Kleinigkeiten. Sie betitelte sich als „Frau

Doktor", und wehe, man sprach sie nicht in untertänigster Art an. Dabei war sie lediglich als Sprechstundenhilfe in einer Arztpraxis tätig, wurde von dem um viele Jahre älteren und verwitweten Arzt später geheiratet, beerbte ihn nach seinem Tode und galt seither als „die wohlhabende, gnädige Frau Doktor". Sie engagierte ein Dienstmädchen für sich und ihren Haushalt, das um einige Jahre älter war als sie, eine gutmütige alte Seele, die Helene hieß, nach der sie bei jeder Gelegenheit mit kreischender Stimme rief: „Biiiene!... Biiiienchen!". Sie selbst führte täglich ihren Dackel spazieren, der gottseidank der menschlichen Sprache nicht kundig war. Wer weiß, was anderenfalls dabei sonst herausgekommen wäre... Franz und Christian ärgerte das Ganze damals sehr. Sie grübelten darüber, wie sie dieser Tratschguste eins auswischen konnten. Sie waren von der Dummheit dieser unangenehmen Zeitgenossin überzeugt, entschlossen sich zu einem Streich, der ja schließlich nicht hätte gelingen brauchen, wenn diese Dame etwas klüger gewesen wäre. Mit verblüffend gut verstellter Stimme imitierten sie einen „Prüfer der Fernmeldestörungsstelle". Franz kam damals auf die Idee. Christian führte sie aus, da er etwas früher als Franz in den Stimmbruch gekommen war und sein Tonfall somit „echter" klingen konnte:

„Hallo? Ist dort der Anschluss 49 23 5?"

Worauf wichtigtuend eine Antwort kam:

„Sehr richtig, mein Herr. Hier ist der Anschluss 49 23 5. Und welchen Wunsch haben Sie bitte?"

„Mein Name ist Horch, Fernmeldestörungsstelle. Sie werden gebeten, ihren Telefonhörer ordentlich auf die Gabel zu legen. Es sind bereits Beschwerden hier eingegangen, dass Leitungen blockiert sind. Nach Überprüfung der Sachlage mussten wir feststellen, dass die Störung von Ihrem Apparat ausgeht."

„Aber hören Sie bitte, mein Hörer liegt ganz vorschriftsmäßig auf der Gabel! Irren Sie sich da vielleicht nicht?"

„Ein Irrtum ist ausgeschlossen, die Störung der anderen Leitungen geht eindeutig von Ihrem Apparat aus."

„Ja..., aber kann man denn da nichts machen? Ich versichere Ihnen, dass mein Hörer richtig auf der Gabel liegt. Vorschriftsmäßig."

„Dann muss es eine andere Störung sein, die von Ihrem Apparat ausgeht. Wie lang ist denn die Leitung von Ihrem Apparat bis zu der Anschlussdose?"

„Wiebitte? Das weiß ich nicht, Herr..."

„Dann messen Sie die Leitung aus und geben mir die Länge durch. Ich warte solange am Apparat."

„Ja, ...natürlich, ...selbstverständlich...", war eine völlig konsternierte Stimme zu vernehmen.

Oh, wie sehr verkniffen sich Franz und Christian doch dabei das Lachen, als sie miteinander über die Hörermuschel ihres Apparates das Spektakel zu verfolgen suchten und natürlich fast wie erwartet hörten:

„B i i i i e n e , B i i i i e n e , kommen Sie doch bitte schnell... Da ist ein Herr von der Störungsstelle. Messen Sie doch gleich mal bitte die Länge von unserer Telefonleitung! Die möchte der Herr hier wissen."

Und nach einer ziemlichen Weile kam die Auskunft:

„Hören Sie, bitte? Meine Leitung ist vier Meter fünfundsiebzig lang."

Es fiel Christian damals schwer, die notwendige Ernsthaftigkeit aufzubringen:

„Also, gute Frau, Ihre Leitung ist damit ja viel zu lang. Das kann so leider nicht bleiben. Durch die Länge Ihrer Leitung werden andere Anschlüsse gestört. Das wundert mich nicht, dass so viele Beschwerden bei uns eingehen. Das kann Sie aber sehr teuer zu stehen kommen."

„Ja... um Gottes Willen, was kann ich denn da jetzt tun? Es ist doch wirklich nicht meine Absicht, andere Leitungen zu stören."

„Das dürfen Sie auch gar nicht, gute Frau... Jetzt passen Sie auf. Machen Sie Folgendes. Nehmen Sie eine Schere und schneiden Sie unmittelbar an der Dose, an der Anschlussdose, hören Sie?"

„Ja..."

„Also an der Anschlussdose, nicht an dem Hörer! An der *Anschlussdose* schneiden Sie bitte sofort Ihre

Leitung durch. Morgen früh, gleich kurz nach sechs, kommt ein Monteur zu Ihnen, der den Anschluss dann ordnungsgemäß vornimmt. Für heute ist es leider schon zu spät. Sie sind doch morgen zu erreichen?"

„Ja..., selbstverständlich..., ich werde Ihre Anweisung sofort befolgen..."

„Gut, dann wäre die Störung am schnellsten behoben. Von einer Strafanzeige könnten wir absehen."

„Bitte, ich werde alles tun, was Sie mir gesagt haben..."

Franz und Christian hatten sich damals halb tot gelacht. Sie waren stolz auf diesen Streich, der sich dann tatsächlich auch noch als gelungen herausstellte. Die „Frau Doktor" war mit einer besonderen Art von Einfalt und Dummheit gesegnet, denn sie erzählte Tage danach selbst in allen Geschäften herum, welche Unverschämtheit ihr angetan worden war. Rausgekommen ist diese Sache nie. Franz und Christian meinten Jahre später, wenn sie sich an diesen Streich erinnerten, dass das schon ziemlich arg gewesen war, was sie da getan hatten. Doch ebenso blieben sie sich einig: die Dame sei ja schließlich selbst einfältig genug gewesen und hätte das Ganze ein bisschen heller durchschauen können.

Bis zum Erreichen der Hochschulreife besuchten die beiden die gleiche Schule, waren jedoch in unterschiedlichen Klassen. Franz siedelte nach dem Tod seiner Großmutter, der ihm sehr nahe ging, in eine andere Stadt und studierte Musik. Nach erfolgreichem Abschluss heiratete er eine frischgebackene Pianistin, mit der er inzwischen zwei Kinder hat. Juliane widmete sich dann ausschließlich ihren Hausfrauen- und Mutterpflichten. Ihren Beruf führte sie jedenfalls aktiv nicht mehr aus. Ihrem Franz1 stand sie aber jederzeit liebend gern zur Seite, wenn er für seine Studien eine Begleitung am Klavier brauchte. Als Geigenvirtuose hatte er es bald sehr weit gebracht, reiste während der letzten Jahre zu Konzerten um den halben Erdball.

„Wie geht es Juli und den Kindern?", erkundigte sich Christian. „Ich hab' sie auch schon lange nicht mehr gesehen."

„Julchen geht es prächtig! Sie lässt dich übrigens sehr herzlich grüßen. Und die Kinder wachsen und gedeihen. Sie machen uns viel Freude. Johannes mag zwar nicht zur Schule gehen, aber das wollten wir beide damals ja auch nicht so gern, wenn wir ganz ehrlich sind. Franziska ist jetzt im September zur Schule gekommen. Juli findet dadurch wieder etwas mehr Zeit, sich ans Klavier zu setzen. Eigentlich wäre es ja dringend an der Zeit, dass du uns mit einem Besuch beehrst. Es ist recht lange her, seit du das letzte Mal bei uns warst, Christian."

Franz warf einen prüfenden Blick auf seinen Freund.

„Ja..., das ist schon eine Weile her... Mein Gott, es werden jetzt bald zwei Jahre sein... Mitte Januar beabsichtige ich, für zwei Wochen Urlaub zu machen."

„Na, das wäre doch eine vortreffliche Zeit für ein gemeinsames Wiedersehen! Meine jetzige Tournee geht bis Mitte Dezember. Danach pausiere ich bis März... Aber was diskutieren wir erst lange herum! Du verbringst deinen Urlaub bei uns. Juli wird sich besonders darüber freuen. Dann hat sie endlich wieder einen Partner, mit dem sie Schuberts f-moll Fantasie spielen kann. Das ist ja auch ein wirklich wundervolles Stück..."

* * *

Bald waren alle Einkäufe erledigt und schnell ging es durch die Stadt bis zu Felsens Wohnung. Christian brühte eine Kanne Kaffee auf, Franz erfrischte sich nach der Reise, die hinter ihm lag. Man plauderte hernach in aller Gemütlichkeit über dies und das, bis Franz darauf bestand, mit Christian, wie in alten Zeiten, ein wenig zu musizieren. Christian suchte sich zu entschuldigen, dass er „seit ewigen Zeiten" keine Taste mehr angerührt habe, dass ihm jegliche Übung fehle, dass der Flügel verstimmt sei, dass er kein Repertoire habe..., aber Franz blieb unerbittlich. Schließlich kramten sie dann gemeinsam doch in einem Stapel Noten, bis sie gefunden hatten, was ihnen beiden gefiel: die „Frühlingssonate" von Beethoven.

„Warum nicht?", meinte Franz, nahm sein Instrument aus dem Futteral und spannte den Bogen.

Christian hatte, was ihn selbst betraf, ein bedrückendes Gefühl. Wie lange hatte er doch tatsächlich nicht mehr gespielt! Hätte er nur geahnt, dass Franz ihn heute besuchen käme. Er hätte sich die Tage zuvor ein wenig Zeit dafür genommen, um sich auf den Tasten wieder etwas einzuspielen. Wie oft hatten er und Franz – vor vielen, vielen Jahren allerdings – gerade das Opus 24, die „Frühlingssonate" von Beethoven, miteinander gespielt! Wie sehr befreite es jetzt das Gemüt, von den ersten Takten an bereits. Franz, der so vortrefflich verstand, dem Legato eine tiefe Breite zu geben, die Töne warm, satt und farbig seinem Instrument zu entlocken, ohne Sentimentalität und Pathos, sondern in rhapsodischer Freizügigkeit, er animierte regelrecht durch die Art seiner Interpretation. Es gab kein verkrampftes Hetzen oder Jagen, kein mühseliges aneinander Orientieren, als ließe man sich von dem monotonen Taktschlag eines Metronoms stur und kalt, schläfrig und leblos an die Kandare nehmen. Franz war zu solch einer bewussten, klaren und doch gemütstiefen Wiedergabe fähig, dass es für Christian ungestört möglich war, ein Cantabile in aller empfundenen Gelassenheit zum Klingen zu bringen. Befreiend und frei. Diszipliniert gelangen die Passagen, mit einer treibenden und drängenden Dynamik, um dann ein erneutes Cantabile in Klang und Farbe lebendig werden zu lassen. J.-Christian dankte dafür seinem

Freund im Stillen, denn es waren nun die Dimensionen Beethoven'schen Schaffens, die sich anboten, mit unverstelltem Gefühl zu erfassen, jene Spannung auszuleben zwischen überkommender Freude und kühnem Aufbegehren. J.-Christian fühlte sich für einen langen Moment wieder ausgesöhnt mit sich und der Welt.

Die Zeit verging wie im Fluge. Viel zu schnell, leider viel zu schnell... Jede Stunde wurde hinausgeschoben, war doch die Gelegenheit so selten geworden, miteinander zusammenzutreffen.

„Findest du noch Gelegenheit, Orgel zu spielen?", erkundigte sich Franz nicht ohne Grund.

J.-Christian zögerte lange mit der Antwort:

„Der Tag müsste achtundvierzig Stunden haben, wenn ich dafür die Zeit noch aufbringen wollte. Du siehst ja, meinen Flügel rühre ich kaum noch an. Mit dem Orgelspiel ist es zurzeit ganz eingeschlafen."

Und um trübsinnige Gedanken gar nicht erst aufkommen zu lassen, fügte er hinzu:

„Im Januar dann, wenn ich zu euch kommen sollte, dann lässt sich das alles aufholen!"

Franz schien über etwas nachzudenken. Dann stellte er die ganz direkte Frage:

„Christian..., wir kennen uns schon sehr lange. Du machst mir nichts vor. Irgendetwas bedrückt dich..."

J.-Christian fühlte sich von seinem Freund ertappt. Welche Antwort sollte er ihm darauf geben? Die wenigen gemeinsamen Stunden, die ihnen nur blieben, wollte er nicht damit füllen, Franz von den unschönen Dingen zu berichten, die ihn derzeit belasteten. Ihm gab doch sein Alltag immer wieder Kraft genug, wenn er für seinen Beruf leben konnte. Wenn sich ihm Menschen in ihrer Not anvertrauten, er ihnen auf einem Stückchen ihres Weges versuchte, Partner und Weggefährte zu sein. Dann fand er für sich doch genug Erfüllung, schöpfte so vieles an innerer Kraft daraus, auch wenn die körperlichen Kräfte oftmals viel zu schnell zu schwinden drohten. Nein. Jetzt und heute sollte es nicht sein, dass er den Freund mit dem behelligte, was ihn zweifelsfrei bedrückte. Er wunderte sich nur darüber, welch feinen Spürsinn Franz hatte...

„Du magst Recht haben mit deiner Feststellung, Franz. Doch ist da wirklich nichts von so großer Bedeutung. Es gibt zurzeit viel Arbeit in der Klinik. Wir alle sind momentan damit mehr als gesegnet! Aber das wird nicht ewig so weitergehen, ...glaube mir. Ich habe heute seit mehr als drei Wochen zum Beispiel einen ersten freien Tag. Es ist doch ganz normal, wenn man sich da ein wenig abgespannt fühlt. Du machst dir da Sorgen, die du dir gar nicht zu machen brauchst."

Franz gab sich damit nicht zufrieden. Zu gut kannte er den Freund. Doch wollte er Christian auch nicht bedrängen.

„Maestro", suchte Christian von dem Thema abzulenken, „wohin entführt euch diesmal die holde Muse? ... Du erwähntest bei deinem Anruf kurz, dass du auf der Durchreise bist?"

„Wien und Paris, Christian. In diesem Jahr verlasse ich unseren Kontinent Gott sei Dank nicht mehr. Es ist schon auch mit tüchtigen Strapazen verbunden. Man wollte mich noch für Mailand verpflichten. Das hätte mich sehr gereizt... Mit einem sehr passablen Orchester hätte ich dort den Wieniawski spielen können. Du kennst es ganz sicher, das d-moll, Opus 22..."

Und er sang inbrünstig dabei eine Passage aus dem Konzertstück.

„Man hört es ganz einfach, wie er aus der russischen Schule plaudert. Wieniawski war so ganz erfüllt von einer romantisch-warmblütigen Musikalität. Ich liebe ihn sehr. Aber hätte ich das Gastspiel angenommen, dann wäre Weihnachten ausgebucht gewesen. Und ich habe Juli und den Kindern versprochen, dass ich dieses Mal mit ihnen zusammen bin. Denn was einmal vorüber ist, das lässt sich später nicht wieder zurückholen. Julchen suchte mich zwar zu überreden, ich solle auf dieses Konzert nicht verzichten... Weißt du, Christian..., ich hätte darauf gewiss nicht verzichtet, ...wenn meine Beziehung zu Juliane und den Kindern nicht so wundervoll wäre. Aber gerade der Großmut und das Verständnis, das mir Juliane immer entgegenbringt, dafür kann man nicht einfach nur sagen: ‚Danke vielmals' und sich mit solch einem Geschenk davonmachen... Es ist ein großes Geschenk, Christian, wenn man einen Partner an seiner Seite weiß, der nicht nur den Menschen in einem achtet, sondern auch den Beruf, dem er sich verpflichtet hat..."

Und nach einem kurzen Schweigen setzte er fort:

„Ich habe mir damals große Sorgen um dich gemacht, als du dich mit Lore liieren wolltest. Sie wäre niemals die Frau gewesen, die dich hätte verstehen oder begreifen können. Sie war sich doch nur selbst wichtig. Aber du warst ja blind und taub, ranntest regelrecht auf dein Unglück zu. Glaub mir, das wäre niemals gut gegangen. ... Nur hütete ich mich davor, dir hineinzureden. Du wärst imstande gewesen und hättest den größten Blödsinn gemacht, nur um dir selbst etwas beweisen zu wollen... Mir und Juli fiel damals regelrecht ein Stein vom Herzen, als du uns mitteiltest, du habest die Beziehung wieder gelöst... Hat sie von ihren Eskapaden, die sie dir bot, dann wenigstens gelassen? Du warst ja damals ganz schön davon mitgenommen."

Christian sagte nichts. Er stierte vor sich auf den Tisch, als suche er dort nach dem Ergebnis, über das er nachzugrübeln schien. Dann sagte er, ohne von dem Tische aufzublicken:

„Franz..., würdest du es Lore zutrauen, intrigant zu sein?"

Er wartete wie fieberhaft auf die Antwort seines Freundes. Franz antwortete darauf sehr ernst:

„Du fragst mich offen und du sollst von mir eine offene Antwort bekommen. Ja, Christian, ja..." Und etwas später fügte er hinzu: „Lore ist ein Mensch, der in allen Dingen nur sich selbst sieht. Sie ist keineswegs eine dumme Frau. Ganz im Gegenteil! Ich halte sie für sehr klug! Aber nicht im Sinne von wirklicher geistiger Potenz. Eine geistige Größe..., die besaß sie ebenso wenig wie eine wirkliche Herzensgröße. Alles, was sie tat, war nur darauf ausgerichtet, für sich selbst einen Gewinn zu erzielen. Ich drücke mich ganz bewusst so aus. Sie hätte dich nicht leben lassen, Christian. Sie hätte nicht einmal deine Freunde leben lassen, denn sie wäre nie dazu fähig gewesen, zu begreifen, worin ein wirkliches Partizipieren besteht, ein wirkliches Teilhaben aneinander, füreinander, miteinander. Sie war ja selbst schon auf deine Musik eifersüchtig!"

J.-Christian sah Franz in die Augen, als suche er dort nach weiteren Erklärungen.

„Ja", sagte Franz, „so war Lore, wenn du mich schon danach fragst. Warum, glaubst du, hat sie dich damals mit diesem Geschäftsmann gedemütigt? Es war doch ein dich Demütigen! Nicht deshalb, weil du sie vielleicht nicht befriedigt hättest in all ihren Wünschen, nein... Sie war krankhaft eifersüchtig! Selbst auf deinen Beruf. Ein solcher Mensch, Christian, scheut auch nicht davor zurück, mit heimtückischen Machenschaften im Verborgenen zu arbeiten. Und das, mein lieber Christian, ist nichts anderes, als intrigant..." Es entstand eine kurze, stille Pause. Dann fuhr Franz fort: „Du solltest froh sein, dass dieses Kapitel für dich abgeschlossen ist. Und du wirst nun meine Sorge verstehen, die ich mir damals um dich gemacht habe..."

J.-Christian hörte den Ausführungen seines Freundes sehr aufmerksam zu. Er unterbrach ihn dabei auch nicht. Er sagte jetzt auch nichts. Wartete er vielleicht darauf, sein Freund würde weitersprechen? Franz fiel das auf.

„Du sagst nichts, Christian? Das halte ich nicht gerade für ein gutes Zeichen..."

Franz wartete auf irgendeine Reaktion seines Freundes. Aber der hüllte sich noch immer in ein bedenklich stimmendes Schweigen.

„Christian, vielleicht ist es keine schlechte Empfehlung, die ich dir geben kann. Erinnere dich! Wie eifrig disputierten wir damals, als wir noch zur Schule gingen! Über Goethe und seinen ‚Faust'. Gerade das war doch seinerzeit etwas, an dem sich unsere Gemüter immer so sehr erhitzten. Es war so beeindruckend für uns, wie im ‚Faust' schon alles niedergeschrieben steht, was sich auch heute noch in unserer Welt abspielt. Nimm dir das Eine oder Andere aus dem ‚Faust' nochmal zur Hand, lies nach! Es steht kaum woanders so deutlich geschrieben, wie gerade dort! Und was Lore betrifft... – Ein Zitat aus dem ‚Faust' fällt mir gerade dazu ein: ‚Nichts Abgeschmackteres gibt es auf der Welt, als einen Teufel, der verzweifelt.' ... Aber sag mal, ...hast du mit ihr vielleicht noch nicht wirklich abgeschlossen? Sei auf der Hut, Christian... Vielleicht könnte sie sonst eines Tages mit dir böse abrechnen..."

J.-Christian schüttelte sich, als suche er etwas abzuwerfen. Dann beeilte er sich, eine längst fällig gewordene Antwort zu geben:

„Franz, sei ganz unbesorgt. Von ihr habe ich mich längst befreit."

Franz ließ nicht locker:

„Aber vielleicht will sie sich von dir noch nicht befreit wissen?"
„Das wäre ihr Problem. Damit wird sie kaum Erfolg haben können... Lass uns ein anderes Thema anschneiden. Die halbe Nacht ist schon bald wieder

vorüber, und ich kann mich dir morgen ja leider nicht widmen..."

Jetzt bedauerte er, dass er den Dienst von Frau Dr. Zieglang für den ganzen Sonntag übernommen hatte. Aber er konnte ja nicht ahnen, dass ihn Franz besuchen würde.

* * *

Gefährliches Spiel

"Verehrter Herr Landrat. Ich habe den Weg zu ihnen nicht gesucht, um vordergründig meinen Ärger über gewisse Konfliktsituationen zu äußern, die sich an unserem Haus ergeben haben und die ich gern einer unbeherrschten Entgleisung zugutehalte. Ich bitte Sie, mein Vorsprechen hier als das zu verstehen, was es ist. Mit aller Dringlichkeit muss ich Sie darum ersuchen! Denn die Situation an unserem Hause ist unverantwortbar geworden! Ich weiß nicht, wie Sie in Ihrer Funktion als die dafür zuständige Instanz es überhaupt verantworten können, dass uns Ärzten auf der einen Seite Eigenverantwortlichkeit uneingeschränkt überlassen wird, in sehr großzügigem Maße sogar, dass wir auf der anderen Seite aber die notwendigen Mittel und Voraussetzungen dafür nicht bewilligt bekommen. Das Ganze artet mittlerweile in ein regelrechtes Schattenboxen aus! Werden unsere Probleme an den zuständigen Verwaltungsstellen vorgetragen, dann werden Augen und Ohren davor verschlossen, bestenfalls wird mit viel Polemik auf irgendwelche Statistiken verwiesen oder es werden in leidvollem Überdruss immense Summen beklagt, die der Etat nicht mehr tragen könne, als seien *wir* die bösen, verschlingenden Übeltäter. Ich kann es mit meinem Gewissen nicht länger vereinbaren, stillschweigend zuzusehen, wie mir und meinen Mitarbeitern durch eine nahezu doktrinär verfochtene

Uneinsichtigkeit die Arbeit derart erschwert wird, dass unsere Patienten am Ende die wirklich Leidtragenden sind."

Dr. Felsen, ungeachtet einer Gefahr, in die er sich hätte bringen können und die ihn in Ungnade hätte fallen lassen, sprach unverschönt, doch mit geziemender Höflichkeit. Er sprach offen aus, was so dringend und längst schon einer klaren Darlegung bedurfte. Feinsinnig hatte er bemerkt, dass Krämer hier bereits ‚vorgesorgt' haben musste, auf die ihm so eigene, tückische Art und Weise. Denn wie sonst konnte ihn der Landrat mit den Worten empfangen:

„Ich hörte bereits davon, dass Sie ein betrübliches Zusammentreffen mit dem Verwaltungsleiter hatten, was aber doch eher nur das Ergebnis eines Missverständnisses gewesen sein kann?"

Diesbezüglich war ihm Krämer also geschickt zuvorgekommen. Welche Chancen konnte sich Felsen wohl noch ausrechnen, zumal allgemein bekannt war, dass eine enge persönliche Verbindung zwischen dem Landrat und Krämer bestand? Aber auch wenn das der Fall war, konnte nicht verhindert werden, dass jetzt erneut und unmissverständlich die Problematik in ihrer ganzen Tragweite angesprochen wurde! Es kam darauf an, den Fisch an die Angel zu bekommen. Es wenigstens zu versuchen. Oder entzog man sich gar auch hier, in erster Instanz, aller Verantwortung, zu der Felsen geradezu herausforderte?

„Sie erheben schwerwiegende Vorwürfe, Herr Doktor Felsen, wenn ich Sie richtig verstanden habe. Niemand hier würde sich doch tatsächlichen und dringenden Erforderlichkeiten verschließen, wie Sie dies wohl soeben zum Ausdruck brachten. Gerade das Krankenhaus wird nahezu überhäuft mit Investitionen und Zuschüssen! Unsere Kapazitäten sind bedauerlicherweise erschöpft. Ich bemerke recht gut Ihre Unzufriedenheit und kann sie sogar bis zu einem gewissen Grad verstehen. Aber ist sie nicht eher Ausdruck von..., na, sagen wir mal so, ...unkontrollierten Emotionen?"

Auf diese Weise also sollte Felsen jetzt zurechtgewiesen werden? Wie undurchschaubar wurde doch die Sache selbst! Eine gähnende Leere tat sich damit auf, eine provokative Überheblichkeit nahm Gestalt an. Aus welchem Grund und zu welchem Zweck?

Der Landrat, bei dem alle Fäden zusammenliefen, lehnte sich mit süffisantem Lächeln in die Polster seines Sessels:

„Es ist doch auffallend, lieber Herr Doktor Felsen, dass Sie der Erste sind, der an mich mit einem derartigen Anliegen herantritt... Es existieren genaue Vorschriften, die Ihnen im Übrigen bekannt sein dürften, an die sich klipp und klar ein jeder zu halten hat.

Nichts geschieht an Ihrem Hause, für das nicht eine durchdachte Regelung geschaffen worden wäre. Dabei wurde gerade der ärztliche Bereich *großzügig* von uns bedacht..."

Wie aalglatt zeigte sich damit der Amtsträger und wollte den eigentlichen Dingen doch gar kein Gehör schenken!

„Verzeihen Sie bitte, aber ich darf mich hierzu noch einmal ganz deutlich äußern.", setzte Felsen erneut an, selbstbewusst nach der Speerspitze greifend, die er auf sich gerichtet sah. „Wenn Sie, verehrter Herr Landrat, in meinem Verhalten gewisse emotionale Regungen feststellten, dann widerspreche ich keineswegs. Wenn Sie mein Verhalten jedoch als ‚unkontrolliert' bezeichnen, dann muss ich dies auf das Schärfste zurückweisen! Sie sprechen von Investitionen und Zuschüssen, von erschöpften Kapazitäten. Diesbezüglich, Herr Landrat, kann ich augenblicklich wohl kaum der geeignete Ansprechpartner sein. Diese Dinge, die ich selbstverständlich auch bedenke –, sie sind nicht der Gegenstand meines Gespräches, zu dem gekommen bin!"

„Aber lieber Herr Doktor Felsen! Was wollen Sie denn dann hier bei mir?!", unterbrach der Landrat mit ziemlicher Gereiztheit.

Felsen ließ sich davon keineswegs verstören:

„Wenn Ihre Investitionen und Zuschüsse zum Beispiel zu dem Zweck vorgenommen wurden, dass Parkplätze errichtet wurden, für deren Notwendigkeit erklärt wurde, sie seien als Sicherung von erforderlichen Stellplätzen für die Fahrzeuge des Ärzte- und Pflegepersonals vorgesehen, wenn dann, Herr Landrat, diese Plätze, weil es dadurch rentabler sei, als öffentliche Parkplätze freigegeben werden, die dann entsprechend auch ihre Benutzer finden, dann ist das nicht nur eine Fehlinvestition für unser Krankenhaus gewesen, es ist an den eigentlichen Dingen vorbeimanipuliert worden, um es sehr gelinde auszudrücken. Wenn wir zu unseren Diensten kommen – das bitte nur ganz nebenbei bemerkt –, dann beginnen wir mit der gleichen Suche nach einer Parkmöglichkeit, wie es zuvor der Fall gewesen ist. Mühsam! Und sehr zeitaufwendig! Nichts an Erleichterung hat sich für *uns* in diesem einen Fall zum Beispiel ergeben. Aber als Zuschüsse für das Krankenhaus wurden die Gelder verbucht, die dafür aufzubringen waren! ... Nun, ich sagte Ihnen ja eingangs bereits, das ist nicht der Grund meines Vorsprechens..."

Felsen hatte sehr wohl registriert, dass seinem Gegenüber nichts mehr von einer Freundlichkeit im Gesicht stand. Dem Landrat war ausgesprochen unwohl in seiner Haut, er schaffte es auch nicht, darüber hinwegzutäuschen. Er hatte mit solchen Bemerkungen Felsens nicht gerechnet, sie trafen ihn völlig unvorbereitet.

„Ich bin zu Ihnen gekommen", setzte Felsen mit etwas Nachdruck fort, „um Sie zu bitten, die wirklichen Probleme aufzugreifen und entsprechend mit Ihren Mitarbeitern zu diskutieren. Es *muss* Abhilfe geschaffen werden, was den extremen Mangel an Planstellen und Pflegekräften betrifft. Wir haben im Rahmen unserer Berufsausübung die Pflicht, Maßnahmen zu ergreifen, die für das Schicksal von Menschen entscheidend sind. Die erforderlichen Voraussetzungen dazu sind aber nicht gegeben. Es ist deshalb nicht länger vertretbar, dass eine voll ausgelastete Intensivstation, in der Größe, wie wir sie an unserer Abteilung haben, von einem einzigen Kollegen vollverantwortlich betreut wird! Es ist unzumutbar, wenn Kollegen und Pflegepersonal, die völlig unterbesetzt sind, tagein tagaus ihre Stationen zu versorgen und zu betreuen haben, die mit vierundvierzig statt mit achtundzwanzig oder dreißig Betten überbelegt sind. Hier sind *unsere* Kapazitäten erschöpft! Restlos, Herr Landrat. Dabei ist wirklich niemand zu bequem, seine Tätigkeiten ordentlich und angemessen zu verrichten. Wir Ärzte nicht und auch unser Pflegepersonal nicht. Wenn dann obendrein noch Neuerungen hinzukommen, ganz neue Aufgabenbereiche geschaffen werden, hierfür aber die Personalbelegung nicht gleichfalls erweitert wird, dann frage ich mich, welche Überlegungen dem Ganzen wirklich zugrundeliegen. Resultiert hieraus nicht eine Kostenersparnis, die ich allerdings für bedenklich halten muss, weil sie tatsächlich und scheinbar unbeirrt auf dem Rücken unserer..."

„Herr Doktor Felsen! Ich denke, ich wurde einstweilen ausreichend durch Sie informiert."

Oh, es klangen diese Worte eher warnend als verständnisvoll. Nichts von alledem wurde offenbar begriffen. Oder wollte er nicht begreifen, der oberste Schirmherr? Er schien wenig bereit, den Dingen auf den Grund zu gehen, zu suchen, wo und wie dieser Misere Abhilfe geschaffen werden könne. Es war auch hier nicht möglich, zu einem Dialog zu finden.

„Ich möchte Ihnen insoweit entgegenkommen, als ich beabsichtige, die Angelegenheit, über die Sie mir reichlich Information gegeben haben, in der nächsten Sitzung mit meinen Mitarbeitern zu besprechen. Herr Krämer wird dann mit allem Weiteren von mir beauftragt werden."

Das Gespräch wurde damit ziemlich vorschnell beendet und zeigte recht aufschlussreich, wo die Grenzen wirklich lagen.

* * *

Dieser Tag sollte nicht so trist enden, wie J.-Christian Felsen fühlte, dass er begann. Er wollte ihm einen anderen Akzent setzen, sich von dem nagenden Unbehagen befreien, unter dem er litt. Es war ihm nicht möglich, das gesteckte Ziel zu erreichen, von dem er sich Erleichterung nicht nur für sich und seine Kollegen und Mitarbeiter versprach, es sollte vor allem auch zum Wohle der Patienten sein. Vorurteilsfrei war er in diese Unterredung gegangen, nachdem ihm die Nachricht zugegangen war, dass er an oberster kommunaler Stelle Gelegenheit erhalten sollte, die Dinge anzusprechen, für die sich Krämer so verschlossen zeigte, wegen denen er sich sogar aggressiv und am Ende drohend präsentierte. Felsen fühlte sich jetzt bitter enttäuscht und ahnte, dass das alles noch nicht das Ende sein konnte. Was musste er nur falsch gemacht haben? Traf es zu sehr einen empfindlichen Nerv, als er den Vorwurf über sich ergehen ließ, er zeige nur „unkontrollierte Emotionen"? War das denn überhaupt richtig und entsprach einer Realität? Er ging mit sich selbst ins Gericht. Hätte er nicht eher zurückstecken sollen, schon zu Beginn, als ihm gesagt wurde, die Unterredung bei Krämer wäre am Ende das Ergebnis eines Missverständnisses gewesen? Und was heißt in diesem Falle „Missverständnis"? Sollte es auf eine Entschuldigung hinauslaufen? Wenn ja, auf welche? Und weshalb nahm der Landrat hierzu überhaupt Stellung? Er hatte ihm nichts über das Gespräch mit Krämer mitgeteilt... Von wem hatte der Landrat eine Information erhalten? Von Krämer selbst? Wohl spielte Felsen noch Tage danach mit dem Gedanken, eine Dienstaufsichtsbeschwerde an den zuständigen Dienstherren zu richten, denn Krämers Verhalten artete wohl mächtig aus! Aber bei diesem Gedankenspiel war es geblieben. Mit niemandem hatte er darüber gesprochen, nicht einmal mit Franz. Das Ganze war ihm einfach zu dumm, zu minderwertig, und er sah seine Aufgabe in der Erfüllung seiner Pflichten. Aber selbst, wenn Untergebenheit von ihm erwartet worden und diplomatischer gewesen wäre, J.-Christian Felsen war dazu nicht fähig. Es musste seinem Wesen widersprechen. ‚Kein Mensch schafft es, über seinen eigenen Schatten zu springen', sagte er laut vor sich hin und erinnerte sich nochmals an die abschließenden Worte, die er gerade von höchster Instanz gehört hatte. Dabei wurde er das bedrückende Gefühl nicht los, dass zu guter Letzt nichts anderes geschehen würde, als dass Dominosteine wie zu scherzhafter Belustigung zueinander geschuppst wurden. Ja, man würde irgendwie und irgendwas ‚einander zuschieben'... Und es würde im Verborgenen bleiben.

Derart in Gedanken versunken, chauffierte J.-Christian Felsen seinen Wagen durch eine breitangelegte Allee, die von Bäumen gesäumt war, die ihr Laub bereits abgeworfen hatten. Feudale Villen standen in großangelegten Gärten, umfriedet von schmiedeeisernen Zäunen, immergrünen Hecken oder hohen Mauern. Neben einem breiten Tor, durch das eine gepflasterte Zufahrtsstraße führte, stand auf einem größeren Messingschild geschrieben: „Haus Sonnenschein". J.-Christian Felsen parkte seinen Wagen. Er schlenderte die kleine Pflasterstraße entlang, bis er eine sehr reizvolle, im Jugendstil erbaute Villa erreichte, hinter der ein zweistöckiger Neubau langgestreckt in einer gepflegten Rasenanlage stand. Im Foyer erkundigte er sich an der Pförtnerloge nach einem Namen:

„Die beiden Herrschaften finden Sie in Appartement Nummer sechshundertzwölf. Das ist, wenn Sie gleich rechterhand um das Haus gehen, der dritte Eingang."

J.-Christian Felsen bedankte sich für die Auskunft, schlenderte weiter, besah sich dabei recht interessiert die Umgebung. Angelangt an seinem Ziel, klopfte er an eine Tür, an der ein kleines Namenschild angebracht war: „Stepansky". Es dauerte ein wenig, bis ihm geöffnet wurde:

„Ja, ...um Gottes Willen... ja, ...Herr Doktor... Sie?", stammelte sichtlich erstaunt ein alter Mann, den Felsen doch noch ganz anders in Erinnerung hatte.
„Überrascht, Herr Stepansky?", lachte Felsen.
„Ist es denn möglich, dass Sie uns besuchen kommen?"

Herr Stepansky gab sich in seiner Freude nun regelrecht tollpatschig. Er eilte, ungeschickt in seinen Bewegungen, in ein Zimmer voraus, vergaß, den Gast hereinzubitten, der es ihm keineswegs übelnahm, sondern amüsiert folgte, nachdem er die Wohnungstür geschlossen hatte.

„Ja Herr Doktor, wie kommen Sie denn bloß hierher?" hörte er nun auch Frau Stepansky mit heller Stimme fragen.

„Durch den Schornstein passte ich leider nicht, durch den mich der Oberbefehlshaber der Hölle schicken wollte. So kam ich halt schlicht und einfach durch die Tür."

Herzlich begrüßte er dabei seine ehemalige Patientin, die er fast über vier Wochen noch betreut hatte, ehe er diese Bleibe für sie und ihren Mann in dem „Haus Sonnenschein" arrangieren konnte. In ihrer stets unverlegenen und gewitzten Art, wenn auch noch sehr verblüfft, entgegnete sie:

„Mein lieber Herr Doktor, man hat Sie ganz gewiss nicht aus der Hölle zu uns geschickt. Sie sind doch eher so etwas wie ein..."

„Ungehobelter Bengel, der sich nicht einmal für seinen Besuch anmeldet", fiel Felsen frohgelaunt darüber ein, dass ihm eine Überraschung gelungen war, überreichte dabei einen bunten Asternstrauß, den er zuvor noch von seinem Papier befreite. „Ich muss doch wissen, wie es meiner Patientin inzwischen ergangen ist, so neugierig, wie ich nun einmal bin."

Mit Befriedigung stellte er fest, dass es eine nette Unterkunft war, in der es sich die beiden Leutchen inzwischen gemütlich zu machen verstanden. Herr

Stepansky, der noch immer wie unbeholfen stand, fragte in höflichem, fast untergebenem Tonfall:

„Bitte, Herr Doktor, darf ich Ihnen etwas anbieten? Vielleicht eine Tasse Kaffee oder..."
„Vielen Dank, das ist sehr nett von Ihnen. Aber ich möchte nicht, dass Sie sich meinetwegen erst bemühen. Ich hatte gerade in der Nähe zu tun, da dachte ich, dass ich einen kleinen Abstecher zu Ihnen mache. Ich störe doch nicht?"
„Aber keineswegs, Herr Doktor! Wissen Sie, es ist nur so ungewohnt für uns... Wir haben niemanden, der uns besuchen kommen würde. Ihr Besuch macht uns, Sie entschuldigen, ein wenig... verlegen... Damit hätten wir doch nie gerechnet..."

Es hatte etwas Rührendes, was da als stille Freude zum Ausdruck kam, und es hatte für Felsen etwas so Wohltuendes. Aber es gab auch etwas, das Felsens Aufmerksamkeit besonders anregte:

„Was für einen Grund gibt es, Frau Stepansky, dass Sie sich im Bett befinden? Hatte ich Sie nicht kerngesund entlassen? Ich meine, ...wenn auch mit Medikamenten bedacht, aber mit deren Hilfe sollten Sie sich doch wohlauf fühlen können?"

Herr Stepansky setzte zu einer Antwort an, aber seine Frau kam ihm zuvor:

„Ich fühle mich recht wohl, Herr Doktor, wirklich. Aber..."

Sie hielt verlegen inne.

„Aber?", beharrte Felsen zu erfahren.

Die alte Frau wurde plötzlich recht schüchtern:

„Wie sollte ich denn aus dem Bett finden…, ohne das Bein, das mir abgenommen wurde? Mein Mann tut wirklich alles für mich. Glauben Sie es nur, mir geht es wirklich gut. Ich bin doch so auch zufrieden..."

Felsen fühlte den bitteren Beigeschmack, der aus diesen Worten klang. Mit welcher Energie hatte gerade diese Frau während ihres Klinikaufenthaltes alles an Kräften aufgebracht, mit der gut angepassten Beinprothese das Laufen wieder zu erlernen. Sie wollte es schaffen, den Rollstuhl zu bezwingen, den sie als „lästiges Vehikel" bezeichnete, für den sie sich „weigerte, einen Führerschein zu machen". So waren ihre Worte, an die er sich noch gut zu erinnern wusste.

„Frau Stepansky, geben Sie so schnell auf? Ihr Bein wurde doch nicht schlecht ersetzt?"
„Das nicht, Herr Doktor. Damit hat man sich sogar große Mühe gegeben. Aber mit dem Herumlaufen..."
„Was ist damit?", wollte Felsen wissen.

Er sah, dass die Prothese im Winkel einer Ecke stand.

„Mit dem Herumlaufen..., das geht leider nicht...".

Felsen stutzte.

„Aber es wurde Ihnen doch beigebracht? Tagtäglich, Frau Stepansky?"

Leidvoll war der Ausdruck der alten Frau, als sie schließlich zu sagen wagte:

„Nein, Herr Doktor..., dazu kam es leider nicht. Mit mir hatte es niemand versucht... Ich wartete nach jeder Ihrer Visiten darauf. Aber es kam niemand, und ich wollte Ihnen nicht noch zusätzliche Mühen machen. Sie haben doch immer so viel Arbeit mit uns gehabt."

Felsen vernahm diese Worte nicht ohne innere Bitternis. Ein Anflug von Ärger kam in ihm auf, ein Zorn, den er sich nicht anmerken lassen wollte, der ihm jedoch keine Ruhe ließ. Was hatte sich da ohne sein Wissen wirklich abgespielt? Er suchte das Gespräch von diesem Thema abzulenken:

„Sind Sie hier gut versorgt?", erkundigte er sich.
„Sehr gut, Herr Doktor, wirklich sehr gut."

Es klang glaubhaft, wie es ihm Frau Stepansky sagte. Nun eilte auch der Ehemann zu berichten, wie sehr er froh darüber sei, dass diese Lösung für sie beide gefunden werden konnte. Sein Häuschen habe er mit Hilfe eines Maklers günstig verkaufen können, man besäße nun ausreichende Ersparnisse, die „bis ans Ende der Tage" sicher reichen würden. Anfangs habe er es nicht glauben können, dass ihm diese Umstellung so problemlos gelingen würde. Nun werde das erste Weihnachten, das unmittelbar vor der Tür stand, in ganz besonderer behaglicher und besinnlicher Ruhe den beiden Freude machen. Es war eine angenehme Wärme, die von zwei Menschen ausstrahlte, die in trauter Zweisamkeit nun doch noch zu solch glücklichen Stunden fanden.

* * *

Ein halber Tag stand J.-Christian Felsen noch zur Verfügung, nachdem er im Anschluss an den Besuch im „Haus Sonnenschein" in einem kleinen, etwas abseits gelegenen Wirtshaus zu Mittag gegessen hatte. Ehe er daheim die letzten Vorbereitungen für einen anstehenden Kongress in Arbeit nehmen wollte, genoss er die Frische des klaren Tages während eines kurzen Spazierganges in einem entlegenen Waldstück. Schon hatte der nahende Winter seine ersten, kalten Vorboten gesandt, denen ein paar letzte, wärmende Sonnenstrahlen ein wenig den Garaus zu machen suchten. Bald aber würde der erste Schnee seiner

Zierde Pracht sein. Wohltuend war es, die Luft zu atmen, die so herzhaft belebte. J.-Christian Felsen ging mit hurtigen Schritten, gelangte an einen stillen, verborgenen See, auf dem zwei Schwäne dahinzogen, denen er nachsann... ‚Die größte Offenbarung liegt in der Stille', erinnerte ihn diese Idylle an einen Ausspruch von Laotse. Es war ein herrlich erhebendes Gefühl, welches auf solch unerklärbare Weise beeindruckte. So fern war man von allem menschlichen Alltag, so geheimnisvoll waren die Dinge, die alles Leben hervorzubringen verstanden. Ein Blatt, das vereinsamt an einem Aste hing, schwebte zu Boden, einer letzten Ermahnung folgend, sich einzufügen in den immer wiederkehrenden Kreislauf allen Seins. Leben und sterben, kommen und gehen, ...es hat seinen tiefsten Sinn in allem Verborgenen, das dem Auge nicht sichtbar werden kann. Ein neues Blatt wird aus einer Knospe treiben – wenn die Zeit dafür gekommen sein wird. Es wird sich zart und jung entfalten, wird immer kräftiger in seiner Farbe werden. Es wird in Gestalt sich formen, dem Winde lange trotzen, bis es ein Hauch nur ist, der es von seinem Aste streift, an dem es dürr und leblos längst die Ruh' erwartet, in der ihm Frieden wird für alle Zeit. J.-Christian Felsen war dankbar, jetzt keinem Menschen begegnet zu sein. Die Ruhe und Stille des Waldes, die belebende Einsamkeit, sie schenkten Kraft und machten so unendlich frei.

An seiner Wohnung angekommen, leerte er wie gewohnt den Briefkasten, übersah flüchtig die Post, fand einen Brief, dessen Absender ihn stutzig werden ließ. Was hatte ihm die Personalverwaltung mitzuteilen? Nachdem er sich der etwas unbequemen Kleidung entledigt und es sich häuslich bequem gemacht hatte, nahm er den Brief zur Hand, wunderte sich nochmals darüber und öffnete ihn. Im ersten Moment wurde er nicht schlau daraus. Was er nun in Händen hielt, war obenauf mit einem handschriftlichen Vermerk versehen: „Kopie", und beigefügt war ein kleiner Zettel, versehen mit einem Stempel der Personalverwaltung, auf dem nichts weiter stand, als: „Für Ihre Unterlagen, freundliche Grüße, Mühlfeld". Es war die Kopie eines amtlichen Schreibens. „An das Amtsgericht.... Aktenzeichen.... Pfändungs- und Überweisungsbeschluss...." Welche Bedeutung hatte dieses Schreiben? J.-Christian hatte Mühe, das Ganze zu begreifen, für das er auch nicht die geringste Erklärung finden konnte. Er zwang sich regelrecht dazu, langsam dieses Gewirr von Zahlen und Angaben von Anfang bis Ende durchzulesen:

„In der Zwangsvollstreckungssache Fritz Lachwitz, Kleinscheidtstraße....., Prozessbevollmächtigte RAe Dres. Breitner und Kluge,
Gläubiger
gegen

Lore Maise und Dr. J.-Chr. Felsen,
Schuldner und Zweitschuldner

> nach dem vollstreckbaren VB des Amtsgerichts.......... vom............., Geschäftsnummer 14 D 280715, steht dem Gläubiger gegen die Schuldner ein Anspruch zu auf **EUR 147.268,17** (in Buchstaben einhundertsiebenundvierzigtausendzweihundert) ...,
>
> ...werden die umstehend angekreuzten und zukünftigen Ansprüche des Schuldners an Arbeitgeber, Krankenhaus ...."

J.-Christian Felsen traute seinen Augen kaum. Wieder und wieder las er diese Zeilen, konnte ihren Inhalt nicht fassen. Auf der Rückseite des Schreibens war zu lesen:

> „Anspruch an Arbeitgeber auf Zahlung des gesamten gegenwärtigen und künftigen Arbeitseinkommens (einschließlich des Geldwertes von Sachbezügen)
>
> Anspruch an Arbeitgeber auf Zahlung der Arbeitnehmersparzulage
>
> Anspruch an Arbeitgeber auf Auszahlung von Steuererstattungsansprüchen für das laufende Jahr und die folgenden Jahre..."

Hier musste ein Versehen vorliegen, ein Irrtum, irgendetwas, was nicht mit rechten Dingen zuzugehen schien! Hier musste auf schnellstem Wege geklärt werden, was dieses Schreiben für eine merkwürdige Bedeutung haben sollte! Sein Name, J.-Christian Felsens Name, war eindeutig in dem Schreiben zu lesen! Als „Zweitschuldner", wie es stand. Aber noch ein Name stand dort: Lore Maise! Und wie dieses, in Gottes Namen nur, im Zusammenhang mit J.-Christian Felsen!? –

J.-Christian Felsen war nun in einem Zustand heftigster Gemütsbewegungen. Auf und ab lief er durch das Zimmer, einem verzweifelten Tier gleichend, das seiner freien Wildbahn unerwartet entraubt und nun in einen viel zu kleinen Käfig gesperrt wurde. Ihm konnte doch nur ein böser Streich gespielt worden sein! Ein Scherz! Ein dummer, sehr dummer aber böser Scherz konnte dieses nur sein! Wann und wofür hätte er jemals jemandem eine derartige Summe geschuldet? Wie konnte ein derartiges Schreiben, ihm als Kopie zugesandt, den Absender der Personalverwaltung der Klinik tragen? Was waren das für undurchsichtige Zusammenhänge!?

Felsen setzte sich, erhob sich wieder, lief herum, las noch einmal dieses Schreiben, ließ sich in seinen Sessel fallen. Ihm waren die Sinne vernebelt, nichts wollte sich in seinem jetzt zum Zerbersten schmerzenden Kopf in klare Gedanken fassen lassen. Nicht einmal Verzweiflung regte sich in ihm. Leer schien er zu sein, wie ausgezehrt, als sei er selbst im Augenblick nicht wirklich der, der er war.

Er nahm ein Glas aus der Hausbar, füllte es bis zur Hälfte mit Cognac, trank einen ersten Schluck. Er saß, starrte vor sich hin, schüttelte den Kopf. „Ist denn nur die ganze Welt verrückt geworden!" sagte er laut in den großen Wohnraum, in dem sich außer ihm niemand sonst befand. Er trank einen Schluck und wieder einen. Dann trieb es ihn, doch er wusste nicht, wohin es ihn trieb. Er zog seinen Mantel über und verließ seine Wohnung. Auch die frische, kalte Luft verhalf nicht dazu, einen klaren Gedanken fassen zu können. Ziellos, erregt, gehetzt lief er durch die Straßen. ‚Hat Lore mir hier etwas eingebrockt? ... Wer ist dieser Gläubiger..., wie war sein Name gleich? Lachwitz..., Fritz Lachwitz...' Immer wieder sprach er mit sich selbst, schien darauf zu warten, ob nicht eine Antwort darauf von irgendwoher käme. ‚Fritz Lachwitz...', sagte er nochmals vor sich her. Ein Name, der ihm nichts sagte, den er nicht kannte, der auch nirgendwo in seinen Erinnerungen wenigstens schattenhaft zu finden gewesen wäre. Hier musste ein Missverständnis vorliegen... Oder war es ein wirklich böses, arges, hinterhältiges Spiel...? –

J.-Christian Felsen irrte herum, fühlte sich gequält von dieser eigenen Ziellosigkeit, nahm seinen Weg zurück. Da lag noch immer dieser Brief, der ihm unheimlich schien. Er schob ihn weit von sich weg über den Tisch, goss sich ein weiteres Glas Cognac ein. Er suchte, in einen Zustand zu finden, durch den er glaubte, einstweilig Abstand zu finden von dieser vernichtenden Wirklichkeit.

Es mussten Stunden vergangen sein, als J.-Christian Felsen wie aus bleiernem Schlaf in seinem Sessel erwachte. Finster war es inzwischen geworden. So suchte er, noch ganz abwesend, nach dem Lichtschalter. Eine indirekte und gedämpfte Beleuchtung ließ die Umrisse der Umgebung aus dem Dunkel tauchen. Seinen Mantel hatte er anbehalten, den er in aller Verwirrung vergessen hatte, abzulegen. Da war sie tatsächlich, die Wirklichkeit, die mit unerbittlicher Hartnäckigkeit wieder an die Pforten aller Wachheit klopfte..., es war kein Traum... Dort, auf dem Tisch lag sie, diese Kopie eines amtlichen Schreibens, für das sich keine Erklärung finden ließ…

In Felsens Kopf machte sich ein schmerzliches Dröhnen und Pochen bemerkbar. Er war nicht gewohnt, zu trinken. Aber nun brauchte er klare Sinne und Gedanken, musste auf schnellste Weise hinter dieses Rätsels Lösung gelangen. Er legte den unbequemen Mantel ab, hängte ihn an seinen Platz, zog die Schublade seines Schreibtischs auf, in der Lores Brief jetzt eine böse Vorahnung in ihm weckte. ‚Sollte sie wirklich...?', dieser Gedanke drängte sich auf, den er nicht wagte, zu Ende zu denken. J.-Christian Felsen entnahm einer Schachtel zwei Aspirin. Er brauchte jetzt einen klaren Kopf! Aus dem Telefonverzeichnis suchte er eine Nummer heraus, wählte sie.

„Löwenstein?", hörte er die sonore Stimme seines Anwalts, bei dem er vielleicht längst in Vergessenheit geraten war?

„Felsen..., hier ist Felsen..."

Er konnte die Erregung in seiner Stimme nicht verbergen.

„Ja so etwas, Herr Dr. Felsen! Ich habe sehr lange nichts mehr von Ihnen gehört. Wie geht es Ihnen? ..."

Als er darauf keine Antwort vernahm, erkundigte er sich etwas besorgt:

„Herr Dr. Felsen, ist etwas geschehen? ...Suchen Sie meine Hilfe? ...Kann ich etwas für Sie tun? ...Ja, so antworten Sie doch! Herr Dr. Felsen!..."

Felsen suchte sich zu finden.

„Herr Löwenstein,... ich glaube, dass ich Ihre Hilfe, Ihren Rat sehr dringend benötige. Es ist..., ich habe..., mir völlig unverständlich... ein Schreiben erhalten..., von meinem Arbeitgeber, als Kopie, verstehen Sie? ..."

Er brachte nur abgehackt und zusammenhangslos für den Teilnehmer am anderen Ende der Leitung diese Worte heraus, die noch nichts davon erklären konnten, was er seinem Anwalt mitzuteilen suchte.

„Mein lieber Dr. Felsen, Sie scheinen in Schwierigkeiten zu sein? ...Ich habe das Gefühl, wir sollten am besten so schnell wie möglich miteinander sprechen! Sind Sie in Ihrer Wohnung erreichbar?"

„Ja. Ich hatte mir für heute einen freien Tag genommen. Ich bin in meiner Wohnung. Ich wäre Ihnen sehr verbunden, wenn wir uns kurz zusammensetzen könnten, ...ich meine, sehr bald, Herr Dr. Löwenstein, denn ich kann nicht begreifen, ..."

„Herr Dr. Felsen, jetzt beruhigen Sie sich bitte erst einmal. Ich werde mich sogleich auf den Weg zu Ihnen machen. Es ist Ihnen recht, wenn ich bei Ihnen vorbeikomme?"

Dr. Löwenstein kannte Felsen bereits seit geraumer Zeit. Doch hatte er ihn bisher nie so verstört, so völlig aus einem seelischen Gleichgewicht geraten, erlebt. Hier musste etwas Dringliches anstehen. Es war auch nicht Felsens Art, so spät am Abend noch zu stören. Immerhin war es gleich zweiundzwanzig Uhr.

„Ich wäre Ihnen sehr verbunden, Herr Dr. Löwenstein, wenn Sie zu mir kommen könnten. Bitte…, ich glaube…, ich brauche jetzt Ihre Hilfe..."

Dr. Löwenstein teilte mit, dass er in wenigen Minuten bereits bei ihm sein könnte, er solle sich beruhigen, nichts würde so heiß gegessen, wie es gekocht werde. J.-Christian Felsen fühlte eine erste Beruhigung. Denn nun würde vielleicht etwas Licht in diese Angelegenheit gebracht werden können.

* * *

Kurze Zeit später schellte es an der Tür. Felsen öffnete und begrüßte mit entschuldigenden Worten Dr. Löwenstein, der, etwas rundlich und untersetzt, die hereinbrechende winterliche Kälte des Abends verwünschte und jede Entschuldigung zurückwies. Es gebe schließlich auch in seinem Berufe so etwas wie einen Notfall. Und als diesen sehe er die augenblicklich entstandene Situation, von der er ahnen musste, dass sie so etwas war.

Dr. Löwenstein hatte das Schreiben, das Felsen durch die Personalverwaltung der Klinik in Kopie zugesandt worden war, vor sich liegen, las es in aller Ruhe, zog dabei nachdenklich an seiner klobigen Pfeife und saß bald ganz eingehüllt von den Rauchschwaden, die leicht bewegt in dem Licht der Stehlampe schwebten. Hin und wieder brummte er vor sich hin, wendete das Blatt, las das Ganze erneut. Dann legte er es beiseite, als habe er genug daraus erfahren, lehnte sich in den Sessel zurück, sagte nichts, denn er schien über etwas nachzudenken. Er klopfte seine inzwischen erloschene Pfeife aus, stopfte sie erneut, zündete sie sich in aller Gemächlichkeit an.

„Sagen Sie, Felsen, mit dieser... Lore Maise..., Sie waren mit ihr längere Zeit verlobt?", stellte er eine erste Frage.

„Ja..., das ist richtig. Glauben Sie denn, dass..."

„Wie lange dauerte dieses Verlöbnis?", unterbrach Löwenstein.

„Es waren nicht ganze sechs Jahre, die wir beisammen waren.", gab Felsen Auskunft.

„Hatten Sie dieser Frau die Ehe versprochen?"

Er sah Felsen dabei prüfend an. J.-Christian Felsen beunruhigte es, dass er gerade jetzt auf diesen Punkt zu sprechen kam. Doch sah er keinen plausiblen Grund, weshalb er dazu nicht offen Stellung nehmen sollte:

„Wir hatten zu Anfang beabsichtigt, ein eheliches Verhältnis einzugehen, ja. Aber im Laufe der Zeit stellte sich heraus, dass dieses keine vernünftige Zukunft für beide hätte bedeuten können. Wir lösten diese Beziehung deshalb vor nahezu zwei Jahren wieder."

„War Ihre ehemalige Verlobte berufstätig, als Sie sie kennenlernten?"

Dr. Löwenstein schien auf die Beantwortung dieser Fragen großen Wert zu legen.

„Als ich Lore, ...Fräulein Maise, ...kennenlernte, war sie als Chefsekretärin in einem Chemiekonzern tätig. Nachdem wir uns verlobt hatten und sie zu mir zog, gab sie ihren Beruf allerdings auf. Ich war damals überrascht darüber, denn sie hatte mir zuvor von dieser Absicht nichts gesagt. Doch es war ihr eigener Entschluss, und ich konnte sie auch nicht dazu überreden, in ihrem Beruf tätig zu bleiben. Sie sah wohl etwas vorschnell in eine Zukunft, die sich dann ja auch nicht erfüllen konnte. Es waren zu viele Unstimmigkeiten zwischen uns. Es wäre mir niemals möglich gewesen, an der Seite dieser Frau ein ausgewogenes oder gar glückliches Leben zu führen. Auch für sie wäre es keine befriedigende Lösung gewesen, nicht für die Zeit eines ganzen, gemeinsamen Lebens, Herr Dr. Löwenstein."

Felsen überflog bei seinen Worten noch einmal die ganze Erinnerung an jene zurückliegende und so bedrückende Zeit. Dr. Löwenstein nahm ein paar tiefe Züge aus seiner Pfeife, hüllte sich erneut in einen graublauen Dunst, versank in ein dumpfes Grübeln.

„Felsen, sagen Sie mir Ihre Meinung dazu. Hatten oder haben Sie das Gefühl, dass Ihre einstige Verlobte vielleicht mit einer Trennung nicht einverstanden war oder ist?"

Für J.-Christian Felsen nahm die Bedeutung der Thematik dieses Gespräches einen bedrohlichen Charakter an.

„Was wollen Sie damit sagen, Dr. Löwenstein!"

Als dieser ihm die Antwort schuldig blieb, fuhr er fort:

„Lore und ich hatten bereits lange vor unserer Trennung Gespräche geführt, bis in alle Einzelheiten! Schließlich habe ich sie nicht hinausgeworfen, falls Sie es so verstehen sollten. Wir hatten uns über die Notwendigkeit einer Trennung miteinander geeinigt. Sie lebte, ehe sie zu mir zog, in einer Zweizimmerwohnung in Untermiete. Ich habe ihr, noch ehe sie wegzog, eine Eigentumswohnung gekauft und eingerichtet, dafür habe ich auf Heller und Pfennig alles restlos bezahlt. Sie wollte sich selbstständig machen, in irgendein Maklergeschäft einsteigen, wohl ein eigenes Büro errichten. Auch hierfür hatte ich ihr wirtschaftlich zu einer Existenz verholfen. Ich sah dies als meine Pflicht, denn sie hätte sonst auf der Straße gestanden, mit nichts. Soweit sah ich jedenfalls meine moralische Verpflichtung ihr gegenüber, der ich auch nachgekommen bin."

Felsen echauffierte sich regelrecht, als er auf all die längst vergangenen Dinge zu sprechen kam.

„Glauben Sie denn, Herr Dr. Löwenstein, dass sie mir jetzt diesen Streich...?"
„Es mag ein Streich wohl sein, Felsen... Ein arger Streich... Vielleicht ein sehr listiger Streich... Vielleicht gewachsen auf dem Boden enttäuschter Leiden-

schaft. Wann haben Sie zum letzten Mal von ihr gehört?"

Felsen erhob sich aus seinem Sessel, ging zum Schreibtisch, holte Lores letzten Brief. Er berichtete von dem nächtlichen Telefonat, mit dem sie ihn unerwartet und unverhofft behelligte, bei dem er eine Art Drohung ausgesprochen fühlte. Nur, er konnte sich das Ganze nicht vernünftig zusammenreimen. Er gab Dr. Löwenstein auch die Durchschrift seines Briefes an Lore, den er erst kürzlich geschrieben hatte. Der Anwalt las Lores Brief, hörte aufmerksam Felsens Schilderungen zu. Dann atmete er tief und schwer ein, schien einer Art Resignation Ausdruck zu verleihen.

„Mein lieber Felsen..., da sind Sie in eine üble Sache geraten... Ich weiß noch nichts Konkretes über das Was und Wie, ...doch, ...mein Lieber, ...sehr rosig scheint das für Sie nicht auszusehen..."

Felsen begriff jetzt gar nichts mehr. Dr. Löwenstein suchte ihm zu erklären:

„Sie müssen wissen, lieber Felsen, es gibt ein Gesetz, das Sie dazu verpflichten kann, für einen Schaden aufzukommen, selbst wenn Sie niemals begreifen könnten, warum Sie dafür aufzukommen hätten. Paragraph eintausendzweihundertachtundneunzig des BGB... Es betrifft das Verlöbnis zweier Menschen und ein daraus für den Partner anzunehmendes Versprechen auf eine Eheschließung, aufgrund dessen das

Vermögen oder die Erwerbsstellung berührende Maßnahmen getroffen wurden. Und ihr Verlöbnis dauerte immerhin einige Jahre. So einfach wird es nicht sein, dass Sie Ihren Kopf aus dieser – ich gebe zu, *hinterhältig* gelegten – Schlinge ziehen können."

Felsen war, als habe man ihm jeglichen Boden unter den Füßen entzogen. Selbst, wenn er etwas dazu hätte sagen wollen, er fand keine Worte. Löwenstein suchte, ihm nicht allen Mut zu nehmen:

„Lassen wir es erst einmal für heute bei diesem Gespräch. Ich würde vorschlagen, dass Sie mir diese Schreiben kurzfristig überlassen und mich zur Wahrnehmung Ihrer Rechte bevollmächtigen. Ich werde dann der Sache gründlich nachgehen. Noch ist eine Möglichkeit gegeben, denke ich, das Ganze abzuwenden. Bringen Sie mir die Nachweise, dass Sie seinerzeit für die Dame wirtschaftlich gesorgt und sie weitgehend auch *versorgt* haben. Ich will alles versuchen, was möglich ist. Nur kann der Pfändungsbescheid nicht sogleich aufgehoben werden, er ist bereits rechtskräftig. Es bleibt zu prüfen, wie dieser an Ihre Personalverwaltung gelangen konnte, ohne dass man Sie zuvor über die Angelegenheit in Kenntnis gesetzt hat... Ja, mein lieber Felsen, mehr kann ich Ihnen augenblicklich dazu auch nicht sagen..."

* * *

Löwenstein war lange schon gegangen. Noch über Stunden hinweg saß J.-Christian Felsen fassungslos in seinem Stuhl. Wie leergebrannt schien es in seinem Inneren zu sein. Und die Zeiger der prunkvollen Standuhr rückten unerbittlich der Morgenstunde entgegen...

* * *

Brief an einen Freund

Es war weder ein Schlaf, noch war es ein Halbschlaf, in dem J.-Christian Felsen die Zeit bis zum Morgengrauen in seinem Sessel verbrachte. Von Stunde zu Stunde schlug die Uhr, erinnerte und ermahnte ihn daran, dass der Alltag sich zu nähern begann. Aber vielleicht sehnte er sich jetzt nach den Stunden, in denen ihn sein Dienst wieder verschlingen würde. Nie war es seine Art gewesen, vor etwas davonzulaufen. Wohin hätte er auch laufen sollen, selbst, wenn alles in ihm danach gedrängt hätte? Jetzt fühlte er sich wie ständig an einer einzigen Stelle festgehalten, da jetzt keine Klarheit war, dort, wo er glaubte, dass Klarheit ist. War es doch ein ausgeklügelter Plan von Lore, den sie bereits gehabt haben musste, als sie ihm mit solch siegessicherer Stimme sagte: ‚Halt, Chris, leg nicht gleich auf. Vielleicht würdest du es bereuen. Da ist noch eine Rechnung zu begleichen…'!

Welche Rechnung wäre von ihm zu begleichen gewesen? Auch in ihrem sechs Seiten langen Brief war kein Wort darüber näher erwähnt. Wäre Lore in wirklichen Schwierigkeiten gewesen, soweit kannte er sie, dann hätte sie doch eher wie mit Engelszungen gebarmt und gebettelt, hätte alles versucht, um soetwas wie Mitleid in ihm zu erregen. Er hatte sie damals nicht darum gebeten, ihren Beruf aufzugeben. Ganz im Gegenteil! Als sie ihn unverhofft vor diese vollendete Tatsache gestellt hatte, hatte es eine ziemlich heftige, erste Auseinandersetzung diesbezüglich gegeben. Dann kamen ihre Beteuerungen, sie habe dieses doch nur für ihn getan, wolle ja nicht untätig sein, sondern *seine* Arbeiten schreiben, die sich stapelweise gehäuft hatten. Natürlich war er dankbar und froh darüber gewesen, dass sie ihm seine wissenschaftlichen Aufsätze sauber und fleißig zu Manuskripten fertigte. Aber er hatte nie an sie eine solche Forderung gestellt! War – wenn so etwas überhaupt aufgerechnet werden kann – es nicht ausreichend von ihm damit beglichen worden, indem er ihr nach der Trennung eine eigene Existenz erwirtschaftete? Selbst Wünsche erfüllte er ihr, mit denen sie an ihn herangetreten war, mit denen sie um Zuwendungen für ihre Freunde bat, die ihm sogar unbekannt gewesen waren...

Felsen sprang von seinem Sessel auf, ging unruhig im Zimmer auf und ab. Aber... – Sollte es da vielleicht einen Zusammenhang geben?! Was war das, was ihm Krämer zugeraunt hatte!? ‚...bringen Sie Ordnung in Ihr Privatleben...', oder so ähnlich? Weshalb erdreistete er sich zu dieser unerhörten Bemerkung, die er nahezu höhnend sagte und dann nicht zu wiederholen bereit war? Und dieses Fräulein Weichsel! Eine frühere Freundin Lores, die auf deren Drängen und Bitten durch Felsens Fürsprache die Anstellung bei Krämer überhaupt erst erhalten hatte?! War hier fruchtbarer Boden ersonnen und geschaffen worden für ein launisches Ränkespiel? Wie ausgeklügelt, wenn es so sein sollte! Alle Recherchen darüber würden mangels eines brauchbaren Beweises ergebnislos bleiben! Nichts, als höhnendes Gelächter würde er am Ende ernten! Entsetzlich, diese Vorstellung...

Die Zeit lief davon. In einer knappen Stunde würde sein Dienst beginnen. J.-Christian Felsen hatte nur wenig Zeit für die morgendliche Toilette, brühte sich in Eile eine Tasse schwarzen Kaffee, trank ihn hastig. Es schien, als suche er aus diesen ihn umgebenden Wänden zu fliehen, in denen er jetzt nichts als schmerzliche, einsame Qualen empfand.

* * *

Auf Station 32, auf der er noch immer auszuhelfen hatte, eilte ihm Schwester Monika, die als Stationsschwester den Frühschichtdienst versah, sorgenvoll entgegen.

„Bitte, Herr Doktor Felsen, kommen Sie schnell! Mit Frau Büttner ist etwas nicht in Ordnung! Sie macht einen so apathischen Eindruck. Das ist an ihr so ungewöhnlich! Wie gut, dass Sie schon da sind! Den Dienst-Doktor haben wir bereits angefunkt, der ist aber augenblicklich mit einem Patienten dringend beschäftigt!"

Felsen folgte ihr rasch in ein Zimmer. Eine etwa sechzigjährige Patientin lag mit fader Gesichtsfarbe wie teilnahmslos im Bett, antwortete erst nach lautem Zurufen und völlig verwirrt auf die ihr gestellten Fragen. Sie stand bereits zur Entlassung an, war wegen einer Lungenentzündung aufgenommen worden, die weitgehend unkompliziert verlaufen war. Felsen tastete nach dem Pulsschlag.

„Kommen Sie Schwester, schnell! Wir müssen Frau Büttner auf die Intensiv fahren!"

So schnell wie nur irgend möglich rangierte man mit vereinten Kräften das Bett aus dem Zimmer. In größter Eile wurde die Patientin in den Mittelraum der Intensivstation gebracht, in dem bereits ein anderer Patient lag. Wenn dadurch auch extrem beengt, es ging jetzt alles zügig.

„EKG! Schnell, Schwester!", forderte Felsen, ohne zu beachten, wer von dem Pflegepersonal gerade in der Nähe stand. Regelmäßig, wie nach vorgegebenem Takt, glich alles Handeln Zahnrädern, die ineinandergreifen. Felsen fühlte sich in seinem alten Team unbeirrt an seinem Platz. Er prüfte die Herzstromkurven auf dem Monitor. Die Herzfrequenz war sehr langsam, nur 34 Schläge in der Minute.

„Schrittmacherbesteck..., Kittel..., Handschuh...!"

Viele Hände regten sich, ohne dass dabei gesprochen werden musste.

„Atropin, zwei Milligramm i.v.", hörte man Felsen sagen.

Das kundige Pflegepersonal hatte alles längst bereit. Dr. Felsen hantierte sicher und gewandt. An der Unterkante des linken Schlüsselbeines setzte er mit einer kurzen, langen und feinen Nadel eine örtliche Betäubung, tastete sich mit der Kanüle soweit vor, bis sich unter Sog etwas Blut in den Zylinder der Spritze aspirieren ließ.

„Kochsalz, bitte."

Eine der Schwestern hielt ihm eine Flasche entgegen, aus der er sich geschickt bediente, ohne die Flasche dabei mit den Händen zu berühren, denn er musste steril arbeiten. An der gleichen Einstichstelle, an der er soeben die örtliche Betäubung gesetzt hatte, führte er nun eine dickere Kanüle ein. Ein Signal verriet ihm einen regelmäßigen, doch immer noch zu langsamen Herzschlag der Patientin. Mit ruhiger Hand, gezielt und rasch, sondierte er, bis er das richtige Blutgefäß gefunden hatte, aus dem ein dicker, dunkler Blutstrom in den Spritzenzylinder geflossen kam. Alles Weitere war nur noch Arbeit von wenigen Minuten.

„Frau Büttner?", rief er die Patientin bei ihrem Namen.

Sie reagierte sofort.

„Frau Büttner, bitte bleiben Sie noch einen Moment ganz ruhig liegen. Können Sie mich verstehen?!"

Die Patientin, deren Kopf von einem Pfleger nach der rechten Seite hin gehalten wurde, gab klar zu erkennen, dass sie verstehe und wach war.

„Tut Ihnen etwas weh, Frau Büttner?", erkundigte sich Felsen.
„Nein, mir tut nichts weh. Es liegt nur etwas auf meinem Gesicht."
„Das ist ein Tuch, Frau Büttner. Lassen Sie es bitte liegen und fassen Sie nicht mit den Händen danach. Das Tuch muss steril bleiben. Wir sind gleich fertig mit der ganzen Prozedur! Noch etwas Geduld bitte!"

Schnell hob man die Frau auf eine in der Höhe verstellbare Liege, fuhr sie über den Flur und in einen Raum, in dem sich ein spezielles Röntgengerät befand, das nun für alle weiteren Vorgänge benötigt wurde. Über einen Monitor konnte sichtbar verfolgt werden, wie eine Herzschrittmachersonde durch die Hülse geschoben wurde, die Felsen bereits als Schleuse gelegt hatte. Es war ein schnell gelungener, erfolgreicher Eingriff.

An zwei Elektroden wurde ein kleines Schrittmacherkästchen angeschlossen, auf seine regelrechte Funktion überprüft, eine bestimmte Frequenz für den Rhythmus des Herzens eingestellt. Das Herz schlug wieder regelmäßig und kräftig. Man hatte es geschafft!

Mit sterilen Tupfern abgedeckt und mit breiten Pflasterstreifen verklebt, wurde die Schrittmachersonde auf der Brust der Patientin so sicher befestigt, dass sie nicht mehr herausrutschen konnte.

„War es sehr schlimm, Frau Büttner?", erkundigte sich Dr. Felsen, legte dabei seine ‚Gefechtskleidung' ab. Schnell konnte diese kurze, doch dramatische Situation wieder vergessen werden.

„Schlimm?", antwortete die Frau, „Ich habe doch gar nichts bemerkt. Nur dieses Tuch, das da über meinem Gesicht lag. Was war denn mit mir los?"

Sie zeigte jetzt rege Neugier.

„Frau Büttner, wir mussten Ihnen einen Herzschrittmacher legen. Ihr Herz hatte plötzlich keine rechte Lust mehr, in einem vernünftigen Rhythmus zu schlagen. Genauer gesagt, es wurde zu langsam, Frau Büttner. Aber jetzt ist alles wieder in Ordnung. Dieses Kästchen hier", Felsen deutete auf das Schrittmacherimpulsgerät, das von einer Schwester gerade an dem Haltebügel des Bettes befestigt wurde, „sollten Sie bitte nicht näher inspizieren. Es kontrolliert nun den

Schlag Ihres Herzens und ist äußerst wichtig für Sie. Es wäre allerdings möglich, dass Sie einen richtigen, also ständigen Schrittmacher für Ihr Herz benötigen. Aber darüber unterhalten wir uns dann später noch."

Besorgt entgegnete die Frau:

„Ist das sehr schlimm, Herr Doktor?"
„Nein, das ist es nicht. Das Schlimmste ist bereits vorbei. Jetzt können Sie erst einmal wieder auf Station gefahren werden. Ich komme dann gleich zu Ihnen."
„Haben Sie recht schönen Dank, Herr Doktor."

Frau Büttner wurde in ihr Bett gehoben und in ihr Zimmer zurückgebracht.

Dr. Felsen wusch sich gründlich die Hände, zog seinen Kittel über und ging gleichfalls auf seine Station.

„Schwester Monika, ich finde die Kurve von Frau Büttner nicht. Könnte sie vielleicht noch auf der Intensiv liegen?"

Felsen kontrollierte zur Sicherheit noch einmal, ob er die Kurvenmappe nicht doch in dem Visitenwagen übersehen hatte.

„Hier liegt sie, Herr Doktor", hörte er Schwester Monika, die ihm die Mappe entgegenhielt, die auf dem Schreibtisch des Schwesternstutzpunktes lag.

Felsen schlug sie auf, kontrollierte, was die Patientin an Medikamenten bisher erhalten hatte. Wegen einer bestehenden allgemeinen Herzschwäche erhielt sie von Anfang an ein Digitalispräparat in der eigentlich üblichen Dosis. Nun blätterte er unter den Laborbefunden nach, fragte unterdessen:

„Sagen Sie, Schwester, wann ist bei der Patientin denn der letzte Digoxin-Spiegel gemacht worden?"

Schwester Monika erbat für einen Moment das Krankenblatt und sah nun gleichfalls in der Kurve nach.

„Vor drei Tagen, mit dem Routinelabor zusammen Herr Doktor. Sehen Sie, hier ist der Eintrag in der Kurve."
„Den Eintrag hab ich gesehen, Schwester, doch der dazugehörige Befund ist nicht aufzufinden. Er müsste doch hier abgeheftet sein?"

Nochmals blätterte Felsen die Laborbefunde durch. Doch fand er nicht, was er suchte.

„Es wäre wichtig, zu wissen, ob die ganze Angelegenheit soeben nicht durch einen zu hohen Digoxin-Spiegel ausgelöst wurde. Bitte, Schwester, wenn der Befund hier nicht vorhanden ist, dann erfragen Sie ihn im Labor. Von dort müsste er auf alle Fälle zu erfahren sein."

Schwester Monika wählte das Labor an, erbat die benötigte Auskunft, konnte Dr. Felsen umgehend mitteilen:

„Der Digoxin-Spiegel lag bei null Komma acht, Herr Doktor."

Felsen überlegte. An einer Überdosierung des Medikaments konnte es nicht gelegen haben. Auch sonst fand er keine Medikamente eingetragen, die die Ursache für diese plötzliche Störung hätten sein können. Nach nochmaliger Durchsicht aller Unterlagen in dem Krankenblatt sagte er:

„Helfen Sie mir auf die Sprünge. In welchem Zimmer liegt doch die Frau Büttner gleich?"
„Vorn, im Zweiten!"
„Danke."

Er gab noch den Hinweis:

„Sollten Sie mich brauchen, ich bin bei der Patientin."

Er sah im Vorbeigehen auf das Tischchen, auf dem die Röhrchen für die Blutentnahmen für ihn bereitstanden, entschloss sich dann aber doch, zunächst die Patientin aufzusuchen.

„Nun in aller Form und Höflichkeit, Frau Büttner: guten Morgen... Sagen Sie, hatten Sie eigentlich irgendetwas heute Morgen bemerkt, vielleicht beim Aufstehen zur Toilette oder während des Waschens? War es Ihnen vielleicht dabei nicht recht gut gewesen?"

Frau Büttner lag rosig und zufrieden in ihrem Bett. Ihr war nichts mehr davon anzusehen, dass sie kurz zuvor in einen derart kritischen Zustand geraten war, der lebensbedrohlich für sie war. Bereitwillig antwortete sie:

„Ach, wissen Sie, Herr Doktor, ich gebe da eigentlich schon gar nichts mehr darauf. In der letzten Zeit hatte ich es öfters, dass mir plötzlich benommen oder schwindelig wurde."

Hierzu wollte Felsen ein paar direktere Angaben haben:

„Schildern Sie mir doch dieses bitte jetzt einmal ganz genau, Frau Büttner. Es könnte ganz wichtig für Sie sein."

Die Patientin dachte kurz darüber nach, wie sie das Ganze am Richtigsten schildern könnte, dann meinte sie:

„Ja, wie soll ich Ihnen sagen, Herr Doktor. Es kommt halt immer sehr plötzlich. Da wird mir ein wenig schwindelig und dann..., ja...", wurde es ihr deutlicher erinnerlich und sie teilte nun behände mit:

„...da fällt mir gerade ein! Zweimal bin ich dabei plötzlich umgefallen! Aber ich habe das gar nicht so richtig bemerkt, Herr Doktor. Ich wachte wieder auf, und da lag ich auf dem Boden."

„Dann waren Sie also für kurze Zeit bewusstlos?"

„Ja... Das kann schon sein..., denn ich wusste hinterher davon eigentlich nichts mehr. Ich wunderte mich nur, Herr Doktor."

Für Felsen war das offensichtlich eine sehr wichtige Schilderung. Er setzte sich zu der Patientin und begann ihr zu erklären:

„Frau Büttner, das Ganze sieht mir danach aus, als hätten Sie von Zeit zu Zeit Störungen im Rhythmus Ihres Herzens. Und zwar wird Ihr Herz ganz plötzlich sehr langsam. Das kann verschiedene Ursachen haben. Wenn das aber schon längere Zeit so geht, Sie auch öfter etwas wie eine Benommenheit oder einen Schwindel fühlen, dann wäre dies ein sehr zu bedenkender Grund, dass man Ihnen einen bleibenden Schrittmacher hier an dieser Stelle unter die Haut legt."

Dabei deutete er auf die rechte obere Seite der Brust der Patientin."

„Da hinein?", fragte Frau Büttner verwundert. „Den großen Kasten hier? Und wie macht man das?"

Felsen entgegnete amüsiert:

„Nein, nein, Frau Büttner. Nicht diesen großen Kasten. Der ist sozusagen nur ein Provisorium, mit dem wir Ihnen sehr schnell helfen mussten. Es wäre ein viel kleinerer Apparat, kaum größer als eine Streichholzschachtel. Man würde diesen durch eine kleine Operation unter die Haut hier legen."

Wobei er abermals einen Bezirk mit dem Finger umkreiste, in dem der operative Eingriff vorgenommen werden würde. Dabei setzte er fort:

„Sie hätten den ganzen Ärger danach los und könnten sich damit wirklich sicher fühlen. Schwindel, Benommenheit oder diese kurzen Ohnmachtsanfälle würden nicht mehr auftreten."

Die Frau überlegte. Dr. Felsen klärte sie weiter auf:

„Dieser operative Eingriff ist keine große Affäre. Wenn Sie sich dazu entschließen könnten, dann wäre es sehr wichtig und entscheidend für Sie! Ich würde Sie für morgen bei den Chirurgen anmelden, die Ihnen den Schrittmacher gleich in der Früh legen könnten. Anschließend wären Sie noch drei bis vier Tage bei uns, aber danach könnte ich Sie dann schon nach Hause entlassen. So einfach wäre das Ganze. Nur *so*, wie Ihr Zustand jetzt *ist*, wären Sie immer wieder der Gefahr ausgesetzt, dass Ihr Herz zu langsam wird, und dieses kann auch unerwartet sehr böse für Sie ausgehen... Ihr Herz könnte ganz damit aufhören, zu schlagen... Das muss ich Ihnen sehr deutlich und unmissverständlich von meinem ärztlichen Standpunkt aus sagen..."

Felsen wartete auf eine Antwort. Frau Büttner konnte seinen Ausführungen scheinbar recht gut folgen. Sie konnte begreifen, in welcher Gefahr sie bisher ständig gelebt hatte. Kurz entschlossen sagte sie:

„Herr Doktor, ich bin einverstanden damit. Ich verstehe ja nicht viel davon, aber wenn Sie es mir so sagen…, wissen Sie, ich vertraue Ihnen da voll und ganz. Ich wäre eigentlich auch erleichtert, wenn diese plötzlichen Zustände nicht mehr auftreten würden. Es verunsichert einen ja doch immer sehr."

„Na wunderbar, Frau Büttner! Dann melde ich Sie sofort bei den Chirurgen für morgen an. Damit Sie auch wissen, wie es für Sie dann heute noch weiter geht: es wird ein anderer Kollege, ein Narkosearzt, zu Ihnen kommen, der Ihnen noch ein paar Fragen stellen wird, die für den Ablauf dieser Operation wichtig sind. Auch wenn es nur ein kleiner Eingriff ist, der dazu vorgenommen wird. Das ist allgemein so üblich. Ebenso wichtig ist ein schriftliches Einverständnis, das von Ihnen dazu vorliegen muss. Nur, dass Sie keinen Schrecken bekommen. Es muss leider sein, aber es ist ganz gewiss nicht so tragisch. Wollen wir es dabei belassen?"

Die Patientin änderte ihre Ansicht hierzu nicht mehr. Eine ihrer Zimmerkolleginnen meldete sich zu Wort, als warte sie schon lange darauf:

„Da brauchen Sie wirklich keine Angst davor zu haben, Frau Büttner. Ich habe den ganzen Zauber selbst hinter mir. Ich trage nun schon seit vier Jahren einen Schrittmacher. Als ich ihn damals bekommen sollte, hatte ich mich mit Händen und Füßen dagegen gesträubt. Heute bin ich froh, dass ich mich überzeugen ließ. Es ist überhaupt nicht schlimm..." –

Felsen ließ die Damen jetzt ungestört in ihrem angeregten Gespräch allein, erledigte die weiteren Dinge auf Station.

* * *

Heute war Felsen mit seiner Visite pünktlich fertig. Er hatte inzwischen nur noch vierundzwanzig Patienten zu versorgen. Die restlichen wurden von Frau Dr. Hülscher betreut, die nach zwei Wochen aus ihrem Urlaub zurückgekommen war. Somit konnte er vor Erhalt der für den späten Nachmittag erwarteten Laborergebnisse die Diktate einiger Briefe vornehmen, die längst anstanden und erledigt werden mussten.

Aber bald meldete sich in ihm eine unangenehme Müdigkeit. Er hatte in der vergangenen Nacht nicht geschlafen. Er quälte sich nun regelrecht mit dem Diktieren herum. So entschloss er sich zu einer Pause, da die Arbeit nur noch mühsam von der Hand ging. Auch war er hungrig. Ihm standen zwischen dreizehn und sechzehn Uhr ein paar freie Stunden zu. Auf der Station war für die erste Hälfte des Tages soweit alles geregelt, ein Neuzugang wurde bisher nicht eingewiesen. Er zog sich um für einen kurzen Spaziergang an der frischen Luft, erhoffte, dadurch ein wenig Erholung zu finden, die er dringend nötig hatte.

J.-Christian Felsen fuhr mit dem Wagen ein Stückchen aus der Stadt heraus. Inmitten einer angrenzenden kleinen Dorfgemeinde war ein Anger, auf dem ein hübscher Jahrmarkt aufgebaut war. Bunte Karussells drehten sich jeweils zu ihrer eigenen, leierkastenartigen Musik, in die sich übermütiges Kindergejauchze mischte, was dem ganzen Treiben etwas unbedarft Herzerfrischendes gab. Ein verlockender Duft von gebratenen Würstchen lag in der Luft, vermischt mit dem Wohlgeruch gerösteter Mandeln und warmer Zuckerbäckerei. Angeregt von diesem Duft, der wohltuend eine längst vergangene Erinnerung streifte, kaufte sich J.-Christian von dem Einen und dem Anderen, verzehrte es genüsslich. Ein kleiner Bub stand auffallend abseits, besah sich das bunte Getümmel mit einem Ausdruck im Gesicht, der von Wehmut geprägt schien. Auf seinem Weg an ihm vorbei, fragte ihn Felsen, warum er so traurig dreinschaue. Der kleine Mann blieb ihm jedoch die Antwort schuldig.

„Dir scheint dieses Karussell dort zu gefallen?"

Der Bub nickte, als sei es das Ernsteste von der Welt.

„Und was gefällt dir daran besonders?", suchte er ihm ein paar Worte zu entlocken.

Er erntete nur ein Schweigen. So blieb er bei dem Dreikäsehoch stehen und schwieg ebenfalls. ‚Einer von uns beiden', dachte Felsen, ‚wird ganz bestimmt noch etwas sagen.'

„Hast du einen Namen?"

Er hatte gewiss einen, doch verriet er ihn nicht. ‚Der macht es eigentlich gar nicht so verkehrt', dachte Felsen. ‚Es hat doch manchmal etwas Gutes an sich, wenn man sich auf nichts einlässt.' Er hielt ihm die soeben erworbene Tüte mit den frisch gerösteten Mandeln hin:

„Magst du sie?"

Wortlos und ohne zu ihm aufzuschauen, nahm der Bub ihm die Tüte aus der Hand und begann, daraus zu naschen. ‚Ganz so schüchtern ist er jedenfalls nicht', dachte Felsen. Dann sagte der Junge, als sei es ihm jetzt besonders wichtig:

„Dort! Das weiße Pferdchen! Das gefällt mir. Das läuft ganz allein immer im Kreis. Dabei ist es doch wirklich sehr schön."

Also darauf hatte er seine sehnenden Kinderaugen gerichtet. Immerhin, er schien zu wissen, was er wollte.

„Dem kannst du Abhilfe schaffen! Geh hin, reite es!"

Mit deutlichem Unverständnis sah ihn der kleine Mann an. Felsen schien zu ahnen, was ihn daran hinderte. Er drückte dem Buben eine Münze in die Hand, und dieser, als könne sich ihm jetzt eine ganze Welt auftun, rannte davon, mit einem einzigen Ziel, die nächste Reise auf ‚seinem Pferdchen' nicht zu versäumen. J.-Christian Felsen lachte darüber herzlich und laut. Er setzte seinen Weg fort, machte einen ausgedehnten Spaziergang durch die brachliegenden angrenzenden Felder und dachte an nichts...

* * *

Am Nachmittag kamen zwei Patienten, eine Frau und ein Mann, zur stationären Aufnahme. Schwester Maria, die bis zum Abend nun wieder ihr Zepter schwang, teilte die Patientin der hinteren Stationshälfte zu, die Frau Dr. Hülscher betreute. Der Mann wurde in Zimmer sechs untergebracht. Dr. Felsen erwartete ihn bereits, denn er hatte ihm einen Termin zur Wiederaufnahme für den heutigen Tag bei seiner Entlassung vor drei Wochen gegeben.

„Ihr Patient ist da, Herr Doktor. In Zimmer sechs...", und schon war die Tür zu dem Arztzimmer wieder geschlossen.

Wie immer war Schwester Maria in Eile, denn an Arbeit gab es stets genug.

„Danke, Schwester, ich komme sofort."

Aber das hatte sie bestimmt nicht mehr hören können. Felsen schaltete das Diktiergerät aus, zog seinen Kittel an, prüfte, ob alles, was er benötigte, in den Taschen war, nahm sich eines der Blutdruckmessgeräte aus dem Spritzenzimmer und suchte seinen Patienten auf.

„Da sind Sie ja wieder, Herr Kukoschka. Lassen Sie sich anschauen..."

Die gegenseitige Begrüßung war sehr herzlich. Schließlich kannte man einander inzwischen recht gut.

„Schießen Sie los, Herr Kukoschka, wie ist es Ihnen inzwischen ergangen?!"

Es hatte den Anschein, als fühle sich der Mann nicht sonderlich wohl. Von seiner Redseligkeit hatte er vieles verloren. Seine Augen wirkten auffallend groß und glänzend. Die eingefallenen Wangen und die nun merklich hervorstehenden Backenknochen hatten sein Aussehen stark verändert. Sein Haar war deutlich gelichtet, seine Gestalt hager, ganz zerbrechlich schien sein Körper. Felsen hatte solche Beobachtungen oft machen müssen. Es war jedes Mal ein Bild des Jammers, das einen anrührte.

„Ach wissen Sie, Herr Doktor...", auch die Stimme war brüchig und gezeichnet von allem Leid, das ihn heimgesucht hatte. „Ich muss halt nun alles hinnehmen, wie es kommt. Nur, dass dann alles so schnell ging..."

Traurigkeit lag in den Worten, als habe man sich längst damit abgefunden, dass nichts mehr erreichbar sein konnte, woran man so gern noch alles Hoffen und allen Glauben hatte ausrichten wollen.

„Was glauben Sie denn, Herr Doktor, wie lange es noch so gehen wird?"

Es war immer die gleiche Frage, mit der man, aller Qualen bereits müde geworden, nach einer Antwort suchte. Aber wo stand dies geschrieben, dass man nach der Antwort wie in einem Lexikon hätte nachschlagen können? ‚Ich weiß es nicht', wäre die in jedem Falle richtige Antwort gewesen. Doch hätte man sie wirklich so klar und deutlich aussprechen sollen? Der letzte Funke eines noch glimmenden Feuers wäre damit erstickt worden. Ein Funke, der noch

Wärme gab, wenn auch nicht viel. Gevatter Hein schlich doch bereits herum, mit kaltem Hauch die letzte Glut zu löschen. So sehr auch von seiner Nähe zu ahnen war, hier hatte man noch nicht ausgelitten... Dies Los zu tragen war nicht leicht.

„Ich kann Ihre Frage sehr gut verstehen, Herr Kukoschka...", entgegnete Felsen ernst und aufrichtig.

Er sprach zu ihm, fast wie zu einem Freund.

„Wüssten Sie es, wüsste ich es, wüssten wir alle es..., was hätten wir am Ende damit wirklich gewonnen? Ich glaube, Sie haben Vieles manchen Anderen voraus. Sie kennen bereits den Weg, auf dem Sie gehen. Die, die ihren Weg nicht kennen, laufen sehr oft Gefahr, in die Irre zu geraten. Aber ich denke, es ist noch nicht aller Tage Abend. Und bisher war die schwerste Hürde die, die Sie bereits schon genommen haben! Die ersten Behandlungen bei einem Zytostase-Schema werfen viele erst einmal aus dem Sattel. Es ist ja auch etwas völlig Neues, mit dem sich ein Organismus auseinanderzusetzen hat. Man muss seinem Körper etwas Zeit lassen, damit fertigzuwerden. Ich würde sagen, wir sollten den Kopf noch nicht so schnell hängen lassen... Damit will ich den Ernst Ihrer Lage keineswegs übersehen oder bagatellisieren, Herr Kukoschka."

Felsen machte eine Pause und sah dem Mann in die Augen.

„Aber so unmittelbar schwarz sehe ich es auch wiederum nicht. Nicht so unmittelbar, verstehen Sie? ... Sagen wir doch ruhig den augenblicklichen Gegebenheiten den Kampf an! Das wäre auf alle Fälle mehr, als tatenlos zu resignieren. Ich könnte es mir nicht vorstellen, dass Sie sich dabei wohler fühlen würden..."

Dr. Felsen hatte sich vor Wochen viel Zeit dafür genommen, seinem ‚Benjamin' die ganze, volle Wahrheit nahezubringen. So schonend er dabei auch vorzugehen suchte, es blieb für lange Zeit ein unbegreifbarer Schicksalsschlag für den Mann, ein böser, tiefer Einschnitt in seinen ganzen Lebensmut. Aber er konnte ihm eine helfende Hand reichen, ihn vorbereiten auf ein ganz anderes Dasein, in welchem er letzten Endes allein zurechtfinden musste. Und der Mann konnte es mit sich selbst vereinbaren, dass Felsen zu einer Art Weggefährte für ihn wurde. Mit großem Vertrauen nahm er seine Hilfe an. Am unbegreiflichsten war es für ihn gewesen, dass keine Möglichkeit für eine Operation mehr gegeben war. Die böse Krankheit, die ihm so heimtückisch *keine* körperlichen Schmerzen bereitet hatte, sie war bereits zu weit fortgeschritten. So blieb als letzte Möglichkeit die Chemotherapie, die Zytostase, die ihrerseits ihren Tribut forderte. Aber er war vorbereitet darauf, da Felsen ihm sehr offen von den Folgen und Nebenwirkungen sagte. Aber auch von einer möglichen Wirkung. Sie konnte nicht als Heilung erhofft werden, aber sie war die einzige der Chancen, nicht qualvoll und vielleicht über lange Zeit dahinzusiechen.

Dr. Felsen hatte mit der körperlichen Untersuchung, mit der ergänzenden Anamnese, begonnen, äußerte sich danach nicht allzu besorgt über den augenblicklichen Zustand seines Patienten.

„Haben Sie auf etwas Besonderes Appetit, Herr Kukoschka?", fragte Felsen. „Sie können es frisch heraus sagen! Ich kann ohne weiteres in der Küche veranlassen, dass Sie eine sogenannte Wunschkost erhalten. Es hat keinen Sinn, wenn Ihnen etwas vorgesetzt wird, worauf Sie keinen Appetit haben und es dann nur stehenlassen würden. Ich möchte gern, dass Sie ein wenig mehr an Gewicht zulegen. Also... Worauf hätten Sie nun besonderen Appetit!"

Felsen wartete auf eine Antwort, die nach kurzem Überlegen dann sehr schnell gegeben wurde:

„Herr Doktor, vielleicht ist es jetzt nur ein Scherz..., aber, ...bitte lachen Sie nicht darüber... Was ich mir so richtig wünschen würde, das wären Waldpilze mit recht viel Soße ...und einen Knödel dazu."

Erwartungsvoll, mit dem Anflug eines seltsamen Lächelns, sah er in Felsens Gesicht. Der packte die Gelegenheit beim Schopfe:

„Ein Mann, ein Wort! Abgemacht, Herr Kukoschka! Ich werde selbst mit dem Küchenchef das Geschäft besiegeln. Sie bekommen Ihre Waldpilze mit reichlich Soße und einem Knödel, und als Gegenleistung möchte ich dann von Ihnen einen blankgeleckten Teller sehen. Einverstanden?"

Es zeigte sich ein erstes, freies Lachen in dem abgehärmten Gesicht des Mannes:

„War das denn wirklich Ihr Ernst, Herr Doktor?"
„Ja, haben Sie etwa den Eindruck, ich sei nur zum Spaße hier? Nein, nein, das können Sie von mir nicht erwarten, Herr Kukoschka. Ich bin vielleicht gelegentlich zum Scherzen aufgelegt, aber doch nicht, wenn es um solch eine wichtige Angelegenheit geht!"

Irgendwie kam damit etwas Sonniges in die Stimmung. Das anfänglich Bedrückende war erst einmal wieder verscheucht.

* * *

Schwester Maria saß vor einem ganzen Bataillon verschiedenfarbiger Karten. Sie radierte darauf herum, schrieb mit Bleistift in kleine Spalten, klebte bunte Etiketten in ein dafür vorgesehenes Kästchen. Sie schien etwas hektisch und nervös.

„Wieder Strafarbeit in der Schreibstube?", erkundigte sich Felsen vorsichtig.

„Machen Sie sich nur lustig, darüber, Herr Doktor. Das ist ja der ganze Mistkram, durch den wir kaum zu unserer eigentlichen Arbeit kommen. Sehen Sie nur. Diese hübschen, bunten Karten müssen tagtäglich von uns neu ausgefüllt werden. Für jeden Patienten drei Stück am Tag. Für Frühstück, Mittagessen und Abendbrot. Wenn diese Dinger dann nicht bis spätestens achtzehn Uhr in der Küche unten sind, bekommen unsere Patienten am nächsten Tag nichts zum Essen. Was glauben Sie, wie das alles aufhält! Und man darf dabei keinen Fehler machen, sonst bekommt Herr Lehmann die Suppe von Frau Müller und Frau Müller das Schnitzel von Herrn Schulze und Herr Schulze die Diabetikerkost von Herrn Meier, der aber hat eine Reduktionskost und..., ach, es ist wirklich zum Verrücktwerden!"

Dr. Felsen brachte jedes Verständnis für die Nöte seiner Stationsschwester auf. Und nun hatte auch er diesbezüglich etwas auf dem Herzen:

„Schwester Maria, haben Sie die Karte von Herrn Kukoschka irgendwo bereitliegen?"
„Warum?"

Dieser Tonfall verriet eine ungute Spannung.

„Geben Sie sie mir doch bitte einmal. Ich selbst möchte nicht in Ihrem Häufchen herumwühlen. Dann bringe ich am Ende nur noch etwas durcheinander und

Müller, Meier, Lehmann und Schulze bekommen Schleimsuppe drei Mal täglich."

Schwester Maria suchte die Karte des Patienten Kukoschka heraus und drückte sie Felsen, der neben ihr stand, wortlos in die Hand. Während sie ihre Arbeit fortsetzte, schrieb Felsen mit rotem Filzstift „Wunschkost 3 x tgl." auf den oberen Rand. Und mit Bleistift, denn so hatte er es der Stationsschwester abgeschaut, schrieb er in eine Spalte: ‚Waldpilze mit viel Soße und einem Knödel'.

„Vielen Dank Schwester, hier ist die Karte zurück."

Schwester Maria prüfte strengen Blickes, was ihr Felsen da in die Hand drückte:

„Herr Doktor, sagen Sie, ...soll das für eine Bilderausstellung ein erstes Kunstwerk von Ihnen sein?", und sie las mit pathetischer Betonung: „Waldpilze mit viel Soße und einem Knödel... Hören Sie, Herr Doktor, das ist wohl ein schlechter Scherz! Nun kann ich für Herrn Kukoschka komplett eine neue Karte anlegen, weil Sie mit Rotstift „Wunschkost" draufgeschrieben haben. Das lässt sich doch nun nicht mehr ausradieren!"

Sie wurde ziemlich ärgerlich, bei allem Humor, den sie gerade aufzubringen suchte.

„Richtig, Schwester. Das lässt sich nicht mehr ausradieren. Also bleibt es darauf stehen und die Waldpilze mit Zubehör auch."

„Aber..."

„Kein ‚Aber', Schwester. Es ist mir völlig ernst damit. Und Ihnen selbstverständlich auch, denn Sie möchten doch ebenfalls gern sehen, dass Herr Kukoschka brav sein Tellerchen leert und an Gewicht etwas hinzulegt? Oder vielleicht nicht, Schwester?"

Schwester Maria war aus ihrer Fassung geraten. Sie sagte nun gar nichts mehr.

„Wie ist die Rufnummer der Küche, Schwester?", bat Felsen konkret und sehr entschlossen um eine Auskunft.

„Die Küche? ... Herr Doktor, warten Sie, ...die Küche..." und sie sortierte monoton an ihren Kärtchen herum.

„Liebe Schwester, finden Sie zurück! Sie werden mir doch jetzt nicht gleich von Ihrem Stuhl fallen? Wo sind wir denn hier, Schwesterchen...? Richtig, in einem Krankenhaus. Also nehmen wir die Sache ernst und kümmern uns um unsere Kranken. So einfach ist das", ulkte Felsen. „Und die Rufnummer der Küche kennen Sie doch sicher im Schlaf, Schwester."

„Eins... sieben... drei..., Herr Doktor."

Nun schien sie tatsächlich sprachlos zu sein.

„Besten Dank! Also: eins – sieben – drei..." kommentierte Felsen beim Anwählen.

„Küchenhilfe Bernauer?", war eine recht liebe, junge Stimme zu vernehmen.
„Felsen, Station zweiunddreißig. Sind Sie doch bitte so freundlich und geben mir Ihren Küchenchef.... Danke, ich warte..."

Während er wartete, erkundigte er sich flüsternd:

„Sie sind etwas blass geworden, Schwester. Soll ich für Sie gleich einen Kamillentee kommen lassen?"

Ehe er von ihr eine Antwort erhalten konnte, meldete sich der Küchenchef:

„Heinemann."
„Herr Heinemann, hier ist Felsen, Station zweiunddreißig. Herr Heinemann..., Ich habe ein Anliegen an Sie."
„Ja, Herr Doktor Felsen?"
„Ich habe heute einen Patienten aufgenommen, der sehr schwer krank ist. Es ist ganz wichtig und dringlich, diesem Mann wieder ordentlich auf die Beine zu verhelfen. Und dazu brauche ich Ihre geschätzte Kunst... Herr Heinemann?... – Sind Sie noch dran? ... Hallo? ... Ich beabsichtige keineswegs, Sie zu verärgern... Aber unserem Patienten sollte wirklich jede nur mögliche Hilfe gegeben werden. Ich glaube, da

kann ich auch Sie ganz beruhigt in dieser Angelegenheit ansprechen."

„Herr Doktor..., wie kann denn ich da etwas..."

Der Chefkoch wusste offensichtlich auch nicht recht, was er sagen sollte.

„Herr Heinemann, Sie können hier etwas ganz Entscheidendes tun! Ich möchte, dass der Mann hier auf Station sozusagen eine Wunschkost erhält. Er soll sich bestellen können, worauf er Appetit hat. Denn er kann leider nicht alles essen, was normalerweise Ihr – übrigens ausgezeichneter! – Küchenzettel bietet. Ließe sich da etwas von Ihrer Seite her tun?"

Ein kurzes Schweigen, dann hörte Felsen ihn bereitwillig sagen:

„Herr Doktor Felsen, aber sicher ließe sich da etwas zusammenstellen, ...also auf Wunsch Ihres Patienten. Vielleicht vermerken Sie es auf der Essenskarte, die die Station am Abend heruntergibt? Schreiben Sie vielleicht auch drauf, dass Sie mit mir gesprochen haben. Ich sage dann meinen Leuten hier noch Bescheid... Ich denke schon, dass das geht."

Felsen spürte etwas in sich regen, das ihn fröhlich stimmte. Dann gibt es offensichtlich nicht überall nur taube Ohren...

„Herr Heinemann, ich darf mich bei Ihnen sehr herzlich bedanken. Für morgen wären es zum Beispiel Waldpilze mit viel Soße und einem Knödel."

Eine kurze Pause war, dann kam es ernsthaft über den Hörer:

„Was für einen Knödel? Oder wäre das gleich, Herr Doktor?"
„Das überlasse ich Ihrem Arrangement, Herr Heinemann. Jedenfalls danke ich Ihnen." Schnell fügte er noch hinzu: „Eine letzte Bitte hätte ich da noch..."
„Ja, Herr Doktor?"
„Wäre es möglich, dass Sie ein Kännchen Kamillentee, so etwa für zwei Tassen, auf Station schicken?"

Er verkniff sich dabei das Lachen.

„Selbstverständlich, Herr Doktor. Und ansonsten: so, wie wir es soeben besprochen haben."
„Allerherzlichsten Dank, Herr Heinemann."

Felsen legte den Hörer auf. Schwester Maria hatte einen Ausdruck im Gesicht, als habe man ihr die Wurst vom Brot gestohlen. Sie konnte jedenfalls keine Silbe herausbringen.

„Warum so sprachlos, Schwester? ... Keine Sorge. Das ‚Wunschkonzert' steht ab morgen auf dem Gastspielprogramm, mit Waldpilzen et cetera. ... Und Ihr

Kamillentee kommt auch sofort. Wenn Sie mich suchen sollten, ich bin in meinem Zimmer!"

Er machte sich hurtig davon.

Felsen entledigte sich wieder seines Kittels, der ihm unbequem war, weil er beim Arbeiten am Schreibtisch störte. Fasste er doch so allerhand an Werkzeug in seinen Taschen, was ein Arzt für seine Untersuchungen brauchte. Wie üblich lagen die ersten Laborergebnisse inzwischen vor, die zu überprüfen und danach der Schwester zum Abheften in die Krankenmappen zu übergeben waren. Ein Rest der Befunde kam später, gegen Abend erst aus dem Labor.

Hier in diesem Raum genoss man eine gewisse Zurückgezogenheit von dem unmittelbaren Geschehen auf Station. Es gab zwar auch hier genug an dringlicher Arbeit, ein Ausruhen bestand aber doch darin, einmal sitzen zu können und nicht ständig von hier und da angesprochen oder gefragt zu werden.

Fast zaghaft klopfte es an die Tür.

„Herein, bitte!", forderte Felsen wie gewohnt laut und deutlich auf.

Sachte wurde die Tür geöffnet. Dr. Felsen gewahrte einen Schatten neben sich, eher ungewohnt. Er legte das Blatt einer Krankenakte beiseite, auf dem er eine Eintragung schnell noch zu Ende ausführte. Erstaunt musste er sein, als der Besucher nicht, wie sonst nach einem Anklopfen, ein Angehöriger eines Patienten oder ein Patient selbst war, sondern ... Schwester Maria! Naiv und unschuldsvoll verlieh sie ihrer Stimme Ausdruck:

„Ich darf bitten, Herr Doktor? Ihr Kamillentee. Möchten Sie ihn gesüßt?"

Ihr war damit auf nette Weise gelungen, auf Felsens Frotzeleien zu kontern.

„Ja, aber..."

Nun fand er nicht gleich die richtigen Worte. Die Stationsschwester war zu der ihr eigenen Courage zurückgekehrt.

„Kein ‚aber', Herr Doktor! Kamillentee kann auch Ihnen nicht schaden! Nur keine Sorge! Ich habe den Inhalt des Kännchens sehr gerecht für Sie und mich aufgeteilt. Und ich werde meine Portion mit besonderer Andacht genießen. Schließlich ist dies ein besonderer Gruß von unserem Küchenchef! Jedenfalls nicht aus unserer Teeküche stammend, Herr Doktor..."

Mit einem artigen Knicks empfahl sie sich, wünschte noch ein „Wohl bekomm's". Eine groteske Szene, nicht ohne Eleganz, leibhaftig von dem ‚Herzstück der Station', dem man wohl kaum etwas vormachen konnte. Schwester Maria lebte und liebte ihren

Beruf, nur machten es die allgemeinen Umstände auch ihr nicht immer leicht.

Felsen genoss den heißen Tee, der ihm eigentlich nicht ungelegen kam und setzte seine Arbeit dabei fort.

Kurze Zeit später wurde die Tür erneut geöffnet, doch wenn solchem Geschehen kein Anklopfen vorausging, war es nicht zwingend beachtenswert. Diesmal war es Frau Dr. Hülscher, die sich mit Felsen das Arztzimmer teilte.

„Du, Christian? Darf ich kurz mal stören? Ich habe heute eine Patientin bekommen, die du kennen müsstest. Sie sagte mir jedenfalls, dass sie vor vier Wochen von dir entlassen wurde. Kannst du mir über die Befunde von damals was sagen? Ich komme an das alte Krankenblatt heute nicht mehr ran. Im Archiv ist niemand mehr. Es handelt sich um eine Frau...", sie las den undeutlich geschriebenen Namen von dem Einweisungsschein ab, „Gröher... oder Gröbner... soll das wohl heißen."

„Ja natürlich, Frau Gröbner! Mammakarzinom.", erinnerte sich Felsen. „Weshalb kam sie heute? Die Chemotherapie war doch vorerst beendet? Ein weiteres Schema war für jetzt doch gar nicht vorgesehen?"

Er wunderte sich ein wenig. Alle ihm in Erinnerung gebliebenen Befunde waren astrein und unauffällig. Sie hatte, außer der unvermeidbaren Übelkeit durch die verabreichten Medikamente über keinerlei Beschwerden zum Zeitpunkt ihrer Entlassung geklagt.

„Die Patientin hat seit einigen Tagen heftige Schmerzen im Kreuz und es sieht ganz so aus, als habe sie eine Lumboischialgie. Jedenfalls meint sie es selbst auch, dass sie einen Hexenschuss hätte. Sie schiebt es darauf, dass sie etwas Schweres gehoben hat und danach sei es plötzlich mit den Schmerzen losgegangen..."

„Hast du die Lendenwirbelsäule röntgen lassen, Monika? Im letzten Knochenszinti war jedenfalls kein auffallender Befund."

Dr. Felsen und Frau Dr. Hülscher betrachteten nun gemeinsam eine Röntgenaufnahme des unteren Wirbelsäulenbereiches vor einem kleinen Lichtkasten, der an der Wand angebracht war.

„Schau mal, hier...", deutete Felsen auf einen Bezirk. „Im Bereich des vierten und fünften Lendenwirbels, ...da meine ich...", er besah sich genauer diese Region, „...da sieht es ein wenig unruhig aus. Hast du eine seitliche Aufnahme davon?"

Frau Dr. Hülscher hängte sie bereits neben das erste Röntgenbild. Jetzt betrachtete auch sie aus nächster Nähe die knöchernen Strukturen, die sich darauf abzeichneten.

„Es sieht schon etwas auffällig aus, Christian, etwas unruhig in der Struktur. Dumm, dass wir morgen erst die Vorbefunde zum Vergleich bekommen können. Aber vielleicht magst du dir die Patientin selbst noch mal anschaun? So mit der Neurologie, ...ich meine, da ist das rechte Bein etwas auffällig..."

Frau Dr. Hülscher machte sich sehr ernsthafte Gedanken.

„Selbstverständlich. Ich hätte sie sowieso sehr gern begrüßt. Sie lag ja erst kürzlich bei mir..."

Felsen fasste nach seinem Kittel, nahm die Stimmgabel, die auf seinem Schreibtisch lag und machte sich zusammen mit seiner Kollegin auf den Weg in eines der hinteren Krankenzimmer.

Frau Gröbner lag mit angezogenen Beinen und etwas aufgerichtetem Oberkörper in ihrem Bett und wurde in einem offensichtlich angeregten Gespräch, das sie mit den anderen Patientinnen führte, gestört, als ihr dieser Besuch abgestattet wurde. Doch wie sehr war sie erfreut über Felsens unerwartetes Erscheinen, sprach sogleich offen und ausführlich über ihre so plötzlich aufgetretenen Beschwerden.

Es sei ihr einige Tage nach der Entlassung blendend gegangen. Alles von einer Krankheit habe sie endlich vergessen können. Dann war halt ‚die dumme Sache', dass sie sich bückte und einen Karton mit

Büchern anhob, denn die Wohnung wurde renoviert. Sie ging ihrem Mann zur Hand, fühlte sich ja wirklich recht gut! Es könne ‚wirklich nur daran gelegen' haben, dass sie sich ‚dabei etwas übernommen hat'. Denn sie ‚fühlte sich doch bereits wieder wie eine völlig gesunde Frau'.

‚Dieses immer wieder zu beobachtende Kausalitätsbedürfnis der Patienten', dachte Felsen, der bereits viele Erfahrungen damit gemacht hatte. Da war irgendetwas Simples gewesen, ein Anheben schwerer Gegenstände, ein Stolpern über eine Teppichkante, ein Holzschiefer, den man sich gelegentlich einmal eingezogen hatte, ein zu nasskalter Tag, für den man nicht vernünftig gekleidet war, ein sicherlich bereits verdorben gewesenes Essen, das man dummerweise doch noch einmal aufgewärmt hatte, obgleich man es bereits befürchtete, es werde nicht bekommen... immer wusste man über einen Grund, eine Ursache zu berichten, deren Folge es dann sein *musste*, die einem zu schaffen machte. Wie häufig begegnete man diesem Kausalitätsbedürfnis! Dabei ist es nur zu gut verständlich, wenn man sich gründlichen Überlegungen unterzog... Nur sind es nicht *immer* die wirklichen Ursachen, die dahinter stecken.

„Frau Gröbner, ich möchte mich noch einmal an Ihnen vergreifen. Sehr gründlich, wenn Sie gestatten? Aber bieten Sie mir dafür nicht wieder nur ein ‚Kassendreieck' an!"

Frau Gröbner kannte ja bereits die Art, mit der Felsen doch immer erst einmal für gute Laune sorgte. Sie musste lachen, während sie sich beflissen dabei entkleidete.

„Ach, Herr Doktor, an Ihren Humor habe ich noch oft zurückdenken müssen... Da gab es auch noch manchen Spaß daheim, wenn ich meinen Leuten von Ihnen erzählte!"
„Man spricht nicht über andere Leute, Frau Gröbner.", trachtete Felsen mit scherzhaft-strengem Ton zu ermahnen.
„Ich habe nur Gutes von Ihnen erzählt, Herr Doktor, nur Gutes!", entgegnete sie frohgelaunt.
„Das ist dann entweder Unterschlagung oder pure Lüge, Frau Gröbner."

Felsens Randbemerkungen verführten alle meist zu aufgeweckter Freude. Auch seine Kollegin konnte dabei nicht ernst bleiben, die ihn lang genug kannte, ihn manches Mal um sein Wesen im Stillen beneidete.

Sehr gründlich und gezielt nahm Felsen die klinisch-körperliche Untersuchung an der Patientin vor, führte mit besonderer Sorgfalt die Prüfung des neurologischen Verhaltens der verschiedenen Reflexe besonders an Beinen und Armen durch. Frau Dr. Hülscher sah ihm dabei interessiert zu. Nachdem die Untersuchungen an der Patientin beendet waren, hatte er offenbar den Verdacht eines ersten Ergebnisses:

„Frau Gröbner. Ehe wir von Ihnen keine aktuellen Befunde aus einem erneuten Knochenszintigramm und einer Computertomographie vorliegen haben, muss ich Sie dringend darum bitten, strenge Bettruhe einzuhalten. Sie sollten vor allem flach auf dem Rücken liegen. Sie sollten keineswegs aufstehen, herumlaufen oder sich aufsetzen. Ich muss es zunächst bezweifeln, dass wir es hier nur mit einem ‚Hexenschuss' zu tun haben! Ich will das nicht ganz ausschließen, es könnte tatsächlich auch nur so etwas sein, doch bin ich mir da wirklich nicht so ganz sicher."

Dr. Felsen sagte es mit einem deutlichen Nachdruck. Frau Gröbner, durch diese Mitteilung verunsichert, wollte Näheres wissen.

„Was glauben Sie denn, Herr Doktor, was es sein könnte?"

Sie fragte mit großer Zurückhaltung, hinter der eine bereits verdrängte Angst wieder deutlich aufflackerte. Felsen versuchte, ihr das Ganze verständlich zu machen und wusste, dass er sehr behutsam und zugleich deutlich genug über die Situation sprechen musste:

„Ich glaube, Frau Gröbner, dass es sich hier um eine Folge ihrer früheren Erkrankung handelt. Hier hat sich möglicherweise etwas im Bereiche eines ihrer Lendenwirbelkörper eingenistet."

Die Patientin, die zu früherer Zeit bereits über alle Eventualitäten aufgeklärt worden war, auch über spätere Folgen, die bei ihrer Erkrankung auftreten können, entgegnete entsetzt:

„Glauben Sie an Knochenmetastasen, die ich nun habe!?"

Dr. Felsen musste irgendwie Farbe bekennen. Nur dann, wenn auch der betroffene Patient selbst darum weiß, was in seinem Körper vorgehen kann, besteht die frühestmögliche Gelegenheit, dagegen mit Aussicht auf Erfolg zu behandeln. Ohne die Einsicht, den Willen und das übereinkommende Verstehen zwischen Arzt und Patient, gibt es kein Einverständnis zu einer Behandlung, sind die Hände eines Arztes gebunden. Es vergeht allzu kostbare Zeit, die dann oft nicht mehr aufzuholen ist.

„Der Gedanke ist zumindest sehr naheliegend, Frau Gröbner..."

Sie sah stumm an Felsen vorbei, als verliere sich ihr Blick in einer weiten Ferne. Sie fragte bedrückt:

„Was ist das für eine Untersuchung, wie Sie sagten, mit einem Computer..."

„Das ist eine Röntgenuntersuchung, die nicht belastender ist als die, die Sie bisher kennengelernt haben. Unangenehm kann dabei lediglich sein, dass Sie für die Zeit von etwa zehn Minuten ganz ruhig liegenbleiben müssen. Auf dem Röntgentisch werden Sie stufenweise Stück um Stück in eine Art Röhre gefahren, und jedes Mal erfolgt dabei rundherum um einen Körperabschnitt – bei Ihnen wäre das der Lendenbereich – ein Röntgenvorgang, bei dem die Strahlenintensität, also die Stärke der Röntgenstrahlen, wesentlich geringer ist, als zum Beispiel bei einer herkömmlichen Röntgenaufnahme. Und weil ein Computer daraus Daten errechnet, aus denen sich ein Bild ergibt, das auf einem Röntgenfilm sichtbar gemacht wird, nennen wir einen solchen Untersuchungsvorgang Computertomographie. Mit dieser Methode kann man viele, kleine Abschnitte aller Organe in Ihrem Körper, um die es uns dabei geht, genauestens untersuchen."

„Und wenn Sie dabei dann etwas finden?", suchte Frau Gröbner zu erfahren.

Ängstlich, als habe sie bereits Furcht davor, *dass* man etwas findet. Denn dann würde es doch gewiss sein, dass etwas da ist, vor dem man sich so verzweifelt ängstigt. Auch solche Regungen seiner Patienten kannte Felsen.

„Ich *will* da etwas finden, Frau Gröbner!", drängte Felsen: „Entweder finde ich dabei heraus, dass *nichts* zu finden ist, oder ich finde heraus, *dass* dort etwas zu finden ist. Im ersteren Falle könnten Sie und ich sofort alles vergessen, was in Richtung Metastase jetzt zumindest gedeutet werden muss. Lässt sich eine Metastase finden, dann gehört ihr unverzüglich der Garaus gemacht! Und zwar gründlich, dass ihr ein für allemal die Lust vergeht, weiterhin ihr Unwesen zu treiben!"

Dr. Felsen sprach laut, heftig, mit allem Nachdruck seiner Entschlossenheit.

„Wie würden Sie das denn machen können!?"

Zumindest stieß Felsen bei seiner Patientin nicht gleich auf kategorischen Widerstand, wie er es im Gegensatz dazu oft erleben musste. Dann nicht selten mit später Reue, wenn ein Krankheitsprozess zwangsläufig fortschreitet, der sich vielleicht noch hätte aufhalten lassen...

„Man würde dieses Gebiet einige Male bestrahlen, Frau Gröbner. Damit hat man verhältnismäßig gute und anhaltende Erfolge bisher erzielen können."
„Ach...", seufzte die Frau, wieder gezeichnet von einem deutlichen Leidensdruck. Leise fügte sie noch hinzu: „Ich bin jetzt eigentlich froh, dass ich wieder bei Ihnen bin, Herr Doktor..."

Auf dem Weg zurück ins Arztzimmer fragte Felsen seine Kollegin:

„Sag mal, Monika..., das klang jetzt bestimmt nicht sehr ermunternd für dich?"
„Was meinst du, Christian?", fragte sie vorbehaltlos.

„Die letzten Worte von Frau Gröbner... *Du* bist doch ihr Arzt, nicht ich... sie äußerte sich derart fixiert auf mich, dass es mir dir gegenüber..."

„Aber Christian!", fiel ihm seine Kollegin ins Wort, „Ich bitte dich, du musst dir doch hierüber keine Gedanken machen! Also... wirklich nicht. Im Gegenteil! Ich bin recht froh darüber, dass diese Hürde erst einmal so gut genommen werden konnte... Du bist ziemlich überzeugt davon, dass sie Knochenmetastasen hat?"

„Zumindest bin ich von *einer* Metastase so gut wie überzeugt! Bei LWK vier bis fünf spielt sich was ab. Die Verminderung der Reflexe am rechten Bein, sie sind schon ein deutlicher Hinweis dafür, dass sich peripher..."

In ein fachliches Gespräch vertieft, gingen sie zusammen wieder in ihr Dienstzimmer.

* * *

Der letzte von insgesamt elf Arztbriefen an die verschiedenen weiterbehandelnden Kollegen über bereits entlassene Patienten war diktiert. Die reguläre Dienstzeit war längst überschritten und Felsen hätte für diesen Tag seine Arbeit beenden können. Üblicherweise war jeder froh, wenn nicht alle Tage durch die Stunden in der Klinik ausgefüllt waren, es noch ein wenig Spielraum für persönliche, private Interessen gab.

Irgendwie kam es Felsen gerade recht, dass das Telefon auf dem Schreibtisch klingelte, ihn der diensthabende Kollege bat, sich kurz noch einmal Zeit zu nehmen und auf Station 28 zu kommen, denn es sei ein ‚Fall' gekommen, der gewisse Probleme mache.

Felsen konnte es überhaupt nicht leiden, wenn von einem ‚Fall' statt von einem ‚Patienten' gesprochen wurde. Als Schwester Elisabeth während ihrer kurzen Praktikantenzeit, von der sie sich nur ungern für ihre weitere Ausbildung auf theoretischem Gebiet abgemeldet hatte, einmal sagte: „Herr Doktor Felsen, die Galle soll zum Röntgen. Hat der Patient das Kontrastmittel bereits bekommen? Kann ich die Galle zur Untersuchung ins Röntgen bringen?", erteilte er ihr eine recht strenge Lektion! Wir seien doch schließlich nicht in einem Gruselkabinett, hatte er ihr anschaulich zu verdeutlichen gesucht, wo Gallen, Nieren, Mägen, Unterschenkel, Schlaganfälle, Herzinfarkte und akute Bäuche durch die Gegend geschoben werden. Ihm war solches Reden nahezu verhasst! Es erweckte Assoziationen, als feilsche man um den Preis einzelner Stücke, je nach Güte und Beschaffenheit. Hier liegt ein erster, übler Stolperstein, hatte er der vehement wissbegierigen Schwesternschülerin gesagt, „...der uns von vornherein bereits von der eigentlichen, wirklichen Nähe wegbringt, die sich unsere Patienten von uns erwarten... Und was ist ein ‚Fall' oder ‚das Patientengut' ... Doch lediglich ein für die Statistik zu verwendender Begriff! Nichts, was für den Sprachgebrauch in einer Klinik geeignet wäre, wo es *Menschen* sind, die sich uns anvertrauen." Schwester Elisabeth stieg damals die Röte einer Scham ins Gesicht. Und das war gut so! Nur das, was sich regt und wirklich in uns lebt, lässt Reaktionen erkennen, dass wir noch nicht ganz abgestumpft sind in unserem gewohnten Umfeld.

Auf Station 28 war Dr. Klapper beflissen an einem Krankenbett beschäftigt, das als viertes Bett auf dem Flur stand. In drei anderen Betten lagen Patienten, die längst hätten schlafen sollen, denn es war bereits weit über 23 Uhr.

„Was gibt es für Probleme, Markus?"
„Komm erst mal mit und schau dir die Anamnese an, die ich bisher erhoben habe."

Felsen hatte den Eindruck, als wolle er nicht vor dem Patienten sprechen. Er registrierte, dass es ein junger Mann war, der zur stationären Aufnahme gekommen war.

„Ich komme sofort wieder zu Ihnen. Sie brauchen keine Sorge zu haben, die Nachtschwester ist solange hier.", sagte Dr. Klapper zu dem jungen Mann, ehe er mit Felsen in das Dienstzimmer ging.

„Entschuldige bitte, Christian, wenn ich dich jetzt so spät noch aufhalte. Aber ich werde aus dem Krankheitsbild, das der junge Mann bietet, einfach nicht schlau. Der Patient wurde eingewiesen…, eigentlich ohne eine Diagnose. Mit dem Hausarzt habe ich mich bereits zusammentelefoniert. Ihm ist die Sache auch nicht so recht klar. Er habe erst gemeint, der junge Mann simuliere, denn er hat wohl irgendwelche privaten Probleme, die nicht ganz unbedeutend sind. Aber das Risiko wollte der Hausarzt dann doch nicht eingehen, dass da etwas übersehen wird und hat ihn richtigerweise eingewiesen. Nur, ich kann bei dem Mann eigentlich auch nichts finden. Er erzählte mir recht vernünftig darüber, dass er eine heftige Auseinandersetzung mit seinem Vater gehabt hätte. Der hat wohl ein Baugeschäft, das der Sohn übernehmen soll, aber der möchte sein Studium beenden und das Geschäft nicht übernehmen… Was weiß ich, was da im Einzelnen los war. Jedenfalls berichtete er mir, dass er sich bei dem Streit furchtbar erregt habe, danach wollte er von seinem Stuhl aufstehen, doch beide Beine seien plötzlich wie gelähmt gewesen. Klingt schon etwas merkwürdig, findest du nicht? Ich habe ihn in aller Ruhe mehrfach darum gebeten, er solle es wenigstens versuchen, aufzustehen, aber er sagt, es gehe nicht. Und er ist wirklich vernünftig. Man kann mit ihm reden, er ist aufgeschlossen… Ich werde jedenfalls nicht recht klug daraus."

„Was bietet sonst die Anamnese?"

„Eigentlich nichts. Er sei bisher immer gesund gewesen … betreibt aktiv Sport... Nichts Wesentliches. Bestenfalls hatte er sich vor ein paar Wochen etwas grippig gefühlt. Aber das sei kaum bedeutend gewesen. Halt das Übliche..., etwas Gliederschmerzen..., mehr nicht."

Felsen zog bei dieser Schilderung die Augenbrauen etwas hoch.

„Ist dir bei der körperlichen Untersuchung etwas aufgefallen?", fragte er weiter.
„Die Muskeleigenreflexe an den Beinen lassen sich nicht auslösen."
„Na bitte, da wär doch schon mal was!", entgegnete Felsen, als fasse er gedanklich dazu bereits eine Idee auf.

Dr. Klapper und Dr. Felsen machten sich gemeinsam noch einmal ein Bild über den gesamten, bisherigen Verlauf. Natürlich war es immer eine verzwickte Situation, wenn es hieß, nach einer heftigen Auseinandersetzung habe jemand bemerkt, er sei „wie gelähmt". Es konnte leicht dazu verführen, das als psychisch bedingte Folgereaktion zu deuten. Doch musste immer irgendwie herausgefunden und gesichert werden, ob dieses tatsächlich eine solche war oder ob es sich dabei nicht doch um eine organische Erkrankung handelte. Es gibt Läuse und Flöhe, die auch mal gleichzeitig vorhanden sein können.

Nach eingehender und umfangreicher neurologischer Untersuchung gelang es Felsen, der sich besonders und intensiv mit dem neurologischen Fachgebiet auseinandergesetzt hatte, zu einer eindeutigen, bereits belegbaren Diagnose zu finden, die eine sofortige Überwachung während der Nacht auf der Intensivstation erforderlich machte, der dann eine Verlegung in eine neurologische Spezialklinik anderentags folgen sollte.

„Also, Markus, dieses Problem scheint erst einmal unter Dach und Fach zu sein. Aber sag mal, ist die Station hier derart überfüllt, dass hier gleich drei Patienten auf dem Flur stehen? Die Männer kommen hier doch gar nicht richtig zur Ruhe! Noch dazu, wo hier auf dem Flur die ganze Nacht über wirklich wenig Ruhe ist! Bei dem Betrieb, der sich hier abspielt..."

Felsen mischte sich damit in eine Angelegenheit, die nicht seine Sorge hätte zu sein brauchen, trotzdem gab es ihm zu denken und er konnte sich diesen Einwand nicht verkneifen. Dr. Klapper legte den Zeigefinger auf den Mund, winkte Felsen, mit ihm in den Schwesternstützpunkt zu kommen.

„Leise, Christian. Die Patienten müssen das nicht mitbekommen. Wir mussten ein Zimmer räumen."

Er tat geheimnisvoll dabei, was Felsen erst recht neugierig machte. Die Isolierzimmer der Infektionsstation befanden sich zwei Etagen tiefer. War diese Station derzeit auch überlastet?

„Christian..., pst..., das Zimmer wurde reserviert für einen Privatpatienten, weil auf der Privaten kein Einzelzimmer mehr frei war."

Das ‚pst' von Dr. Klapper war in weiser Voraussicht erbeten, denn er kannte seinen Kollegen und dessen Reaktionen. Dieser hielt sich auch an das ‚pst', protestierte jedoch trotzdem entrüstet, leise und in gedämpfter Aussprache:

„Was glaubst du, wie viele Privatpatienten ich mitunter auf Station nehmen muss, sogar als zusätzlich eingeschobene Patienten in Dreibettzimmern! Das muss einfach gehen! Natürlich müssen wir manchen Zorn von ihnen über uns ergehen lassen. Aber es ist mir noch nie deshalb in den Sinn gekommen, auch nur *einen* Patienten aus so einem Grunde auf den Flur zu stellen! Das könnt ihr doch nicht machen!"
„Bleib ruhig, Christian, ich bitte dich! Der Private hier... ist..."
„Der Kaiser von China!?", wollte Felsen es genau wissen, als sein Kollege seinen Satz nicht zu Ende sprach.
„Vielleicht." –
„Was heißt das! Vielleicht?!"
„Christian! Halt dich da raus..." Und fast unhörbar leise fügte er hinzu: „Es ist Krämer."

Wenn Felsen alles erwartet hatte, dieses nicht. Völlig überraschend wurden in ihm unangenehmste Erinnerungen wach, nagten, quälten, peinigten Sinne und Seele. Er sah zu den drei Betten, in denen Kranke lagen, unruhig in ihrem Schlaf..., ausquartiert aus einem Zimmer, in dem sie zuvor bereits lagen..., wie abgeschoben..., wie beiseite gestellt. ‚Ein Krankengut', bäumte es sich in seinem Gedächtnis zornig auf.

„Markus!"

Felsens Lippen bebten.

„Markus..., die drei Betten werden sofort in das Zimmer zurück gefahren..."
„Bist du wahnsinnig, Christian!"
„Möglich –, ja, das ist möglich... Wahnsinnig genug, dass ich sofort darauf bestehe!"
„Christian..."

Dr. Klapper war ratlos.

„Das geht nicht!"

Felsen hätte es nie verstanden und gekonnt, darüber hinwegzusehen. So etwas war mit seinem Charakter einfach nicht vereinbar.

„Ach, Herr Kollege... Aber *das* geht, dass man wegen einem Herrn drei Leute ihrer Genesungsruhe beraubt!? Markus, wir sind hier nicht dazu da, um jemandem zu Kreuze zu kriechen! Wir sind für jeden der uns anvertrauten Patienten in gleichem Maße da, ohne derartige Unterschiede zuzulassen! Unser Berufsstand, unsere Berufsethik..., hast du sie vergessen?! Scheust du dich, dafür einzutreten!? Bitte. Du sollst mich recht verstehen. Ich habe gar nichts gegen ein Privileg, das unseren privaten Patienten zusteht. Aber nicht, wenn es auf Kosten anderer geht, die auch Anspruch auf ordnungsgemäße Versorgung haben. Dies hier ist keine ordnungsgemäße Versorgung! Dies ist Speichelleckerei, an der ich mich nicht beteiligen werde! Markus...! Komm, bitte, wir schieben die drei Betten in das Zimmer, in das sie gehören!"

„Dann tu's allein. Ich hatte mit Krämer bereits genug Schwierigkeiten! Auch das ging letzten Endes auf Kosten unserer Patienten!"

Demonstrativ setzte sich der Kollege auf einen Stuhl.

„Gut, dann werde ich es allein tun."

Felsen riss sich zusammen, um seine Erregung nicht nach außen hin zu zeigen. Leise öffnete er die Tür zu dem Krankenzimmer. Ein unruhiges, grünliches Flackern verriet, dass ein Fernsehgerät lief. Tatsächlich. Krämer saß mit aufgesetzten Kopfhörern im Bett und hatte sein Hereinkommen nicht bemerkt. Dr. Felsen suchte aus seiner Fassungslosigkeit zu finden. ‚Mit welchem Recht nimmt sich Krämer hier derartige Eigenmächtigkeiten heraus!?' Seine Hand suchte wie automatisch nach dem Lichtschalter, betätigte ihn.

Von der Helligkeit geschreckt, sah Krämer zur Tür. Langsam nahm er die Kopfhörer ab. Wollte er gerade etwas sagen? Offensichtlich kam er nicht so schnell dazu? Dr. Felsen schaltete das Fernsehgerät aus.

„Herr Krämer? Guten Abend. Ich darf darauf hinweisen, dass ab dreiundzwanzig Uhr jeder Patienten, die Nachtruhe einzuhalten hat. Das trifft auch für Sie zu. Sie haben gewiss einen Blick auf die ‚Hinweise für Patienten' geworfen, die in jedem Zimmer deutlich ausgeschildert stehen? Falls nicht, dann können Sie das gern nachholen."

Felsen trat auf den Fußhebel für die Entriegelung der Räder, rollte das Bett etwas vor, stellte es dann nahe beim Fenster an die Wand. Erst jetzt fand Krämer Worte:

„Herr Dr. Felsen! Ich kann nicht verstehen, was hier vorgeht!"
„Um es Ihnen ehrlich zu gestehen, Herr Krämer, ich auch nicht. Draußen, vor der Tür, wurden offensichtlich drei Patienten in ihren Betten vergessen, nachdem Ihr Bett hier hereingeschoben wurde."

Felsen war kurz angebunden.

„Ich erledige es nun selbst, sie wieder an ihren Platz zu stellen."

Krämer zischte drohend:

„Ich warne Sie, Felsen. Das Zimmer hier ist vorübergehend ein Einzelzimmer. Ich bin hier Privatpatient..., Felsen..."

„Ich will nicht bestreiten, dass Sie Privatpatient sind. Sobald auf der Privatstation ein Zimmer frei wird, werden Sie selbstverständlich nach dort verlegt."

Er behielt die Fassung, sprach mit freundlich ruhigen, sachlichen Worten. Nur blieb er kurz angebunden. Er schickte sich an, das erste Bett vom Flur zu holen, schob es quer an die andere Wand. Krämer musste wohl innerlich schäumen, doch war ihm äußerlich keinerlei Regung anzusehen.

Nachdem alle Patienten ihren Platz wieder im Zimmer gefunden hatten, verabschiedete sich Dr. Felsen:

„Gute Nacht, meine Herren, das war hoffentlich für Sie die letzte nächtliche Ruhestörung. Ich wünsche nun allen zusammen einen guten Schlaf."

Ehe er das Licht löschte, vernahm er Krämers leise, monotone Stimme:

„Das werden Sie bitter bereuen, Felsen..."

Diesmal ließ ihn diese Drohung jedoch gänzlich unberührt. Er hatte lediglich seine ärztliche Pflicht erfüllt.

* * *

J.-Christian Felsen verließ die Klinik erst nach Mitternacht. Seinem Kollegen wollte er noch einen ‚ruhigen Dienst' wünschen. Ein Gruß, der üblich war. Oft mit etwas Ironie behaftet, weil es doch selten während des Bereitschaftsdienstes ‚ruhig' war. Jeder wusste das doch bestens. Dr. Klapper war nicht mehr auf Station, war inzwischen irgendwohin gerufen worden. ‚Ich muss mit Markus noch einmal über diesen Zwischenfall von heute reden. Unbedingt! Nun, ich werde es morgen tun', dachte Felsen, denn es war soeben ein gewisser Konflikt entstanden, in den beide Kollegen so plötzlich geraten waren. Für Felsen war eine aufrichtige Kollegialität ebenso unabdinglich, wie sein Drang zu ärztlich-verantwortlichem Handeln.

* * *

Daheim, in seinem großen Zimmer, ließ er sich schwer und müde in die Polster seines Sessels fallen. Die Augen fielen ihm zu, doch die Gedanken quälten erneut. In aller Gegenwärtigkeit. Nein..., nein..., er werde sich zu nichts mehr hinreißen lassen, nur um Betäubung zu suchen und dadurch ja doch keinen wirklichen Schlaf zu finden! Nach kurzer Zeit setzte sich J.-Christian Felsen noch einmal an seinen Schreibtisch und schrieb:

‚Lieber Franz!

Wenn ich dir heute schreibe, obwohl wir uns in fast drei Wochen wiedersehen und wir dann genügend Zeit auch für Gespräche haben werden, dann sieh es als eine Art von Bedürfnis, dir, meinem Freund, darüber mitzuteilen, was so schwer und bedrückend auf meiner Seele lastet. Du musst davon etwas geahnt haben. Bald möchte ich bedauern, dass ich deiner Frage die Antwort schuldig blieb. doch sollte der überraschend schöne Tag unserer all zu kurzen Begegnung nicht von meinen Sorgen überschüttet werden.

Vielleicht war es ein Zufall, dass wir auf Lore zu sprechen kamen – nur weißt du ja, wie wenig ich an einen Zufall glauben kann. Ich hätte es dir sagen müssen, dass Lore an mich geschrieben, mich sogar angerufen hatte. Unschicklich ihr Brief, unschicklich ihr Anruf. Ich muss dir dazu nichts erklären, dein Einschätzen ihres Wesens war treffend genug, in wohl keinem Punkte abweichend von der Realität. Erinnerst du dich noch daran, wie ich seinerzeit – es muss nun bald acht Jahre zurückliegen – Lores wohl intimster Freundin eine Anstellung als Sekretärin in der Verwaltung der Klinik verschaffte? Ich lernte, wie du weißt, diese Dame zwar nie näher kennen, da Lore dies nicht gern gesehen hätte, doch geht mir gerade jetzt in einem bestimmten Zusammenhang dieses nicht mehr aus dem Sinn. Ich muss dir dazu wohl die näheren Umstände erklären.

Ich geriet vor kurzer Zeit in ziemliche Kalamitäten mit dem Verwaltungsleiter der Klinik, Krämer. Du weißt ja, oft habe ich mit dir darüber gesprochen, dass es mich in meinem ärztlichen Denken und Tun sehr belastet, mit gebundenen Händen machtlos zusehen zu müssen, wie Probleme durch Versäumnisse und mangelnde Bereitwilligkeit entstehen und mehr und mehr heranwachsen, wodurch wir Ärzte uns am Ende und nahezu schicksalshaft in die Enge getrieben fühlen. Aber nicht nur wir Ärzte leiden darunter. Auch unsere Mitarbeiter, das Pflegepersonal besonders. Wir haben leider keine Befugnis, diese Dinge kompetent selbst regeln zu können. Ich frage dich, mein Freund, was hätte es für einen Sinn, den Kopf deshalb in den Sand zu stecken oder vielleicht sogar die Arbeit zu verweigern, wie mir darüber schon zu Ohren kam? Nein. Weder das Eine noch das Andere ließe unser Beruf zu, wenn man ihn ernst nimmt. Es sind ernstzunehmende Pflichten und Aufgaben, die wir haben! ‚Dienstleistungen' – so heißt es – erbringen wir. Dienstleistungen werden auch in anderen Berufszweigen für einen guten und notwendigen Zweck erbracht. Doch ist es wirklich richtig, hier kaum eine wesentliche Unterscheidung nach dem Inhalt der Tätigkeit zu machen und für alles einen sich kaum voneinander zu unterscheidenden Verwaltungsapparat tätig werden zu lassen?

Um hierzu auftretende Fragen überhaupt erst einmal zur Diskussion zu bringen, suchte ich zu einem offenen Gespräch mit Krämer und dem (ihm allerdings persönlich sehr verbundenen) Landrat selbst. Die wirklich ernsten Probleme an unserem Krankenhaus wollte ich angesprochen wissen! Nur: es kam leider nicht zu einem vernünftigen Konsens. Ein geschicktes Ausweichen war zu konstatieren. Doch jetzt schließt sich für mich wieder der gedankliche Kreis zu Lore. Ihre Drohungen klangen identisch mit den Drohungen, die ich besonders von Krämer in den Rücken geworfen bekam. Aber Krämers eindeutiges Agieren lässt sich bedauerlicherweise durch nichts beweisen. Klug genug hielt er sich im Verborgenen.

Ich muss in diesem Zusammenhang so zwingend an deine Worte denken: „heimtückische Machenschaften im Verborgenen". Ich pflichte dir bei, so etwas ist als ‚Intrige' zu bezeichnen. Wie kannst du es dir erklären, weshalb es möglich sein konnte, dass Krämer zu mir sagte: „Bevor Sie sich hier aufspielen, sollten Sie erst einmal Ordnung in Ihr Privatleben bringen"? Und denk dir nur, Franz, die Personalverwaltung schickte mir einen Pfändungsbeschluss über 142.268,17 Euro in einer Kopie zu! Für mich noch immer nicht verstehbar! Doch Lores Name ist als Schuldner erwähnt! Es ist so erniedrigend und demütigend für mich. Es raubt mir von Ruhe und Schlaf, nach denen ich mich nahezu sehne. Es raubt damit so vieles von meiner Kraft, die ich für meinen Beruf doch brauche, der mir ein Lebensinhalt geworden ist, der mich glücklich macht. Verstehst Du es, mein Freund?

Genug einstweilen. Wir sehen uns endlich bald wieder! Grüße Juli und die Kinder sehr herzlich und genießt ein besinnliches Weihnachtsfest miteinander, zu dem ich euch allen Frieden und Segen in dieser Welt wünsche.

Dein Freund

Joseph-Christian'

* * *

J.-Christian Felsen fühlte sich nach diesem Geständnis an seinen Freund fühlbar befreit. ‚Es war gut, dass ich ihm geschrieben habe', dachte er, noch einmal darüber nachsinnend. Würde er jetzt zu einem Schlaf finden? Vielleicht nach ein paar Schritten noch an der frischen Luft? Dann wird es wohl möglich sein!

Er zog sich flink den Mantel über, löschte nicht erst das Licht, denn er würde bald zurückkommen. Klar und frisch war die Nacht. Wohltuend... Die Sterne blickten herab... Festen Schrittes ging er die kurze

Strecke. Die kleine Straße, die von einem Hügel hinunter zu den Auen führte. Er sah fasziniert, wie vor ihm in einer Mulde dichte Nebelschwaden zusammenballten, tauchte mit Wonne hinein.

Ein fernes, schwaches Licht, das er sah? ... So weit entfernt? ... In dichtestem Nebel? ... Ein dumpfer Aufprall war es nur. Dann war es still.

* * *

Anderen Tags stand in der Presse zu lesen, klein und unbedeutend am Rande:

‚Gesucht wird der Fahrer eines roten Personenwagens, Kennzeichen XY-199. Der Fahrer, der das Fahrzeug seinem rechtmäßigen Besitzer entwendet hatte und vermutlich unter Alkoholeinfluss stand, beging Fahrerflucht, nachdem er einen Straßenpassanten streifte. Die Polizei bittet um dringende Mithilfe, da es sich bei dem Delikt angeblich um einen Unfall mit Todesfolge handelte. Genauere Angaben liegen der Polizeipressestelle derzeit noch nicht vor. Sachdienliche Hinweise nimmt jede Dienststelle entgegen, sie werden streng vertraulich behandelt.